Werner Geismar

Die Mallorca-Mafia

Reise-Krimis

www.schenkbuchverlag.de
www.schenkverlag.com
www.schenkverlag.eu

Werner Geismar

Die Mallorca-Mafia

Ein Fall für Pepe Rogalzky

SBV

Schenk Verlag

Die Deutsche Bibliothek verzeichnet diese Publikation
in der Deutschen Nationalbibliographie;
detaillierte bibliographische Daten sind im Internet
über http://dnb.ddb.de abrufbar.

ISBN 978-3-939337-66-9

Umschlaggestaltung: Gabriella Barta
Satz: Tibor Stubnya
Titelfoto: © Christian Weinrich – fotolia.com

Printed in Hungary

1. KAPITEL

Holger Weißberger schaltete den elektrischen Rasierapparat ab und strich sich prüfend über das Kinn. Dann sprühte er etwas Aftershave auf die Innenhandflächen und klopfte sich die Wangen ab. Er war in dem Alter, in dem man nur langsam älter wird und es selbst am wenigsten merkt. Jetzt war er dem Spiegel etwas zu nahe gekommen und konnte seinem Anblick nicht mehr ausweichen.

Holger Weißberger starrte sich in die Augen. Er entdeckte keine Freude darin. Er riss sich zusammen und schickte sein strahlendstes Lächeln gegen den Spiegel. Viel ausgeglühte Asche in seinem Blick, doch kein Funken Feuer.

Er schüttelte bedauernd den Kopf und knöpfte sich das leichte Sommerhemd zu. Es war keine neue Erkenntnis, die er soeben gewonnen hatte. Das Leuchten im Blick war ihm irgendwann im Laufe der letzten zwanzig Jahre abhanden gekommen. Nein, nicht durch irgendein einschneidendes Ereignis, sondern es hatte sich an einem völlig bedeutungslosen Morgen, an den er sich nicht mehr erinnerte, einfach davongeschlichen.

Holger Weißberger trat auf die Terrasse seiner hellen, geräumigen Eigentumswohnung. Der Himmel war klar, es wehte eine kräftige Brise aus Richtung Osten und ließ die Wedel der beiden einsamen Palmen auf dem dreieckigen Felsvorsprung knattern. Die kurzen Wellen, die in die Bucht von Sant Elm rollten, trugen kleine Schaumkronen. Auf der kahlen Vogelinsel Sa Dragonera, die wie ein Stück Einsamkeit vor der Bucht lag, stieg ein Schwarm Jungenten auf und übte den Formationsflug.

Er schaute auf die Armbanduhr und entschied, in einer der Bars am Passeig Maritim von Palma zu frühstücken. Dann ging er bis zum Rand der Terrasse und warf einen Blick in die Tiefe. Das Apartmenthaus, in dem seine Eigentumswohnung lag, war in den Steilhang gebaut. Nur das Foyer und der kleine, kaum zweihundert Quadratmeter große Park lagen auf einem künstlich angelegten Plateau, unter dem sich die Tiefgarage befand.

Antonio, der auf einem Ohr taube Hausmeister, harkte den Hauptweg, der zu der in den Stein gehauenen Treppe führte, über die man zu Fuß die Straße erreichen konnte. Eine Ausfahrt führte durch einen zehn Meter langen Tunnel aus der Tiefgarage direkt auf die Straße.

Holger Weißberger schützte die Augen vor der niedrig stehenden Sonne mit seiner Hand, die er an die Stirn hielt. Auf der Uferstraße bemerkte er wieder diese Frau, die mit weit ausholenden Schritten aus dem Kiefernwald trat. Ihr kurzer, schwarzer Umhang flatterte bei jedem Schritt. Das schwarze, kurze Haar lag fest an ihrem Kopf, wahrscheinlich eingeölt oder mit Gel bestrichen.

Er war ein Frühaufsteher, auch im Urlaub hielt es ihn morgens nie länger als bis sechs Uhr im Bett. Er hatte diese Frau schon mehrmals in der Frühe gesehen. Wahrscheinlich wohnte sie in den neuen Ferienhäusern unterhalb der Straße. Ihre Bewegungen erinnerten ihn an Irene. Aber war Irene nicht größer gewesen?

Holger Weißberger seufzte. Er erinnerte sich nicht mehr so genau daran. Schon einige Jahre, bevor Irene und er sich hatten scheiden lassen, war sie ihm gleichgültig geworden. Er hatte sie nicht mehr beachtet als ein Möbelstück, an dessen Gegenwart man sich gewöhnt hat. Jedenfalls hatte sie ihr schwarzes, dichtes Haar bis auf den Rücken wachsen lassen. Sie wäre nie auf den Gedanken gekommen, es kurz zu tragen.

Holger Weißberger ging in die Wohnung zurück und schloss die Terrassentür. Er nahm seine Geldbörse und steckte sie in die Innentasche seines leichten Sommerjacketts. Er klopfte kurz auf seine Hosentasche, in der die Autoschlüssel klimperten. Dann schloss er hinter sich die Wohnungstür ab und drückte den Aufzug hoch.

Nein, er freute sich nicht auf die Begegnung mit Denis, seinem ehemaligen Partner, den er seit mehr als zehn Jahren nicht mehr gesehen hatte. Sie hatten sich damals, nachdem sie die Lebensmittelhandelskette mit fast zweihundert Filialen an einen der Branchenriesen verkauft hatten, fast völlig aus den Augen verloren. Diana, Denis' älteste Tochter, hatte ihm einmal einen Brief aus den USA geschrieben.

Er betrat den Aufzug und schnupperte. Ein Parfüm, das ihm irgendwie bekannt vorkam, lag schwer und betäubend in der engen Fahrkabine. Er drückte auf den Knopf für die Tiefgarage, der gelb aufleuchtete. Wie er dem etwas wirren Brief des Mädchens entnommen hatte, lebte es mit seinen beiden älteren Brüdern und der Mutter in Malibu in den USA. Den Vater sahen sie nur noch selten. Er hatte, wie es in dem Brief stand, »eine neue Beschäftigung« auf Mallorca.

Holger Weißberger zog den Wagenschlüssel aus der Hosentasche. Und dann vorgestern dieses unvermutete Zusammentreffen an der Fußgängerampel auf dem Passeig Maritim von Palma. Neben ihm hatte ein Mann auf einer Horex Baujahr 1973 gehalten. Er trug schwarze Lederkleidung und einen altmodischen Helm, dessen Visier hochgeklappt war. Er hatte sich aus dem Seitenfenster gelehnt, als der Motorradfahrer zu ihm herüberblickte. Es war Denis, sein ehemaliger Partner. Bevor die Ampel grün wurde, hatten sie sich ein paar Worte zugerufen und die Verabredung für heute Vormittag getroffen.

Holger Weißberger wartete auf das sanfte Abbremsen des Aufzugs und das leichte Klacken, mit dem die Türen auseinanderglitten. Eine halbe Sekunde später knallte der Aufzug ungebremst auf etwas Hartes. Der einzige Fahrgast wurde durch den harten Aufprall von den Füßen gerissen und stieß mit dem

Hinterkopf gegen den Spiegel, der in der Rückwand der Kabine eingelassen war. Die Deckenbeleuchtung flackerte, und Holger Weißberger taumelte zu Boden. Ein Scherbenregen ging auf ihn nieder.

Als er halbwegs wieder bei Besinnung war, tastete er vorsichtig durch die Scherben über den Boden. Seine Hände wurden feucht. Die Deckenbeleuchtung ging wieder an. Er hob die Hände und erwartete sie voller Blut, doch sie waren nur nass. Zwischen den Türritzen, an den Seiten der Tür und unten aus dem Boden drang Wasser in den Aufzug.

Holger Weißberger kam taumelnd auf die Füße und drückte den Öffnungsknopf des Aufzugs. Ein leichtes Rucken ließ die Schiebetüren kurz erzittern. Dann zischte ein bläulicher Blitz an der Türkante herab. Das Wasser stand ihm nun schon bis zu den Knien. Es stieg rasend schnell. Er rammte die Schulter gegen die Tür, doch sie öffnete sich nicht. Ein Wasserschwall ergoss sich von oben auf ihn herab. Ein Teil der Deckenverkleidung löste sich, ein Kabel senkte sich herab. Ein greller, bläulicher Blitz tanzte über die Metallteile der Innenverkleidung.

Holger Weißberger riss beide Arme hoch, seine Augen quollen hervor, seine Glieder verrenkten sich in bizarren Zuckungen. Dann sackte sein Körper unter Wasser.

Pepe Rogalzky vertäute das Motorboot am Anlegesteg, nahm die Sporttasche mit dem Nachtsichtgerät, der Spezialkamera mit dem großen Teleobjektiv und der warmen Segeljacke und trug sie zum Ende des Stegs, hinter dem eine stark geneigte Betonplatte, in die Schienen und eine Zugvorrichtung eingelassen waren, zu einem Bootsschuppen führte. Ein breiter Eisenriegel, der durch mehrere ineinander verhakte Ketten und ein großes Vorhängeschloss gesichert war, verschloss das Eisentor des Schuppens. Er setzte die Sporttasche ab, riss ein Blatt aus einem in schwarz geriffeltem Kunstleder eingeschlagenen Notizbuch und kritzelte mit einem Bleistiftstummel eine Nachricht auf das Stück Papier. Dann wickelte er die Bootsschlüssel darin ein und warf sie in die Metallbox, die neben der Tür an der Schuppenwand verschraubt war.

Pepe Rogalzky reckte sich und machte ein paar Kniebeugen. Der Wind hatte diese Nacht aufgefrischt und eine Kaltluftfront über die Küstengewässer hinweggetrieben. Irgendwo da draußen zwischen dem Festland und der afrikanischen Küste hatte ein Unwetter das Meer aufgewühlt und schwere Grundseen in Gang gesetzt, auf der das kleine Motorboot hin und her geworfen worden war. Er hatte mehrmals die Position gewechselt, und es war nicht einfach gewesen, den Riffs und Felsen, die vor der Einfahrt lagen, auszuweichen.

Er hätte darauf gewettet, dass die Motoryacht in die schützende Bucht eingelaufen wäre, doch gegen zweiundzwanzig Uhr erschien der Skipper an Deck und brachte noch einen zusätzlichen Anker nieder. Wenig später wurde das Licht in der Kajüte gelöscht. Kurz vor Morgengrauen, als der Wind abflaute, hatte der Skipper die Anker eingeholt und Kurs aufs offene Meer genommen. Er war noch eine Weile bei den Felsen vor der Einfahrt geblieben, bis er sicher war, dass die Yacht nicht in die Bucht von Sant Elm zurückkehren würde.

Er hatte die Sporttasche in den Kofferraum seines staubigen Escorts geladen und den röchelnden Motor nach dem vierten Versuch ins Laufen gebracht, als sein Handy klingelte.

»Wo steckst du, Pepe?«, schrie ihn Rogers Stimme an.

»In Sant Elm. Was ist denn los?«, fragte er und hielt das Handy am ausgestreckten Arm vom Kopf weg. Dennoch konnte er Rogers aufgeregte Stimme klar und deutlich verstehen.

»Meine fünf Chryslers, verstehst du, alle fünf Großraumlimousinen, total demoliert! Die Reifen zerstochen, die Windschutzscheiben eingeschlagen, die Sitze aufgeschlitzt.«

»Hat denn der alte José nichts gehört?«, fragte Pepe.

»Natürlich hat er was gehört! Alles hat er gehört!«, schrie die Stimme so laut, dass ein alter Mann, der mit einer Tüte Ensaimadas von der Bäckerei in Richtung der neuen Ferienhäuser spazierte, stehen blieb und sich neugierig nach dem staubigen Escort umwandte.

Pepe Rogalzky kurbelte das Seitenfenster hoch. »Pepe? Bist du noch dran?«, fragte Rogers Stimme aufgebracht.

»Klar doch«, erwiderte Pepe. »Aber fass dich kurz, der Akku meines Handys ist gleich leer. Wie war das mit dem alten José?«

»Man hat ihm die Nase eingeschlagen, ihn mit Klebeband verschnürt und in einen Scherbenhaufen gesetzt. Er hat gesagt, dass es drei junge Männer gewesen seien. Sie kamen um zwei Uhr in der Nacht.«

»Und die Bullen?«, fragte Pepe Rogalzky.

»Wie, und die Bullen?«, schrie Rogers überschnappende Stimme. »Was machen die Bullen schon? Sie schreiben alles auf, vermessen alles und sammeln sogar die Kippen ein. Verstehst du? Sie haben die Kippen in der Garage aufgesammelt! Da kannst du doch verrückt werden! Lass die Bullen die Bullen sein. Ich will, dass du die Sache in die Hand nimmst, Pepe!«

Das rote Lämpchen am Gehäuse des Akkus begann zu blinken. »Ich komme vorbei«, sagte Pepe Rogalzky und drückte das Gespräch weg.

Pepe Rogalzky ließ den staubigen, alten Escort ein Stück rückwärts rollen und bog dann aus dem schmalen Seitenweg auf die Küstenstraße ab. Roger Schippengöt würde er nicht gerade einen Freund nennen. Der zierliche Mann mit dem energischen Kinn war ihm zu laut. Pepe Rogalzky mochte die Geschichten nicht, die Roger in den Bars und Kneipen erzählte, und er mochte die Besäufnisse nicht, die er mit Denis Deville veranstaltete.

Er lenkte den alten Escort durch die enge Kurve, hinter der das Gelände des Apartmenthauses begann, als sich die Büsche teilten und eine schlanke Gestalt im Jogginganzug, die Kapuze tief in die Stirn gezogen, die zwei Meter hohe Böschung auf die Fahrstraße hinabsprang. In einer Reflexbewegung riss Pepe Rogalzky das Steuer nach rechts, trat die Bremse bis zum Anschlag durch und ließ das Heck des alten Escorts nach links ausbrechen. Er erwischte eine der altersschwachen Palmen auf dem dreieckigen Felsvorsprung mit der vorderen Stoßstange, die scheppernd abbrach. Der fasrige, halbverfaulte Stamm der Palme neigte sich zur Seite, brach in Kniehöhe ab, der morsche Baum sackte über den Rand des Steilufers und polterte in die Tiefe.

Pepe Rogalzky sprang aus dem alten Escort und blickte sich um. Den Typ im Jogginganzug schien der Erdboden verschluckt zu haben. Fluchend besah er sich die Beule im linken vorderen Kotflügel des alten Escorts. Das Blech war bis dicht an den Reifen gedrückt. Er stemmte es mit Hilfe eines knorrigen Stücks Pinienholzes, das er am Rand der Uferstraße fand, wieder nach außen. Dann hob er die abgesprungene Stoßstange auf, klappte den Beifahrersitz nach vorne und legte sie in den Innenraum.

»Ich hätte draußen auf dem Meer bleiben sollen«, murmelte er. Durch den harten Schlag hatte sich der rostige Auspufftopf von dem noch rostigeren Vorschalldämpferrohr gelöst. Der alte Escort knatterte und knallte wie ein Vorkriegstraktor.

Pepe Rogalzky stellte den Motor ab. So würde er es nicht mehr bis Palma schaffen. Vielleicht konnte ihm Antonio, der Hausmeister des Apartmentkomplexes, weiterhelfen. Pepe verschloss den alten Escort und lief die steinernen Treppen hinter der engen Kurve zum Vorplatz des Apartmenthauses hinauf. Mitten auf dem kiesbestreuten Weg lagen ein Rechen, ein Paar Arbeitshandschuhe und ein halb mit Blättern gefüllter, umgekippter Plastikeimer. Die Tür des Vorbaus, die in das gläserne Foyer führte, war unverschlossen. Pepe Rogalzky betrat die Eingangshalle und bemerkte die offen stehende Eisentür, hinter der eine enge Treppe in die Kellerräume und die Tiefgarage hinabführte. Dann hörte er das Plätschern und

Schwappen des Wassers und rannte auf die Treppe zu, als Antonio in der Tür auftauchte. Seine Hosenbeine waren bis zu den Knien völlig durchweicht. Eine schmutzige Brühe tropfte an ihnen hinab. Der alte Mann machte auf Pepe Rogalzky einen ziemlich verstörten Eindruck und schien ihn gar nicht richtig wahrzunehmen.

Pepe stieß den alten Antonio zur Seite und rannte die Treppe hinab. Im Laufen drückte er im Treppenhausschacht auf die Lichtschalter, aber es blieb dunkel. Am Fuß der Treppe hielt er inne. In der Tiefgarage stand das Wasser kniehoch. Der Boden des Aufzugschachts war durchschlagen. Die Kabine steckte schief in der Auffanggrube. Rechts über ihr an der Wand hatte das Hauptwasserrohr einen Riss, und ein armdicker Wasserstrahl ergoss sich in die Auffanggrube des Aufzugschachts. Das Dach der Kabine war schon mehr als einen Meter mit Wasser bedeckt.

Er hörte hinter sich ein Geräusch. Ein drahtiger, älterer Mann mit kurzem Bürstenhaarschnitt, in einen seidenen Morgenmantel mit japanischen Schriftzeichen gekleidet, kam die Treppe hinab. »Wissen Sie, wo der Haupthahn für das Wasser ist?«, rief er dem Mann entgegen.

»Der erste Gang links!«, sagte der Mann. »Im Versorgungsraum auf der rechten Seite!«

»Können Sie das übernehmen?«, fragte Pepe Rogalzky.

Der Mann war herangekommen und warf einen Blick in die Tiefgarage. Im Dämmerlicht sah er den abgestürzten Aufzug in der Auffanggrube, die voll Wasser gelaufen war.

»Drehen Sie den Haupthahn ab. Ich kümmere mich um den Aufzug. Jemand sollte Polizei und Feuerwehr verständigen!«, rief ihm Pepe Rogalzky zu und blickte sich um. Auf dem Treppenabsatz stand in einer Ecke Gartengerät, darunter eine Hacke. Er schnappte sich die Hacke, rannte zu der Auffanggrube und begann, die Hacke durch das aufspritzende Wasser in das Kabinendach unter ihm zu schlagen. Aus dem Wasserrohr, das rechts über ihm an der Wand verlief, spritzte ein armdicker Wasserstrahl herab und durchnässte ihn in Sekundenschnelle.

Das Kabinendach hatte sich an einer Seite gelockert. Pepe Rogalzky fasste die Hacke am Eisen, holte tief Luft und tauchte in die Grube hinab. Dort klemmte er die Hacke unter die Metallblende der gelockerten Ecke. Dann tauchte er wieder auf. Das Ende des Hackenstiels ragte einen halben Meter aus dem Wasser. Er schüttelte sich das Wasser aus den Haaren und schwang sich auf den Grubenrand. Dann fasste er den Hackenstiel mit beiden Händen und riss ihn mit aller Kraft nach oben.

Die Metallabdeckung löste sich, und Pepe Rogalzky fiel hintenüber in das knietief in der Tiefgarage stehende Wasser. Aus der Aufzugskabine stiegen große Luftblasen, die an der Wasseroberfläche blubbernd zerplatzten.

Pepe Rogalzky tauchte wieder hinab und zog sich in die Kabine hinein. Er sah die zusammengekauerte Gestalt, die seltsam verrenkt, die Ellenbogen nach außen verdreht, auf dem Kabinenboden hockte. Er fasste sie an einem Arm und zog sie hoch. Vom Metallrahmen des Kabinendachs stieß er sich ab und krallte sich mit einer Hand an den Rand der Auffanggrube. Der Mann, den er aus der Kabine geborgen hatte, starrte ihn aus vorquellenden, glasigen, starren Augen an. Aus seinem weit aufgerissenen Mund schwappte Wasser. Die Mundwinkel waren eingerissen und bluteten leicht.

Pepe Rogalzky zog den zusammengekrümmten Mann aus der Grube. Über ihm tröpfelte es nur noch aus dem großen Loch in der Hauptwasserleitung. Er bettete den Mann in einem etwas höher gelegenen Teil der Tiefgarage, der noch nicht überflutet war, und begann, das Wasser aus dem Körper der Gestalt herauszudrücken.

»Der ist hinüber!«, sagte der ältere Mann im Morgenmantel und schob Pepe Rogalzky zur Seite. »Lassen Sie mich mal. Ich bin Arzt. Das heißt, ich praktiziere nicht mehr, kenne mich aber aus.«

Der Mann beugte sich zu der Gestalt hinab, fühlte den Puls und horchte auf den Herzschlag. »Der ist hinüber!«, wiederholte er dann. »Schon seit mehreren Minuten. Versuchen wir's mit Wiederbelebung, aber Hoffnung habe ich keine.«

Als der Notarzt eintraf, konnte er nur noch den Tod des Mannes feststellen. Aus Palma hatte man Polizei in Marsch gesetzt. Der Einsatzleiter hieß Jaume Vellerde, ein schlanker Mann mit einem breiten Bauerngesicht und einer Haut mit der Struktur eines alten, rissigen Olivenbaums. Er nickte Pepe Rogalzky zu. Die beiden kannten sich von einem Fall von Versicherungsbetrug in großem Stil, in dem Pepe vor zwei Jahren im Auftrag einer Versicherung recherchiert hatte.

»Wie, keine Einschusslöcher, kein eingeschlagener Schädel, keine Messerstiche, und Pepe Rogalzky ist in der Nähe?«, fragte er sarkastisch. Dann tastete er die nasse Leiche vorsichtig ab und fingerte Führerschein und deutschen Personalausweis aus der Innentasche des Sommerjacketts. Der Mann hieß Holger Weißberger.

»Kannten Sie ihn?«, fragte Jaume Vellerde Pepe Rogalzky.

»Nein, nie zuvor gesehen«, antwortete Pepe.

»Und was halten Sie von der Sache?«, fragte Jaume Vellerde.

»Jemand hat den Aufzug sabotiert«, erwiderte Pepe und zeigte auf die beiden Haltekabel, deren zerfranste, abgerissene Enden aus dem Schacht baumelten. »Die Wasserleitung dort oben an der Decke ist mit einer Spitzhacke oder einem anderen schweren Gegenstand aufgebrochen worden. Die Schlussfolgerungen überlasse ich Ihnen, Jaume. Sie sind der Fachmann.«

Der Notarzt hatte Verbrennungen an den Fingerspitzen des Toten festgestellt. »Es deutet einiges darauf hin, dass dieser Holger Weißberger an einem Stromschlag gestorben ist«, meinte er. »Ich nehme an, das ist ein Fall für die Gerichtsmedizin.«

Jaume Vellerde telefonierte mit seinem Handy und forderte auf der Polizeipräfektur von Palma ein Spurensicherungsteam an. »Darf ich mal?«, fragte Pepe und streckte die Hand nach dem Handy aus. Er erwischte Roger Schippengöt in seinem Büro und verabredete sich mit ihm in einem der Straßencafés auf der Plasa Major in Palma.

2. KAPITEL

Denis Deville saß im La Lubina in Palma und schaute durch die Fenster hinaus auf die Muelle Viejo, ohne die Passanten auf dem alten Hafenkai wirklich wahrzunehmen. Er erinnerte sich an die alten Zeiten, als er mit seinem Partner Holger Weißberger die Lebensmittelfilialkette aufgezogen hatte, ein beinhartes Geschäft, das sie beide beinahe aufgefressen hätte. Aber am Ende war dann doch noch der Branchenriese um die Ecke gekommen, an den sie hatten verkaufen können. Danach waren er und sein Partner getrennte Wege gegangen, ihr Kontakt war immer lockerer geworden, bis sie sich ganz aus den Augen verloren hatten. Das kam wohl häufiger bei Partnern vor, die eine lange Zeit eng aufeinandergehockt hatten, da waren sie beide gewiss keine Ausnahme. Und dann das plötzliche Wiedersehen vor der Fußgängerampel auf dem Passeig Maritim

Jetzt wartete Denis Deville mit ziemlich gemischten Gefühlen im La Lubina auf Holger Weißberger. Sein erster Eindruck war, dass Holger sich verändert hatte. Nein, es lag nicht am Alter, sein ehemaliger Kumpel war ihm viel blasser erschienen, geradezu durchsichtig, ein Mann, den man einfach nicht beachtete, ein Mann, der kein Gewicht hatte und den der nächste Sturm des Lebens wegwehte, ohne dass irgendjemand überhaupt davon Notiz nehmen würde.

»Traurig!«, dachte Denis Deville und schaute auf seine Armbanduhr. Holger war schon seit einer halben Stunde überfällig. Wenn ihm etwas dazwischengekommen war, hätte er ihm wenigstens Bescheid geben können, denn er hatte ihm vom Motorrad seine Karte mit der Handynummer durchs offene Wagenfenster zugeworfen. Und dabei war Holger früher die Pünktlichkeit in Person gewesen.

»Die Menschen ändern sich halt«, dachte Denis Deville, und vielleicht hatte sich Holger ja auch gar nicht wirklich mit ihm treffen wollen. Vielleicht hatte Holger den faulen Fisch, der zwischen ihnen lag, immer noch nicht weggeräumt. Da war diese kurze Affäre zwischen ihm und Irene gewesen, dieser einmalige Ausrutscher, dieses kurze Aufflammen einer Leidenschaft, die von ihm und Irene eigentlich nur vorgetäuscht war. Aber er war doch nur einer von vielen gewesen, mit denen Irene, Holgers damalige Frau, eine Affäre gehabt hatte.

Denis Deville zuckte die Achseln, zahlte seine Rechnung und verließ das La Lubina, in dem langsam der Platz eng wurde. Er wollte sowieso noch einige Besorgungen in Palma machen, für die er sich jetzt etwas mehr Zeit gönnen konnte.

Er überquerte den Passeig Maritim, der hier eigentlich Passeig Sagrera hieß. Die ersten Touristenströme wälzten sich von den Busparkplätzen zur Kathedrale von Palma hinauf. Er bummelte über den Puig des Born und bog dann nach links in die Carrer Sant Elm ein und betrat dort das Fotogeschäft auf der rechten Seite. Die hohen Geschäftsräume wirkten dunkel und abweisend. Denis Deville schlenderte ohne Hast zu der Vitrine mit den neuesten Ausstellungsstücken und betrachtete die beiden digitalen Videokameras. Ein junger Verkäufer näherte sich ihm. »Kann ich Ihnen helfen, Señor?« Dann erkannte er den Kunden und schüttelte Denis Deville die Hand. »Sie möchten gewiss Ihre Unterwasserkamera abholen, stimmt's?«, fragte er, und seine Augen leuchteten. Schließlich kam es nicht alle Tage vor, dass ein Kunde einfach in sein Geschäft spazierte und eine Unterwasserkamera im Wert von vierzigtausend Dollar bestellte.

Denis Deville nickte gleichmütig und gab dem übereifrigen Youngster gleich seine goldene Diners Club mit. Er stand nicht lange allein an der Glasvitrine, denn der Chef des Ladens eilte sofort auf ihn zu, nachdem der Youngster einige Worte mit ihm gewechselt hatte.

Nach der üblichen Begrüßung fragte der Senior: »Wohin dürfen wir Ihnen die Kamera zustellen?«

Denis Deville zuckte die Achseln, als sei ihm die Frage lästig. »Wenn es Ihnen nichts ausmacht, packen Sie mir das Ding in eine stabile Plastiktüte, und ich nehme es gleich mit«, erwiderte er.

Der Ladenbesitzer fragte zur Sicherheit noch einmal nach. Davon würde er noch bis an sein Lebensende erzählen. Da war ein Mann in seinen Fotoladen gekommen, hatte eine digitale Unterwasservideokamera bestellt, zahlte vierzigtausend Dollar, ohne auch nur den Versuch zu machen, den Preis herunterzuhandeln, und ließ sie sich dann noch in eine Plastiktüte stecken, als handle es sich um ein paar Hot Dogs!

Als er etwas verstört zur Theke zurückging, zupfte ihn der Junior am Ärmel. »Stell dir vor, die Kreditzentrale hat die vierzigtausend Dollar O.K. gegeben!«, flüsterte er und hatte ganz rote Ohren.

Eine Stunde später bummelte Denis Deville mit drei Plastiktüten über die Carrer de Sant Miquel und ließ sich vom Touristenstrom auf die lichtüberflutete Plasa Major treiben. Die peruanischen Straßenmusiker spielten gerade El Cóndor Pasa. Am Ecktisch eines der Straßencafés bemerkte er Roger Schippengöt, der sich mit beiden Händen durch das Haar strich und dabei fast seine Cola umgeworfen hätte.

»Mein Gott, bist du ein nervöses Hemd!«, sagte er, stellte seine Plastiktüten auf einen freien Stuhl und setzte sich.

»Nervös ist noch untertrieben«, erwiderte Roger, kratzte sich die braungebrannten Oberarme, fuhr sich mit dem Zeigefinger zwischen Hals und Hemdkragen und zuckte hektisch mit den Wimpern. »Ich möchte dich mal sehen, wenn sie dir fünf flammneue Vans zerdeppert haben und du alle Touris heimschicken musst, die bei dir ihre Rundfahrt gebucht haben!«

»Wirst du mich nie sehen«, erwiderte Denis Deville trocken. »Was soll ich mit fünf Vans? Mir genügt mein U-Boot!«

Er fixierte Conchita, das Mex-Girl mit den atemberaubenden Kurven, das zwischen den Tischen wuselte und Bestellungen entgegennahm. »Ein Tuborg?«, rief Conchita zu ihrem Tisch herüber und warf Denis eine Kusshand zu. Denis reckte den Daumen in die Höhe. Conchita eilte zwischen den Tischen hindurch und auf den Eingang des Lokals zu. »Wie eine Welle, die auf dem Strand ausläuft!«, sagte Denis.

»Wie bitte?«, fragte Roger.

»Ich finde, Conchita hat einen Gang wie eine Welle, die auf dem Strand ausläuft«, sagte Denis Deville verträumt.

»Ja, da magst du recht haben. Aber ich kann mir nicht helfen, ihr Gesicht erinnert mich irgendwie an eine eingedellte Erdnuss«, meinte Roger und schlug mit beiden Händen nach einer Wespe, die sein Colaglas umschwirrte. Er verfehlte die Wespe, erwischte aber die Colaflasche, die umkippte. Denis fing sie auf, ehe sie vom Tisch auf den Boden fallen konnte.

»Mein Gott, bist du nervös!«, sagte er. »Nun krieg' dich mal ein, Roger! Deine fünf zerdepperten Vans sind doch bloß ein Fall für die Versicherung!«

Roger beugte sich vor, umfasste seinen rechten Oberarm und rüttelte Denis Deville durch. »Ein Fall für die Versicherung, hä? Ein Fall für viel mehr! Und vor allem ein Fall für Pepe Rogalzky!«

»Wieso für Pepe?«, fragte Denis.

»Weil ich in diesem speziellen Fall sonst keinem traue«, sagte Roger, gab Denis' Oberarm frei und beugte sich zu ihm vor. »Ich hatte gestern Nachmittag Besuch. Zwei junge Männer, beide kaum älter als fünfundzwanzig Jahre. Weißt du, was die wollten? Schutzgeld, verstehst du, Denis? Schutzgeld! Jeden Monat, und direkt in die Vollen! Und als ich sie ausgelacht habe, stehen sie auf, als wäre nichts gewesen, verabschieden sich höflich wie zwei Vertreter, denen du keine Ware abgekauft hast, und setzen sich in ihren Porsche. Ja, hör gut zu, nicht in irgendein Auto, in ihr Porsche-Cabrio haben sie sich gesetzt!«

Roger schwieg. Conchita brachte das Tuborg, und als sie den Kassenbon halb unter den Bierdeckel schob, streichelte Denis mit der Zeigefingerkuppe behutsam über ihre Hand.

»Nur damit du Bescheid weißt, was dieser Kerl da von dir hält, Conchita«, sagte Denis, lehnte sich zurück und zeigte auf Roger. »Er hat gesagt, du hättest ein Gesicht wie eine eingedellte Erdnuss!«

Roger verschluckte sich und hob protestierend die Hände. »Ein Scheißkumpel bist du, Denis!«, protestierte er.

Denis Deville wollte sich ausschütten vor Lachen. Conchita tat so, als wolle sie mit dem Tablett nach Denis schlagen, der auf das Spiel einging und hinter beiden erhobenen Ellenbogen in Doppeldeckung ging.

»Im Vergleich mit euch vertrockneten, alten Hähnchen bin ich immer noch die schönste eingedellte Erdnuss der Welt«, sagte Conchita, gab Roger eine Kopfnuss und wuselte zwei Tische weiter.

»Entschuldige die Verspätung, Roger!«, sagte Pepe Rogalzky, nickte Denis Deville zu und zog sich einen freien Stuhl an den Tisch heran. »Oder störe ich?«

»Quatsch!«, sagte Roger. »Der da stört!« Er zeigte auf Denis Deville. Dann betrachtete er Pepe von oben bis unten. »Sag mal, hast du zufälligerweise heute morgen ein Bad im Ölhafen genommen?«

»Sowas Ähnliches«, sagte Pepe Rogalzky und setzte sich. »Ein Aufzug, der aus der sechsten Etage runtergesaust ist und ein Wasserrohrbruch. Reiner Zufall, dass ich damit konfrontiert worden bin.«

»Wo ist denn das passiert, und waren Leute in dem Aufzug?«, fragte Roger, der gerne alles genau wissen wollte, damit er, wenn er es weitererzählte, den größtmöglichen Effekt erzielen konnte.

»Draußen in Sant Elm. In dem Aufzug war ein Mann, der's nicht überlebt hat«, antwortete Pepe Rogalzky.

»Jemand, den wir kennen?«, bohrte Roger Schippengöt weiter.

»Also, mir ist der Typ vorher noch nie untergekommen«, sagte Pepe. »Er trug einen Personalausweis auf den Namen Holger Weißberger bei sich.«

Denis Deville beugte sich vor und umfasste Pepes Handgelenk. »Das kann doch nicht sein!«

Pepe löste die Hand von seinem Gelenk und rieb sich den Knöchel.

»Holger Weißberger«, wiederholte er. »Wieso, kennst du den Mann, Denis?«

»Ich war vor zwei Stunden im La Lubina mit ihm verabredet«, sagte Denis. »Aber er hat mich versetzt. Jetzt weiß ich auch, warum.«

Das Mex-Girl wuselte vorbei, strich Pepe Rogalzky durchs Haar und stellte dann ein Bier vor ihn auf den Tisch.

»Damit du weißt, mit wem du's zu tun hast«, sagte Roger und zeigte auf Denis. »Er hat Dates mit Toten!«

»Ach, hör den Scheiß auf, Roger!«, sagte Denis. »Das geht mir an die Nieren. Gestern hab' ich den Holger seit zehn Jahren das erste Mal zufällig auf dem Passeig Maritim wiedergesehen, und heute dann das!«

»Kanntest du ihn gut?«, fragte Pepe Rogalzky.

»Er war mal mein bester Freund und mein Geschäftspartner«, sagte Denis Deville. »Aber das ist zehn Jahre her. Und seit damals haben wir uns total aus den Augen verloren.«

»Du könntest einem einigermaßen anständigen Bullen 'ne Menge Arbeit sparen, wenn du den Toten identifizieren würdest.«

»Nun komm mir nicht so, Pepe Rogalzky!«, sagte Denis Deville und stand auf. »Verdammt will ich sein, wenn ich irgendeinem Bullen auf dieser Insel jemals helfe!« Er warf einen Euroschein auf den Tisch. »Trinkt einen auf mich, Jungs, denn mir hat's die Laune verhagelt. Man sieht sich.« Und damit nahm er seine drei Plastiktüten von dem Stuhl und verschwand im Strom der Touristen.

»Hilfsbereit und einfühlsam wie immer«, sagte Pepe Rogalzky. Dann wandte er sich Roger Schippengöt zu. »Nun erzähl mir mal genau, welcher faule Fisch denn in deinem Hintern stinkt.«

Als Roger Schippengöt die Ereignisse des gestrigen Nachmittags und der darauffolgenden Nacht haarklein und mit vielen schmückenden Details berichtet hatte, lehnte sich Pepe Rogalzky auf seinem Stuhl zurück, verschränkte die Arme im Nacken und gähnte ungeniert.

»Die Sache scheint dich brennend zu interessieren, du sprühst ja richtig vor Aufmerksamkeit«, sagte Roger sarkastisch.

»Hab' letzte Nacht kein Auge zugetan«, entschuldigte sich Pepe. Dann kniff er ein Auge zu und schielte mit dem anderen zu Roger hin. »Sag mal, an wen hast du denn bisher Schutzgeld bezahlt?«

Roger hüstelte und beugte sich zu Pepe vor. »Bis vor einem dreiviertel Jahr an den Onkel des Polizeipräfekten«, flüsterte er, »schwarz natürlich und bar auf die Kralle. Jeder hat gezahlt, und jeder wusste, dass der Onkel halt nur der Onkel ist. Aber all die Jahre, die wir gezahlt haben, hatten wir auch wirklich Schutz. Na, dann ist der gute Präfekt auf Sa Mola von den Felsen gesprungen, und danach war Schweigen im Walde.«

»Das ist es ja, was ich nicht verstehe«, entgegnete Pepe. »Du hast doch sozusagen eine reine Weste. Warum sagst du den Bullen nicht, wie die Sache gelaufen ist?«

»Weil ich nicht sicher bin, ob die Bullen nicht mit von der Partie sind«, meinte Roger. »Und das sollst du unter anderem herausfinden.«

Auf dem Weg durch die engen Gassen der Altstadt blieb Pepe Rogalzky vor einem verwitterten, vierstöckigen Haus stehen, lehnte den Kopf in den Nacken und pfiff dreimal kurz hintereinander einen hohen, schneidenden Ton. Unter dem Dach wurde ein schmaler, halbverfaulter Fensterladen einen Spalt breit geöffnet. Pepe winkte und setzte sich dann auf die abgetretene Türschwelle des Hauses. Wenig später wurde die Haustür geöffnet, und ein zehnjähriger Junge zog Pepe am Arm in das Treppenhaus. Sie setzten sich auf eine der rissigen Stufen der Holztreppe.

»Du siehst müde aus, Don Carlos!«, flüsterte Pepe.

»Hab' für 'ne Hochzeit in Calvia gestern die ganze Nacht Pasteten gerollt, Gemüse geputzt und kleine Papierrosen zusammengesteckt«, sagte der Junge. »War ein guter Job.«

»Und wie geht's deinem Großvater?«, fragte Pepe.

Der Junge legte die Stirn in Falten. »Er hustet noch immer schlimm, und ich glaube, er hat ziemliche Schmerzen in der Brust. Aber er spricht nicht darüber und klagt nie. Ich helfe ihm heute Nachmittag, die Toiletten des Eclipse zu putzen. Wir müssen gleich los.«

»Okay, ich fasse mich kurz, Don Carlos. Ich suche zwei Männer, ungefähr fünfundzwanzig Jahre, Bürstenhaarschnitt, sind wahrscheinlich keine Spanier, gondeln mit einem schwarzen Porsche-Cabrio mit beigem Faltverdeck herum.«

»Ein schwarzer Porsche mit beigem Faltverdeck? Moment mal, den vermietet doch manchmal der Türke«, sagte der Junge.

»Der Rennyachten-Türke?«, fragte Pepe. »Seit wann ist der im Autoverleihgeschäft?«

»Manchmal vermietet er ihn im Package mit einer Yachtcharter, manchmal verleiht er ihn auch an gute Freunde. Ich kenne den Sohn einer Putze, die nach einer Charter die Boote des Türken saubermacht. Aber der Junge wohnt in der Carrer Ciutat de Quilmes. Von der Joan Miró, in der das Eclipse liegt, ist das eine ganz schöne Ecke.«

Der kleine Carlos hielt die Hand auf. Pepe legte einen 20-Euro-Schein hinein. »Du wirst geizig, Pepe«, sagte der Junge.

»Wenn ich mit deiner Info etwas anfangen kann, gibt es noch mal zwanzig«, sagte Pepe. »Und ich besorg' deinem Großvater Hustensaft mit Kodein, der ohne nützt nämlich nichts.«

»Wo finde ich dich?«, fragte der Junge.

»Zu Hause«, sagte Pepe Rogalzky und stand auf.

»Zahlst du Telefon extra?«, fragte der Junge. Pepe Rogalzky nickte. »Okay«, sagte der Junge. »Dann ruf' ich dich an, sobald ich was weiß.«

Denis Deville schaute auf dem Rückweg zu seinem Apartment in Magaluf kurz ins U-Boot-Center hinein. Henri, der Geschäftsführer, flirtete gerade mit einer langbeinigen Touristin aus Deutschland, oder die Touristin flirtete mit ihm. Das wusste man bei Henri nie so genau, denn seine Rehaugen hinter den schweren, stets halbgeschlossenen Augenlidern kamen bei Frauen gut an.

Henri folgte ihm ins Büro. »Die wie vielte Tour fahrt ihr?«, fragte Denis.

»Die dritte, und alle drei ausverkauft«, sagte Henri.

Denis drückte ihm eine der Plastiktüten in die Hand. »Die neue Unterwasserkamera«, sagte er. »Digital, wie versprochen.«

»Wahnsinn!«, freute sich Henri und legte die Plastiktüte behutsam, als wäre darin ein rohes Ei, auf den Schreibtisch. »Und so was schleppst du in 'ner Plastiktüte rum?«

»Was meinst du, was ich schon alles in Plastiktüten mit mir herumgetragen habe!«, meinte Denis Deville und lachte polternd los. »So, und jetzt kannst du dich wegen mir wieder deinem Langbein da draußen widmen. Aber Vorsicht, die nicht mehr ganz Taufrischen sind die Cleversten!«

»Eh ich's vergesse«, meinte Henri und kramte in seiner Schreibtischschublade, »da ist heute gegen Mittag eine Lady bei mir reingeschneit, die hat für dich was abgegeben.« Dann reichte er Denis ein zugeklebtes Briefkuvert.

»Wie sah sie aus?«, fragte Denis. »War sie wenigstens jung und hübsch?«

»Nicht mehr ganz taufrisch«, sagte Henri und grinste. »Aber irgendwie ziemlich durchgeknallt mit einem Hut auf dem Kopf, der mich stark an einen Klodeckel erinnert hat.«

Henri nickte seinem Boss zu und ließ ihn allein. Denis Deville riss den Briefumschlag auf und glaubte zuerst an einen schlechten Scherz. Dann entdeckte er den Papierschnipsel, auf dem etwas in Druckbuchstaben und in deutscher Sprache geschrieben stand. »Fahr zur Hölle, Holger!«, las er. Und darunter stand ein Datum. Denis vergewisserte sich mit einem Blick auf den Abreißkalender an der Wand. Es war das Datum von heute. Unter dem Datum stand: »Dein alter Kumpel Denis wird dir folgen.«

»Scheiße«, dachte Denis, »was ist denn das für ein Spielchen?«

Schon am späten Nachmittag begann sich die Terrasse des Club de Vela im Yachthafen von Port d'Andratx zu füllen. Als die Schatten länger wurden, bewegte sich ein Berg von einem Mann langsam und wie in Zeitlupe auf die Terrasse zu. Er zog ein steifes Bein nach und stützte sich bei jedem Schritt schwer auf den silbernen Knauf eines Spazierstocks. Er trug ein hüftlanges, schwarzes Seidenhemd und schwarze Leinenhosen. Das eingeölte, straff nach hinten gekämmte Haar wurde im Nacken von einem Goldkettchen zusammengehalten. Das Gesicht des Mannes wurde durch breite Narben in zwei Hälften geteilt. Über dem Auge einer der Hälften trug er eine schwarze Augenklappe.

Als er ins Blickfeld der Gäste auf der Terrasse kam, verstummten ihre Gespräche für einen Augenblick, und manch einer der Schickimickis und Möchtegernprominenten schaute einfach weg. Der Hüne setzte sich an den Tisch am äußersten

Rand der Terrasse und bestellte eine Flasche Wein. Er hatte sie in weniger als zehn Minuten schon zu drei viertel geleert, als sich jemand an seinen Tisch setzte. Der Mann starrte weiter mit seinem einen Auge in das Glas vor sich auf dem weißen Tischtuch.

»Ich wusste, dass ich dich hier finde, Chilene«, sagte Pepe Rogalzky.

»Nein, das wusstest du nicht«, sagte der Mann und hob seinen Blick. Er musterte Pepe Rogalzky lange, als sei er ein Wesen aus einer anderen Welt. »Ich bin ein Mann der dunklen Jahreszeit geworden«, fuhr er dann fort. »Meine Tage sind kürzer geworden, auch mitten im Sommer.«

Der Chilene hob das Glas, trank es leer und schüttete sich sofort nach. Über das Kai jagte ein kleines Mädchen hinter einem tapsigen jungen Hund her.

»Was machst du so, Chilene?«, fragte Pepe Rogalzky.

»Ich sitze herum und warte auf die Dunkelheit«, antwortete der Chilene.

»Eine gute Beschäftigung, die viel Zeit für anderes übrig lässt.« Pepe Rogalzky bestellte bei der hübschen Kellnerin eine zweite Flasche Wein und ein zweites Glas.

»Was willst du, Pepe Rogalzky?«, fragte der Chilene, nachdem sie mehr als fünf Minuten geschwiegen hatten.

»Nun, ich habe da ein paar Jobs, bei denen ich Hilfe gebrauchen könnte«, sagte Pepe Rogalzky.

Der Chilene zuckte zurück, der Krückstock fiel polternd auf die Terrasse. Einige Schickimickis und Möchtegernpromis blickten herüber.

»Schau mich an, so sehe ich aus, seit ich das letzte Mal mit dir zusammengearbeitet habe!«, sagte der Chilene. »Was willst du noch mehr, Pepe Rogalzky? Es war schlimmer als der Tod!«

»Na ja, du musst halt das Sterben noch üben, Chilene!«, meinte Pepe Rogalzky ungerührt. Der Chilene beugte sich vor, ein Zittern durchlief seinen massigen Körper, und dann brach es aus ihm hervor: das große mallorquiner Gelächter, das nicht zu stoppen war und das die Taxen und Touristen in Bewegung hielt. Pepe Rogalzky stimmte mit ein, und es gab keine anderen auf der Terrasse und in ganz Port d'Andratx, die jemals in ihrem Leben hätten so lachen können.

Bei der dritten Flasche Wein erzählte Pepe dem Chilenen von den beiden smarten Boys mit dem schwarzen Porsche-Cabrio und den fünf zerdepperten Großraumlimousinen.

»Der kleine Carlos hat mich heute Nachmittag angerufen. Ein Junge, dessen Mutter beim Yacht-Türken die Boote saubermacht, weiß etwas über die beiden Smarties. Sie haben den schwarzen Porsche mit dem beigen Verdeck und eine Motoryacht für zwei Tage geliehen und bar in Dollars bezahlt. Der Junge hat den Porsche heute Vormittag gewaschen. Er hat im Handschuhfach eine Benzinquittung von der Tanke in Alcúdia und eine Rechnung von gestern und vorgestern aus dem Menta in Port d'Alcúdia gefunden. Ich glaube, da sollten wir heute am späteren Abend mal vorbeischauen.«

Der Chilene wandte den Kopf und ließ seine einäugigen Blicke am Hafenkai entlangwandern. In einer der Parkbuchten entdeckte er Pepe Rogalzkys verbeulten, staubbedeckten Escort.

»In meinem Zustand bedeutet eine Fahrt in deiner Rostlaube von hier nach Port d'Alcúdia für mich das Todesurteil«, sagte der Chilene. »Ich schlage vor, wir essen hier etwas. Um neun Uhr holt mich Gloria ab. Sie kann uns zum Menta fahren.«

3. KAPITEL

Valeria hatte sich einen Traum erfüllt. Der Traum hieß Mallorca. Irgendwann hatte sie im ungarischen Fernsehen mal einen Bericht über die Baleareninsel gesehen.

Sie war einundzwanzig Jahre alt und in einem Budapester Vorort nahe den Filmstudios aufgewachsen. Unter dem alten Regime hatte ihr Vater in den Studios als Beleuchter gearbeitet. In der neuen Demokratie gab es die große staatliche Filmgesellschaft nicht mehr, und er hielt sich und seine Familie mit Gelegenheitsjobs über Wasser. Als Valeria sechzehn war, fing sie in dem kleinen Supermarkt an der verkehrsreichen Kreuzung zweier Ausfallstraßen als Verkäuferin an. Sie wohnte noch bei den Eltern und gab von ihrem Lohn einen Teil für Wohnen und Essen ab. Der Supermarkt hatte rund um die Uhr geöffnet. Einmal pro Monat hatte Valeria eine Woche Nachtschicht.

Der Job war ziemlich eintönig, besonders nachts. Neben dem Supermarkt lag die Bude eines Schnellimbisses. Der ältere Mann, der dort den Nachtdienst machte, hatte eine abgesägte Schrotflinte unter der Theke. Einmal war er Valeria zu Hilfe gekommen, als ein Typ mit heruntergezogener Pudelmütze an die Kasse wollte und Valeria mit einer Pistole bedrohte. Es war drei Uhr nachts gewesen, und Janos, der Mann vom Imbiss, hatte dem Räuber mit seiner abgesägten Schrotflinte in den Rücken geschossen. In viereinhalb Jahren war es das einzige aufregende Erlebnis in ihrem Job gewesen.

Valeria hatte einen Freund. Er war Automechaniker und arbeitete nicht weit von dem Supermarkt als Tankwart. Manchmal, wenn beide Nachtdienst hatten, besuchte ihr Freund sie zwischen drei und vier Uhr. Und dann kamen vor einem halben Jahr die beiden Jungs. Sie hatten teure Anzüge an und stiegen aus einem schwarzen Landcruiser mit verspiegelten Scheiben. Hinter ihnen krabbelte noch Herr Szoltoi aus dem großen Wagen mit den gewaltigen Rädern. Herr Szoltoi war der Besitzer des Supermarkts. Es war kurz nach zwei Uhr in der Nacht. Die beiden Jungs drehten eine Runde durch den Verkaufsraum und schauten in die Regale. Einer blieb vor dem Regal mit Zucker und Mehl stehen und begann, die Pakete auf den Boden zu werfen, wo sie zerplatzten. Der andere nahm eine Flasche Palinka aus einem Regal, schraubte sie auf, nahm einen tiefen Schluck und kam zur Kasse. Er sah Valeria an, und ihr wurde ganz kalt, und dann drückte er ihr die Flasche in die Hand. »Trink, Mädchen!«, hatte er gesagt.

Valeria schaute sich hilfesuchend zu Herrn Szoltoi um. Der stand neben der Tiefkühltruhe mit dem abgepackten Wassereis und beobachtete den ersten Jungen, der Packungen mit Trockenbohnen auf dem Boden zertrat.

»Wir haben den Laden gekauft«, sagte einer der beiden Jungs.

Valeria hatte keine Angst. Irgendwie war sie maßlos enttäuscht und gleichzeitig maßlos erleichtert. In ihrem Leben würde sich etwas ändern.

»Wir haben viele Läden gekauft!«, rief der andere Typ und kippte ein ganzes Regal mit Flaschen um. Vom Imbiss kam Janos mit der abgesägten Schrotflinte herüber, aber Herr Szoltoi schickte ihn weg. Schließlich konnten die neuen Besitzer mit ihrem neuen Laden machen, was sie wollten.

Sie trank mit den beiden Jungs und Herrn Szoltoi zwei Flaschen Palinka, und sie war nach einer halben Stunde schon betrunken, weil sie keinen Alkohol gewohnt war. Igor, wie der eine der Jungs hieß, schickte Herrn Szoltoi weg. Dann schubsten die beiden Jungs sie in das Lager hinter dem Verkaufsraum und machten sich über sie her. Seit dieser Nacht arbeitete Valeria für Igor und Wanja.

Seit sie für Igor und Wanja arbeitete, hatte Valeria viele gute Klamotten und eine eigene kleine Wohnung. Sie sah ihre Eltern und ihren Freund nicht mehr, weil sie ihnen die Wahrheit gesagt hatte. Die Wahrheit war, dass sie in einem Club arbeitete, der Igor und Wanja ebenfalls gehörte. In dem Club wurde Sex verkauft. Valeria war hübsch, die Kunden waren zufrieden. Sie verdiente ganz gut. Igor und Wanja sah sie nur noch selten, in den letzten beiden Monaten gar nicht mehr. Ihr Boss hieß Georgi und war ein Riese aus Armenien. Er bumste einmal pro Woche alle Mädchen des Clubs durch, und sie waren zu sechzehnt. Es hieß, Igor und Wanja hätten einen Job im Ausland.

Und dann war sie vor zwei Tagen über den Roosevelt tér am Donau-Ufer gebummelt und vor dem Reisebüro stehengeblieben. Im Schaufenster hing ein Plakat, das eine Palme auf einem Felsen zeigte und ein tiefblaues Meer. Auf dem Plakat stand nur das magische Wort Mallorca. Sie war in das Reisebüro gegangen, vom Reisebüro zur Bank nebenan, dann zurück ins Reisebüro und war dann mit dem Bus in ihre kleine Wohnung gefahren. Dort hatte sie ihre große Sporttasche gepackt, hatte ein Taxi angerufen und sich zum Flughafen bringen lassen. Eine Stunde später saß sie im Flugzeug nach Mallorca.

Valeria blickte sich um und entschied sich für ein kleines Straßencafé, wo es noch ein paar freie Tische gab. Sie bestellte eine Cola. Am Nebentisch saßen zwei Deutsche. Sie tranken Sangria und waren nicht mehr ganz nüchtern. Valeria wusste, wie man mit nicht mehr ganz nüchternen Männern umging. Viele ihrer Kunden in Budapest waren deutsche Touristen und Geschäftsleute gewesen. Sie konnte sich leidlich verständigen. Nein, sie wollte die beiden Männer nicht abzocken. Die Typen waren Anfang dreißig und lachten viel. Fünf Minuten später saß sie an ihrem Tisch. Ein halbe Stunde später beschlossen sie, zusammen ins Menta zu gehen.

Denis Deville war auf seiner Horex nach Porto Portals gefahren. Der Mann an der Schranke kannte ihn und hatte ihn durchgewunken. Die Horex hatte er auf dem Parkplatz aufgebockt und war dann herübergeschlendert zu seinem Katamaran, der am vorderen Anleger vertäut war. Er holte sich aus der Kajüte einen Regiestuhl, zwei Büchsen Bier und setzte sich so, dass er den Sonnenuntergang beobachten konnte. Wenig später sah er zu, wie sein weißes U-Boot in den Hafen einlief. Der Anblick faszinierte ihn jedes Mal aufs Neue. Als das U-Boot festgemacht hatte, zogen zwei seiner Leute ein dickes Kabel vom Ausleger und führten es in die Einstiegsluke. Das U-Boot ging ans Netz. Die mehr als hundert Batterien, die den Elektromotor antrieben, wurden für den nächsten Tag aufgeladen. Eine Motoryacht tuckerte langsam heran und ging nahe seines Katamarans längsseits. Der diensthabende Hafenmeister fuhr mit einem Klappfahrrad herbei und winkte ihm zu. Man kannte ihn hier im Hafen, aber die wenigsten wussten, dass das weiße U-Boot, mit dem in der Saison täglich mehr als dreihundert Touristen auf Tauchfahrt gingen, ihm gehörte.

Es war ein heißer Abend. Die Dunkelheit hüllte die Hitze wie ein riesiger Ballon ein und erstickte jeden Lufthauch. Nach dem rauen Wetter der gestrigen Nacht hatte sich das Meer wieder beruhigt und war glatt wie eine Autobahn.

Denis Deville saß auf dem Deck des großen Katamarans und hing seinen Gedanken nach. Er hatte geglaubt, dass er sich einen Traum erfüllt habe. Sein Traum war ein weißes U-Boot auf Mallorca. Aber so weiß konnte kein U-Boot sein, dass sein Traum mit der Zeit nicht grau und unscheinbar geworden war.

Der Skipper der Motoryacht, die am hinteren Ende des Anlegestegs festgemacht hatte, kam am Katamaran vorbei. Seine grobknochige, große Gestalt hob sich wie ein Scherenschnitt vom Sternenhimmel ab. Der Mann war auf merkwürdige Weise unproportioniert. Sein gewaltiger Oberkörper mit den breiten Schultern passte nicht zu den kurzen, gedrungenen Beinen und die nicht zu den langen, muskelbepackten Armen. Denis Deville hatte ihn noch nie zuvor im Hafen gesehen.

In der Hafendisco Cats gab es noch einige beträchtliche Lücken. Denis Deville bemerkte einige Leute, die er kannte, steuerte aber, wie es seine Art war, auf den Tisch hinten in der Ecke zu, ohne sich in ein Gespräch verwickeln zu lassen. Heute Abend spielte eine Band aus Deutschland, die vorige Woche zwei Gigs im Ambigu in Palma hatte. Die Gäste, die zwischen zehn und elf Uhr das Cats betraten, fanden noch nicht den Weg in den hinteren Teil, sondern blieben in der Nähe der Bar und der Musik und sondierten erst einmal das Terrain. Denis hatte nicht bemerkt, wie das mittelgroße, schwarzhaarige Mädchen mit dem flippigen Paillettenoberteil das Cats betreten hatte. Es geriet erst in seinen Blickwinkel, als es sich abseits der anderen Gäste, einen Longdrink in der Hand, im hinteren Teil an die Wand lehnte und offensichtlich die Lage peilte.

Das Mädchen hatte ihn entdeckt und fixierte ihn eine ganze Weile ungeniert. Denis Deville hob sein Bierglas und prostete dem Mädchen zu. Es hätte seine Tochter sein können. Das Mädchen kam zu seinem Tisch herüber.

»Erwarten Sie noch jemanden?«, fragte es und redete ihn auf Deutsch an.

»Das weiß ich nie«, antwortete Denis Deville und machte eine einladende Geste.

Das Mädchen setzte sich und nippte am Longdrink. »Ich bin hier zum ersten Mal und kenne hier keinen. Und Sie?«, fragte es.

»Ich bemühe mich, hier jedes Mal zum ersten Mal zu sein, und kenne viele, ohne jemanden wirklich zu kennen«, entgegnete Denis Deville. »Hier ist ein guter Ort, sich selber zu vergessen.«

»Sie sind also öfter hier?«, fragte das Mädchen. »Machen Sie Urlaub?«

»Ich lebe hier in der Nähe ungefähr die Hälfte des Jahres«, sagte Denis Deville.

»Und die andere Hälfte des Jahres?«, fragte das Mädchen.

»Woanders«, sagte Denis Deville und trank sein Bier aus.

Die sieben Jungs, die den Dreimaster von Ibiza herübergesegelt hatten, marschierten zur Bar, bestellten und lehnten sich mit dem Rücken an den Tresen. Ihre Blicke schnitten unsichtbare Spuren durch das Cats. Immer öfter kreuzten sie sich an dem Tisch im Hintergrund.

»Ich heiße Birgit«, sagte das Mädchen nach einer Weile und reichte ihm unvermutet und plötzlich die Hand. Sie war angenehm kühl und fest.

»Ich bin Denis«, erwiderte er, ließ die Hand los und wies mit dem Kinn auf Roger Schippengöt, der, ohne zu zögern, geradewegs auf ihren Tisch zukam. »Und das ist Roger, der raffgierigste Mensch von ganz Mallorca!«

»Ich brauche etwas Bewegung«, sagte das Mädchen und erhob sich. »Haben Sie etwas dagegen, wenn ich meinen Drink an Ihrem Tisch parke und wieder zurückkomme?«

Denis nickte ihr zu. »Ein seltsames Mädchen«, dachte er.

Das Mädchen grinste Roger an, der ihm eine Weile nachblickte. Dann zuckte Roger ratlos mit den Achseln, wandte sich zu Denis um und sah ihn fragend an. Denis zuckte ratlos mit den Achseln. Das Mädchen hatte sich nah an die Band vorgearbeitet und bewegte sich im Rhythmus eines Funktitels. Einer der Jungs, die den Dreimaster von Ibiza hergesegelt hatten, löste sich von der Bar und tanzte sich an das Mädchen heran.

»Da hat dein Charme wohl nicht gewirkt«, sagte Roger und schlug Denis grinsend auf die Schulter.

»Weiß ich nicht«, sagte Denis. »Es kommt immer auf das Ende an, und manches Rennen wird erst im Finish gewonnen.«

»Willst du das Rennen überhaupt gewinnen?«, fragte Roger.

Eine deutsche Fernsehansagerin, der alternde Moderator einer Quiz-Show und ihre jeweiligen Partner nahmen an einem

Tisch in der Nähe Platz und versperrten Denis die Sicht auf die Band.

»Ich halte alles in der Schwebe«, sagte Denis. »Es ist dieser Schwebezustand, der mir meine Illusionen erhält.«

Gloria hatte den 150.000-Euro-Mercedes des Chilenen in einer Seitenstraße nahe des Menta geparkt. Die kleine Peruanerin, deren Körper sich unter einem unförmigen, bunt bedruckten, wallenden Kleid verbarg, setzte sich an den Ecktisch eines Straßencafés, von dem aus sie den Eingang des Menta im Blick hatte. Der Chilene hatte sich schwer auf sie gestützt. Jetzt straffte sich seine Gestalt, und er hinkte aufrecht neben Pepe Rogalzky auf das Menta zu.

»Schön dich wiederzusehen«, sagte Orlando, der Türsteher des Menta zu dem Chilenen. »Wie ich sehe, haben dich die Ärzte wieder einigermaßen zusammengeflickt.«

»Ja, es geht so«, erwiderte der Chilene und ließ den Krückstock mit dem breiten, silbernen Knauf durch die Luft wirbeln.

Im Menta ging schon die Post ab. Sie arbeiteten sich bis zur Bar vor, und Orlando, der Türsteher, begleitete sie und organisierte dem Chilenen einen Barhocker. Der Chilene setzte sich und hängte den Stock mit der silbernen Krücke lässig an den Tresen. Hinter der Bar arbeitete Ernesto, ein eleganter Latino aus Montevideo. Er umarmte den Chilenen und streichelte kurz über die Narben in seinem Gesicht.

»Es tut gut, dich wiederzusehen, Bruder«, sagte er. »Du und Pepe, ihr seid heute meine Gäste. Was möchtet ihr?«

Der Chilene bestellte Wein. Als Ernesto die beiden Gläser brachte, beugte sich der Chilene zu Ernesto vor. »Wir suchen zwei Jungs mit Bürstenhaarschnitt, Alter ungefähr fünfundzwanzig. Sie könnten Russen sein oder vom Balkan stammen. Sie waren gestern Abend hier in eurem Schuppen. Auf der Rechnung standen drei Flaschen Wodka.«

»An die erinnere ich mich«, sagte Ernesto. »Sie sind kurz vor Mitternacht gekommen und haben die ganze Zeit an dem Pfeiler dort drüben gestanden. Sie hatten teure Uhren an. Der eine trug ein goldenes Kreuz mit einem großen Brilli um den Hals. Eine halbe Stunde später kamen drei andere Männer, und sie setzten sich alle zusammen an einen Tisch. Die drei Männer blieben nicht lange, aber tranken ziemlich viel. Die beiden Jungs blieben am Tisch. Sie sprachen viel miteinander. Zwei ziemlich betrunkene deutsche Girls haben versucht, sie anzumachen, aber die Jungs haben sie weggeschickt.«

»Du weißt nicht zufällig, ob die hier in Port d'Alcúdia wohnen?«, mischte sich Pepe ein. Ernesto schüttelte den Kopf.

»Wenn sie heute Abend auftauchen sollten, geb' ich euch Bescheid«, sagte Ernesto.

Ein ziemlich verschwitztes Mädchen langte zwischen Pepe und dem Chilenen zur Bar und grabschte sich eine Handvoll Erdnüsse aus der Schale, die Ernesto vor sie auf den Tresen gestellt hatte. Dann musterte es den Chilenen und drehte sich wieder den beiden jungen Männern zu, mit denen sie offensichtlich im Menta zusammen war.

»Ungarin«, sagte Pepe Rogalzky.

»Woher willst du das wissen?«, fragte der Chilene. »Oder kennst du das Kind?«

»Es sind die Bewegungen«, sagte Pepe. »Ich bin mir ganz sicher.«

Der Chilene sprach eine Weile mit zwei Brasilianern, die auf der Hafenpromenade ein Café gepachtet hatten. Der Laden lief gut, vor allem wegen der phantastischen Cocktails. Die beiden Brasilianer arbeiteten mit Felipe, dem Anwalt, zusammen, einem Katalanen aus Barcelona, dem als Strohmann mehrere andere Lokale am Hafen gehörten.

»Da sind sie«, flüsterte Ernesto hinter ihm, tippte Pepe Rogalzky flüchtig auf die Schulter und reckte das Kinn in Richtung der Tische.

Valeria fühlte sich wohl. Sie hatte die beiden Deutschen gut im Griff. Es waren freundliche Männer, und es machte Spaß, mit ihnen zusammen zu sein. Sie hatten sich schon für morgen Nachmittag am Strand verabredet. In zwei Stunden würde Valeria mit einer Taxe ins Hotel zurückfahren, sich unter die Dusche stellen und bis morgen Mittag ausschlafen. Der erste Schritt ins neue Leben war getan. Sie genoss es, mit mehr als einem Tanga am Leib zu tanzen, ohne daran denken zu müssen, mit wem sie die nächste Nummer zu schieben hatte.

Als die Musik aussetzte, hatte sich Valeria ziemlich weit in Richtung der Tische getanzt und ihre beiden Deutschen völlig aus den Augen verloren. Sie wandte sich um und wollte in Richtung Bar, von wo man den besten Überblick auf das Getümmel hatte.

Als sie sich an dem Ecktisch vorbeiquetschte, stolperte sie über ein Männerbein, das sich urplötzlich in ihren Weg gestellt hatte, und taumelte vornüber. Eine Hand fing sie auf und zog sie am Oberarm in die Höhe.

»Hallo, Valeria!«, sagte die harte, metallische Stimme Igors.

Valerias Knie wurden weich. Im ersten Moment glaubte sie an einen bösen Traum, doch als sie Wanjas Kreuz im Discolicht aufblitzen sah, wusste sie, dass es sich genau umgekehrt verhielt und sie soeben aus einem schönen Traum aufgewacht war.

Sie befreite sich mit einem kurzen, heftigen Ruck aus Igors Griff.

»Wir finden dich«, sagte Wanja, dieser Teufel, der ihr einmal erzählt hatte, wie er seinen Onkel auf der Geburtstagsfeier seiner Großmutter erschossen hatte. »Also lauf nicht weg.«

Valeria hatte sich noch nie in ihrem Leben verteidigt. Sie war immer die Wege gegangen, die ihr andere vorgeschrieben hatten. Nur ein einziges Mal war sie von diesen Wegen abgewichen, und es war gewesen, als hätten sich für knapp zwei Tage die Türen des Himmels für sie aufgetan. Und dieser Himmel hatte einen Namen, er hieß Mallorca.

Instinktiv lief Valeria zur Bar herüber. Sie wusste, dass sie bei den beiden Deutschen keinen Schutz finden würde. Die beiden Männer waren harmlose Touristen, der eine hatte ein Friseurgeschäft, der andere war Tankstellenpächter. Mit dem untrüglichen Gespür für Menschen, deren Handwerk Girls, Gift und Gewalt waren, lief sie auf den Chilenen zu, dessen zusammengeflicktes Gesicht sie fasziniert hatte. Sie grabschte nach den Erdnüssen in der Schale auf dem Tresen und stellte sich so ungeschickt an, dass sie den Krückstock mit dem silbernen Knauf zu Boden warf. Der Chilene wandte sich zu ihr um und sah sie mit seinem dunklen Auge kühl an.

»Heb den Stock auf!«, sagte er, und die kehlige, brüchige Stimme jagte Valeria wieder einen tiefen Schrecken ein. Sie bückte sich, fasste den Stock am silbernen Knauf, und als sie, in der Hocke, aufblickte, sah sie in Igors unbewegliches Gesicht.

»Entschuldigen Sie die Unachtsamkeit des Mädchens«, sagte Igor in holprigem, hartem Spanisch. »Aber es ist nicht mit Absicht geschehen.«

Valeria reichte dem Chilenen den Krückstock, wobei ihre Hände zitterten.

Der deutsche Friseur hatte Valeria an der Bar entdeckt und kam herüber. »Da steckst du, Valli«, sagte er, und als er in das zerstörte Gesicht des Chilenen geblickt hatte, verlor er seine Selbstsicherheit. »Wenn du uns suchst, du weißt ja, wo du uns findest.« Er wandte sich um und ging zu seinem Freund zurück, der schon ziemlich betrunken war.

Ernesto beugte sich zwischen Pepe und dem Chilenen hinter dem Tresen vor. »Kann ich irgendwie helfen?«, fragte er den Chilenen. »Ich meine, du brauchst es nur zu sagen, Chilene.« Und dabei ließ er die Muskeln auf seinen tätowierten Oberarmen effektvoll spielen.

»Danke, Ernesto«, sagte Pepe Rogalzky und stellte sich zwischen den Chilenen, das Mädchen und den athletisch gebauten Typ mit der teuren Schweizer Uhr am Handgelenk. »Es war nicht besonders galant, deiner ungarischen Bekannten ein Bein zu stellen«, wandte er sich an Igor, »aber das geht mich nichts an. Was mich angeht, sind fünf demolierte Vans, und darüber möchte ich mich gerne mit dir und deinem Freund unterhalten.«

Pepe Rogalzky wusste, dass der Mann vor ihm eine Waffe im Schulterhalfter trug, das er unter dem langärmligen, locker fallenden Seidenhemd umgeschnallt hatte. Und als der Mann dem ungarischen Mädchen ein Bein gestellt hatte, war das Hosenbein etwas hochgerutscht und hatte die Wölbung unter dem Socken gezeigt. Pepe Rogalzky schätzte, dass sie durch ein Klappmesser verursacht wurde.

»Sind Sie ein Bulle?«, fragte der Mann mit dem Schulterhalfter.

Pepe schüttelte den Kopf. »Ich war ein Bulle«, sagte er. »Können wir nun miteinander sprechen, oder nicht?«

Igor nickte, verbeugte sich leicht und zeigte auf den Ecktisch, an dem Wanja saß und sich eine Zigarette angezündet hatte.

Als sich Igor zum Gehen umwandte, ruckte der Chilene den Krückstock vor, und der silberne Knauf verhakte sich an einem Bein Igors, der ins Straucheln geriet. Pepe Rogalzky fing den vornüberfallenden Mann auf und zog ihn am Oberarm hoch. Es war, als hätte er ein Stück Profilstahl angefasst. Igor drehte sich langsam zu dem Chilenen um.

»Das war der letzte Spaß, den du mit mir gehabt hast«, sagte er, und Pepe Rogalzky glaubte es ihm aufs Wort.

Pepe Rogalzky setzte sich so an den Tisch, dass er den Chilenen und das Mädchen im Blick behielt. Ernesto brachte eine Flasche Wodka, Eis und drei Gläser an den Tisch. Er beugte sich zu Igor vor und zeigte mit dem Daumen auf Pepe Rogalzky. »Das ist mein Freund Pepe«, sagte er. »Und dies ist mein

Lokal. Und in meinem Lokal passiert meinem Freund Pepe nichts.«

»Ich denke, dein Freund Pepe kann schon allein auf sich aufpassen«, sagte Wanja in akzentfreiem Spanisch. »Wie wir alle übrigens. Denn wir sind alle schon groß und ficken Frauen.« Er lachte, schlug Pepe Rogalzky auf die Schulter und schüttete das Wasserglas randvoll mit Wodka.

Als Ernesto gegangen war, wandte sich Igor an Wanja und sagte: »Dieser Mann will uns wegen fünf demolierter Vans sprechen, Wanja.«

Wanja zeigte weder Überraschung noch Zorn. »Das ist ja interessant. Hast du bei einer deiner Touren einen Crash gebaut, Igor, und fünf Vans demoliert? Warum erzählst du mir nie von deinen Unfällen, Igor?«

Wanja hob sein randvolles Glas, ohne dass auch nur ein Tropfen überschwappte, und trank es leer.

»Wanja, wie sollte ich denn einen Unfall mit fünf Autos haben, wo ich doch gestern den ganzen Tag mit dem Boot auf dem Meer war?«, fragte Igor.

»Das ist kein Spiel, das ihr mit mir spielen solltet«, sagte Pepe. »Auch wenn du eine Pistole im Schulterhalfter und ein Messer im Socken hast«, wandte er sich an Igor. »Und du, mein Freund, trägst deine Waffe in Griffhöhe auf dem Rücken.« Er prostete Wanja zu und trank einen Fingerbreit aus dem Glas. »Ihr seht, ich spiele nicht, sondern ich spreche die Dinge so aus, wie sie sind«, fuhr er fort. »Und die Dinge sind so, dass ihr vorgestern Nachmittag in Roger Schippengöts Büro aufgetaucht seid, mit ihm über ein Schutzgeld gesprochen habt, was er nicht zahlen wollte. Und am nächsten Morgen waren fünf seiner Großraumlimousinen demoliert und der Nachtwächter auch.«

»Und weiter?«, fragte Igor.

»Ja, und was weiter?«, fragte Wanja und schlug Pepe Rogalzky lachend auf die Schulter.

»Mein Freund Roger hat dadurch einen großen Schaden«, sagte Pepe Rogalzky. »Die Wagen waren neu, und die Versicherung wird nicht zahlen. Sie wird die Polizei einschalten und ihre eigenen Recherchen anstellen. Jetzt lässt sich alles noch regeln.«

»Und was weiter? Ich meine, ich sehe keine Perspektive in deinen Worten«, sagte Wanja.

»Es ist so, als ob du einem Atheisten, der nicht an Gott glaubt, etwas über den Himmel erzählst«, fügte Igor hinzu.

»Ihr seid hier auf einer Insel«, sagte Pepe Rogalzky. »Hier findet jeder jeden, wenn er will. Ich habe euch gefunden. Es hat mich ein Gespräch und einen Telefonanruf gekostet.«

»Und was weiter?«, fragte Igor.

»Dein Problem ist, dass du uns nichts Neues erzählst«, fügte Wanja hinzu und schenkte sich Wodka nach. »Dein Problem ist, dass es uns egal ist, ob du, die Versicherung oder die Bullen uns finden. Dein Problem ist, dass eine Insel ein guter Ort ist, mit dem Tod Hochzeit zu halten.«

»Okay«, sagte Pepe Rogalzky. »Ihr könnt wegen mir so durchgeknallt sein, wie ihr es seid. Aber dann ist dies die letzte Gelegenheit, mir zu sagen, ob ihr eine Beerdigung mit Musik oder ohne haben möchtet.«

»Ein Killer, der sich schlecht rasiert, hast du davon schon einmal gehört?«, fragte Wanja und lachte schallend.

»Schau mal«, sagte Igor, fasste Pepe an der Schulter und zeigte auf die jetzt wogende Disco. »Jeder hat hier gute Laune. Wir auch, auf unsere Art. Wir trinken Wodka, und du hörst meinen Freund Wanja lachen. Diese Insel ist schön, und Schönheit ist etwas Kostbares, weil Schönheit etwas Vergängliches ist. Verstehst du, Deutscher, Schönheit ist so verwundbar. Ein Schnitt mit einem kleinen Messer, und aus einem schönen Engelsgesicht wird eine scheußliche Fratze.«

Pepe Rogalzky stand auf. »Okay«, sagte er, »ihr seid noch zu jung oder schon zu alt, um den Unterschied zwischen Krieg und Frieden zu kennen. Ihr kommt aus dem Dschungel und glaubt, die Sachen, die ihr in Russland, in Polen und Ungarn abgezogen habt, könntet ihr hier wiederholen. Aber die Leute hier auf dieser Insel sind anders. Sie haben grausame Götter, Piraten und Eroberer aller Art überlebt.«

»Na, siehst du«, sagte Wanja, »dann haben wir uns ja richtig verstanden.«

Pepe Rogalzky ging an die Bar zurück.

»Was ist?«, fragte der Chilene, der Valerias Hand tätschelte.

»Sie wollen Krieg«, sagte Pepe Rogalzky. »Wir müssen schnell sein, Chilene, verdammt schnell.«

»Das regt mich auf!«, sagte Roger Schippengöt und stürzte sein Bier herunter. »Du tust so, als ginge dich das gar nichts an! Ja, glaubst du denn allen Ernstes, sie kämen nicht auch zu dir? Sie haben irgendeinen ausgewählt, bloß um einen Anfang zu machen. Und ich glaube noch nicht mal, dass ich der Anfang bin. Was ist mit Fred, der vor zwei Monaten erschossen worden ist? Was ist mit Alonso, der spurlos verschwunden ist? Mensch, Denis, wach doch endlich auf, dein schöner Traum ist vorbei, mein Freund, die Zeiten werden härter!«

»Wenn sie klug sind, werden sie es bei mir nicht wagen«, sagte Denis. »Aber ich gebe zu, Leute, die so vorgehen wie bei dir, sind nicht klug, die sind einfach nur brutal.«

Roger Schippengöt stand auf und warf ein paar Euromünzen auf den Tisch. »Ich warte bis morgen Mittag«, sagte er. »Wenn Pepe dann noch nichts Definitives geregelt hat, trete ich die Flucht nach vorn an, bin bei der Polizei und informiere die Presse. Und wenn ihr, und damit meine ich eine ganze Menge Leute, nichts für die Insel tun wollt, dann heuere ich eine Privatarmee an, und wenn ich dabei ein armer Mann werde.«

»Ich hab's dir schon ein paarmal gesagt, du hättest Dramaturg an einer Freilichtbühne werden sollen«, sagte Denis.

Die Fernsehansagerin stieß in Minutenabständen ein schrilles Gelächter aus, wobei sie beide Fäuste hektisch gegeneinander bewegte. »Sie sieht aus wie ein Huhn«, dachte Denis Deville, »wie ein Huhn, das sich als Mensch verkleidet hat.«

Er hatte schon nicht mehr damit gerechnet, als das Mädchen an den Tisch zurückkam. Auf ihrer Haut glänzte ein dünner Schweißfilm, und auf einem der hohen Wangenknochen war ein Lippenstiftfleck.

»Darf ich?«, fragte Birgit, nahm die Bierflasche von seinem Platz weg, trank sie leer und wischte mit dem Handrücken den Mund ab. Dann beugte sie sich vor, umfasste sein Handgelenk, zog seinen Arm zu sich heran und blickte auf seine Armbanduhr. »Oh, schon eins!«, sagte sie ehrlich überrascht. »Die Jungs haben mich ganz schön fertig gemacht. Jetzt knobeln sie bestimmt an der Bar aus, wer mich abschleppt.«

Birgit lachte herzhaft und schüttelte ihren Kopf, so dass ihr langes, glattes Haar sich wie ein in tausend Teile zerschnittener Fächer hinter ihrem Rücken entfaltete.

»Du hast schon viel begriffen«, sagte Denis. »Man muss sich immer auf das Ende hin orientieren.«

»Das Ende ist, dass ich in spätestens einer Stunde in Sant Elm sein werde«, sagte Birgit. »Da bleibt mir gerade noch so viel Zeit, jedem der Jungs einen Kuss zu geben und ein Taxi zu bestellen.«

»Da draußen steht meine alte Horex. Wenn du möchtest, fahre ich dich nach Sant Elm«, sagte Denis.

»Was ist das, eine Horex?«, fragte Birgit.

»Ein furchtbar uncooles, altes Motorrad mit zwei richtigen Sätteln«, sagte Denis.

»Toll!«, meinte das Mädchen. »Ich stelle es mir toll vor, in solch einer Nacht mit dem Motorrad über die Insel zu fahren!«

»Gut!«, sagte Denis. »Das heißt also, du nimmst mein Angebot an?«

»Ja!«, sagte Birgit. »Aber jetzt müssen Sie mir noch die Zeit gönnen, mich von meinen neuen Freunden zu verabschieden.«

Denis nickte. »Okay, Birgit. Und damit es dir nicht peinlich ist, mit einem Oldie wie mir abzuzittern, warte ich am Hafen auf dich. Ich bin der Typ, der auf dem Motorrad sitzt.«

Die Fernsehansagerin und ihr Partner hatten den Tisch verlassen und tanzten. Durch die Lücke beobachtete Denis, wie das Mädchen zur Bar ging. Mindestens zehn Arme streckten sich ihm entgegen.

»Das ist kein Zufall«, dachte Denis Deville. »Es ist kein Zufall, dass die Tochter meines ehemaligen Partners Holger Weißberger, der heute Morgen auf eine sehr dubiose Art zu Tode gekommen ist, mich anbaggert.«

Denis Deville war sich hundert Prozent sicher. Er hatte Birgit das letzte Mal vor fünfzehn Jahren gesehen. Damals war Birgit kaum drei Jahre alt. Aber er hatte ein Gedächtnis für Details, und er erinnerte sich genau, dass die dreijährige Birgit ein kleines, braunes Muttermal in der Form eines vierzackigen Sterns auf dem rechten Ohrläppchen hatte. Und als das Mädchen den Kopf geschüttelt hatte und ihr Haar zur Seite geschwungen war und sich fächerförmig hinter ihrem Kopf ausbreitete, hatte er auf ihrem rechten Ohrläppchen genau dieses Muttermal entdeckt.

Die Fahrt durch die warme mallorquiner Nacht war wunderbar. Es waren nur wenige Autos unterwegs. Als er am Ortsende von Andratx auf die schmale Nebenstrecke nach Sant Elm abbog, drang aus einem der Gärten ein Windstoß und überschüttete ihn mit dem herben Duft reifer Zitronen. Der Mond stand hoch über den Bergwänden der Tramuntana im Norden und ließ die silbernen Blattunterseiten der alten Olivenbäume, die in der aufkommenden Brise ihr Astwerk schüttelten, in magischem Licht erstrahlen. Er vernahm das Knistern des langen, seidigen Haars und spürte die Spannung, die den Körper des Mädchens aufgeladen hatte.

Kurz hinter Andratx überholte sie ein schwarzer Golf, der vor dem Überholmanöver die Scheinwerfer kurz aufblendete.

Die alte Horex lief rund, und es machte Denis Deville Spaß, ihre starre Federung in den engen Kurven zum Nachgeben zu zwingen. In einer der Kehren sah er über sich die weißen Mauern des alten Friedhofs. Das Mädchen presste sich eng an ihn und rief: »Halt bei den Mauern bitte an.«

Er drehte den Kopf zu dem Mädchen um, das mit der Zungenspitze die Lippen befeuchtete. Aus einem Pinienwäldchen hallte der Gesang der Zikaden und schwoll immer lauter an, als er die Fahrt verlangsamte und die alte Horex vor den weiß getünchten Mauern des alten Friedhofs zum Stehen brachte.

Birgit schwang sich eine Spur zu schnell aus dem Sattel. Dann fuhr sie sich mit beiden Händen durch das lange, glatte Haar, hielt den Kopf schräg, als lausche sie auf eine Musik, die von den Sternen herab zwischen das Sirren der Zikaden fiel, und tanzte dann auf die weiß getünchten Friedhofsmauern zu.

Denis Deville bockte die Horex auf, beugte sich einen Moment über das Zahlenschloss, das die Satteltasche sicherte, holte aus ihr einen dunklen Gegenstand hervor und ließ ihn in seine Hosentasche gleiten.

Birgit hatte die weiß getünchte Mauer erreicht und sprang auf einen mannshohen Findlingsstein, fast aus dem Stand, als wäre sie von einer unsichtbaren Hand emporgehoben worden.

Im gleichen Moment heulte ein Motor auf, und aus den Büschen rechts von der weißen Mauer raste ein schwarzer Golf heraus. Die Reifen drehten durch und warfen einen Hagel aus Schotter und Dreck zu den Seiten. Denis Deville hechtete zur Seite und zog im Sprung die Beine unter den Leib. Er spürte den scharfen Luftzug und hörte den Knall, als der schwarze Golf in die aufgebockte Horex raste.

Als er auf die Erde prallte, rollte er sich ein und kugelte ein paar Meter weiter. Aus den Augenwinkeln sah er, wie die

Horex meterhoch durch die Luft flog und dann auf die Straße knallte. Das Heck des schwarzen Golfs schleuderte herum, die Scheinwerfer wurden eingeschaltet und erfassten ihn. Er hörte, wie der Motor aufheulte, machte eine Drehung nach rechts, rannte ein paar Meter parallel zur Straße, schlug dann einen scharfen Haken und sprang in Richtung der Büsche hoch hinaus und streckte seinen Körper nach dem Absprung wie ein Turmspringer. Äste brachen unter seinem Gewicht, ein großer Oleanderbusch bog sich auseinander.

Er blieb mit einem Fuß in einer Astgabel hängen und glaubte für einen Moment, das Bein würde ihm aus dem Leib gerissen. Der Schmerz ließ ihn sich aufbäumen, und sein Fuß kam wieder frei. Hinter dem Busch war eine freie, sanft abfallende, mit kniehhohem Unkraut und niedrigen Ranken überwucherte freie Fläche, hinter der ein steiler, mit mannshohen Sandelholzbäumen bewachsener Abhang lag.

Er hörte es dicht hinter sich in den Büschen knacken und sah die aufgeblendeten Scheinwerfer des Golfs. Denis taumelte auf die Füße. Der Schmerz in seinem rechten Bein raubte ihm den Atem. Dann pfiff ein Geschoss dicht an seiner Schläfe vorbei und klatschte wenige Meter vor ihm in das Unkraut. Wieder sprang er ab, drehte sich im Flug zur Kugel ein und rollte über den Abhang in die Tiefe. Nach wenigen Metern stieß er mit den angehockten Knien gegen den Stamm eines Sandelholzbaumes, prallte nach rechts ab, fiel fünf Meter senkrecht in die Tiefe auf einen Busch, rutschte auf einem glatten Stück Fels nach rechts und in eine Rinne. Seine Hände waren aufgeschürft. Sein Fall war von einem querliegenden Felsbrocken in der steil abwärts führenden Rinne aufgehalten worden. Er zwängte sich, auf allen vieren kriechend, an ihm vorbei und zog sich ein paar Meter weiter an dem Ast einer Aleppokiefer aus der Felsenrinne heraus. Jetzt war der Grund des schmalen Seitentals nicht mehr weit. Doch Denis Deville hielt sich in der Mitte des mit Dornen bestückter Macchie durchsetzten

Wäldchens. Er fand eine Kiefer, deren Krone flach und weitausladend war, und zog sich auf den Stamm und in das obere Astwerk hinauf. Er kletterte zur Seite, wo die Ranken eines breitblättrigen Schmarotzers einen dichten Blättervorhang bildeten, und legte sich in eine Astgabel.

Sein Herz schlug bis zum Hals, und es hämmerte so stark, dass er fürchtete, man könne es bis hinauf zum Fahrweg hören. Der Motor des Golfs heulte auf, dann vernahm er das Quietschen der Reifen, der Golf war in den schmalen Feldweg abgebogen, der hinab ins Tal führte. Er bog das dichte Blätterdach der Ranken einen Spalt zur Seite und folgte mit den Blicken den aufgeblendeten Lichtbahnen der Scheinwerfer, die das enge, fast deckungslose Tal ausleuchteten. Dann entfernten sich die Scheinwerfer.

Orlando, der Türsteher des Menta, war über die Straße gekommen und lehnte sich für einen kurzen Moment an den Pfosten der schmalen Hofeinfahrt. »Es sind zwei Männer mit Bürstenhaarschnitt, einer hat ein langes, faltiges Seidenhemd, der andere ein rotschwarz gemustertes Jackett an«, flüsterte er. »Wenn sie herauskommen, werde ich ihnen einen guten Heimweg wünschen.« Dann zündete sich Orlando eine Zigarette an und schlenderte zum Eingang des Menta zurück.

»Sie werden mich umbringen«, sagte Valeria, und es klang aus ihrem Mund völlig undramatisch, als hätte sie gesagt: Ich nehme meinen Toast nur mit Butter. »Ich kann nicht in das Hotel zurück.«

»Okay«, sagte der Chilene. »Wenn du möchtest, kannst du die nächsten Tage bei mir wohnen.«

Pepe Rogalzky wartete, bis Ernesto hinter der Bar aus einem Kühlschrank direkt vor ihm eine Flasche Bacardi holte und sagte: »Ruf bitte die Peruanergang an. Du hast die Nummer. Sag ihnen, sie sollen herkommen, der Chilene braucht ihre Hilfe.«

Ein paar Minuten später bezahlte Igor den Wodka. Dann standen die beiden Männer auf, und Wanja schob sich durch das dichte Gedränge in Richtung Ausgang. Igor stand ein paar Augenblicke unschlüssig am Tisch, dann griff er sich an die Stirn, als sei ihm plötzlich noch etwas eingefallen, und kam herüber an die Bar.

»Du solltest nach Hause fliegen, Valeria!«, sagte er auf Ungarisch. Valeria sah an ihm vorbei. Igor nickte Pepe und dem Chilenen zu und folgte Wanja, der schon nach draußen gegangen war.

»Kommen Sie gut nach Hause, Señores!«, rief Orlando mit seiner wohltönenden Bassstimme, als die beiden Männer auf die Straße traten. Igor neigte den Kopf, als lausche er den Klängen von Musik, drehte sich um, kam auf Orlando zu und drückte ihm einen Geldschein in die Hand. »Du hast eine schöne Stimme«, sagte er. Orlando lächelte geschmeichelt. »Nur etwas zu laut, Mann!«, fügte Igor hinzu und ließ sein Knie vorschnellen.

Orlando krümmte sich zusammen und sank lautlos zu Boden.

Igor und Wanja gingen die Avenida Duncan entlang. An der nächsten Querstraße bogen sie nach links ab. Dann machte Igor kehrt und schlich, dicht an die Hauswände gepresst, bis an die Ecke zurück. Er spähte um die Ecke und sah, wie Orlando, der Türsteher, auf die Beine taumelte, beide Hände auf den Leib presste und im Eingang des Menta verschwand. Eine Minute lang war die Avenida Duncan wie ausgestorben. Dann hielt eine Taxe vor dem Menta, ein flippiges Touristenpaar stieg aus und verschwand in der Disco.

»Alles in Ordnung«, sagte Igor, legte den Arm um Wanjas Schulter, und die beiden gingen im Stechschritt wie Soldaten bei der Parade im Eiltempo davon und sangen traurige russische Lieder.

Pepe hätte Gloria nicht wiedererkannt. Sie hatte sich in ein schwarzes Kopftuch gehüllt, wie es die alten Frauen in den spanischen Dörfern trugen, wenn sie zur Kirche gingen, und über ihrem bunt bedruckten Kleid trug sie ein weites dunkelbraunes Cape. In den Händen hielt sie zwei große emaillierte Kannen an den Henkeln. Sie hatte gewartet, bis der kaum wahrnehmbare kurze Schatten, der nur wenige Zentimeter aus der Querstraße gefallen war, verschwunden war. Dann war sie aus der schmalen Hofeinfahrt getreten und setzte ihren unförmigen kurzen Körper in rasend schnelle Bewegung. Vor der Querstraße stoppte sie ab und zuckelte langsam in sie hinein. Jeder hätte sie für eine alte verbrauchte Frau gehalten.

Hätte Gloria, die kleine kugelige Peruanerin, nicht die magische Fähigkeit gehabt, sich so gut wie unsichtbar zu machen, hätte sie Igors und Wanjas Spur nicht folgen können. Wie die letzten beiden Tiere eines Wolfsrudels streiften sie durch Port d'Alcúdia, anscheinend ohne Ziel. Einmal konnte Gloria gerade noch unter einen Lastwagen kriechen, als sie unvermutet um eine Ecke schnürten. Soeben hatte sie noch eines ihrer traurigen russischen Lieder, mit denen sie den Mond anheulten, weit entfernt gehört. Wenig später kauften die beiden in einer kleinen Bar, in der die Stühle schon auf die Tische gestellt wurden, eine Flasche Veterano, und fielen dann in eine Art Zuckeltrab. Sie rannten und rannten und tranken im Laufen die halbe Flasche Brandy leer.

Eng wurde es für Gloria noch einmal, nachdem Igor und Wanja sich auf ein weiß getünchtes Mäuerchen der Auffahrt zum Sunwing Princesa gesetzt und den letzten Rest Veterano geteilt hatten. Plötzlich sprangen sie auf und rannten in Richtung des Strandes.

Gloria konnte im allerletzten Moment das Boot, das kieloben auf dem Strand lag, anheben und darunter schlüpfen. Doch der Platz war schon von einer streunenden, mageren mallorquiner Katze besetzt. Die fuhr die Krallen aus, ihre scharfen Eckzähne blitzten in dem wenigen Licht, das zwischen Sand und gewölbter Reling in das Dunkel sickerte. Doch dann traf sie der Blick der kleinen Peruanerin, und die Katze machte sich flach, drückte das Kinn in den Sand, kroch auf die Frau zu und leckte ihr die Hand.

Gloria und die Katze spähten unter dem Boot Igor und Wanja nach, die in das aufspritzende Wasser liefen und in einer silbernen Lichtbahn aufs Meer hinausschwammen, bis ihre Köpfe nur noch zwei schwankende Punkte auf dem Wasser waren.

Gloria hatte keine Mühe, den Weg der Punkte draußen auf dem Meer zu verfolgen. Als Kind hatte sie mit ihrer Mutter am Strand gesessen, und stets war sie es gewesen, die das lächerlich kleine Boot ihres Vaters als Erste entdeckte, sobald es am Horizont auftauchte. Die beiden Männer schwammen nun parallel zur Küste in Richtung Süden.

Gloria und die Katze verließen das Boot und verschwanden in den Schatten der Kiefern, der Dünenreste und der Hotels, die sich am Strand entlangzogen. In der Höhe des Ciudad Blanca tauchten Igor und Wanja aus dem trägen Meer und warfen sich ein paar Minuten auf den Strand. Eine verhungerte, halbwilde mallorquiner Katze ließ sie nicht aus den Augen, als sie wieder in ihren Zuckeltrab verfielen, Richtung Süden liefen und keine Pause machten, bis sie das Condesa de la Bahia erreicht hatten. Hinter dem Hotel nahmen sie die Querstraße, die zur vierspurigen Hauptverkehrsstraße Richtung C'an Picafort führte. Die Straße war menschenleer.

Sie hockten sich zwei Minuten in den Schatten einer Einfahrt und saßen dort und tasteten die Umgebung mit ihren wachsamen Wolfsblicken ab. Die kleine, halbverhungerte Katze hielt hinter einem Busch Abstand zu den Wölfen.

Als Igor und Wanja in der Pension verschwunden waren, dauerte es noch zwei Minuten, bis die kleine Peruanerin an der Ecke der Querstraße auftauchte. Die verwilderte Katze mit den stark ausgebildeten Fangzähnen führte sie zu der Toreinfahrt. Gloria duckte sich tief in die Schatten und wartete, bis im

Eckzimmer im vierten Stockwerk unter dem Dach das Licht gelöscht wurde. Auf einem Nachbargrundstück verschmolz Gloria mit einem großen Petunienstrauch.

Sie zog unter ihrem Umhang ein Handy hervor und deckte das Display mit der Hand ab, tippte eine Nummer ein und flüsterte. Dann schloss Gloria die Augen. Vor dem Busch lag die magere Katze im Gras, die Ohren gespitzt, die Augen weit aufgerissen, und hielt Wache.

Auf der Carretera d'Artà näherte sich ein roter Transit-Lieferwagen. Er bog von der Hauptverkehrsstraße ab. Aus der hinteren Ladeklappe sprangen fünf kleingewachsene Männer und verschmolzen mit den Schatten der Nacht.

Gloria hatte die Augen geöffnet. Sie konnte das Eckfenster im vierten Stock des Nachbarhauses einsehen. Der Mond versank hinter den Bergrücken der Halbinsel Formentor, und der tintenfarbene Himmel wurde tiefgrau, und eine Minute später schien es, als würde er zerbröckeln und auf die Insel herabfallen. Dann sah sie, wie die Außentür zu einem Keller des Nachbarhauses geöffnet wurde und die beiden Männer herausliefen und aus vollem Lauf über die brusthohe Absperrung des Nachbargrundstückes sprangen. Sie waren nur mit Boxershorts bekleidet und hielten Pistolen in den Händen. Sie rannten genau auf den großen Petunienbusch zu. Im Eckfenster des Nachbarhauses flammte Licht auf und erlosch sofort wieder. Die Katze machte einen Satz und verbiss sich in Igors Bein. Er trat nach ihr und traf sie im Nacken. Doch die Katze öffnete ihre Kiefer nicht. Wanja rannte weiter. Igor blieb stehen und bückte sich. Er griff der Katze um den Nacken und drehte ihr das Genick um. Die Kiefer der Katze blieben auch im Tod geschlossen. Da riss er die Katze samt einem faustgroßen Stück Fleisch aus der Wade und warf sie in hohem Bogen in den großen Petunienbusch. Blut spritzte aus der Wunde und nässte den Rasen. Dann rannte Igor weiter.

Als Jésus, der mit dem Engelsgesicht, über die Absperrung sprang, trat Gloria aus dem Petunienbusch hervor und zeigte in die Richtung, in die Igor und Wanja verschwunden waren. Jésus mit dem Engelsgesicht drückte ihr den Schlüssel des Transits in die Hand. »Leg dich in den Wagen, Tante«, flüsterte er. Dann bemerkte er die Blutspritzer auf dem Gras und hob fragend die Hände. Gloria zog aus dem Petunienbusch die Katze hervor, deren Kopf auf den Rücken gedreht war. In dem Moment lösten sich die Kiefer der Katze, und ein faustgroßer blutiger Fetzen Fleisch fiel aus ihrem Maul.

»Sie sind in Richtung Strand«, flüsterte Gloria. »Sie werden in Richtung Süden laufen. Vielleicht wird der Mann mit den heilen Beinen aufs Meer hinausschwimmen. Seid vorsichtig, sie haben Pistolen.«

Mittlerweile hatten die vier anderen Peruaner den Petunienbusch erreicht, klopften Gloria auf die Schulter und berührten sie sanft an der Hand. Dann verschwanden sie lautlos wie ein Rudel wilder Hunde in der Nacht.

Igor hinkte dicht an der Wasserlinie, wo der Sand hart und feucht war, über den Strand. Manchmal musste er einem Steg oder einem Kahn ausweichen, der kieloben auf dem Strand lag. Irgendwo weit vor ihm war Wanja, und die Schatten, die ihn jagten, schlossen immer näher zu ihm auf.

Igor kannte die Gesetze der Jagd, und er wusste, dass seine Verfolger geübte Jäger waren. Wenn er stehenblieb, verstummte das kaum hörbare Geräusch ihrer Schritte im Sand. Einmal hatte er einen undeutlichen Schatten gesehen, der hinter einem Kahn verschwand. Die Schmerzen in seinem Bein wurden stärker, aber sie machten ihn nicht nervös. Der Schmerz war ihm ein vertrauter Begleiter seit den Tagen seiner Kindheit, als er in den Straßen von Moskau um sein Überleben gekämpft hatte.

Wanja hatte den staubigen Fiat-Panda, der nahe einer Strandzufahrt unter den tief herabhängenden Ästen einer Pinie gut versteckt war, schon von weitem entdeckt. Er machte kehrt, schlug einen großen Bogen, verließ den Strand und lief durch die kaum mannshohen Reste der Dünen, die mit vertrockneten Strandhaferbüscheln und kleinen Wacholderbüschen bewachsen waren. Dann wurde der Gesang der Zikaden immer lauter, nur manchmal übertönt vom Liebesgestöhn des Paares im Fiat.

Wanja riss die unverschlossene Wagentür auf und ließ in dem Moment den Kolben seiner Waffe auf den Nacken des Jungen niedersausen, als der den schweißnassen Kopf zu ihm herumdrehen wollte. Als das Mädchen, dessen Kleider im Wageninnern verstreut herumlagen, den Kopf, der aus der Beifahrertür nach unten in den Sand hing, hochruckte, traf Wanjas Faust es in der Aufwärtsbewegung. Der Hieb schleuderte den Kopf gegen den Türrahmen. In großer Eile zog Wanja die beiden Leiber aus dem Wagen, fesselte sie mit einem langen Seil, das er hinter der Rückbank gefunden hatte, an den Stamm der Pinie und stopfte ihnen die Unterwäsche als Knebel in die Münder. Dann schlüpfte er in die Jeans des Jungen und streifte sein T-Shirt über. Auf der Ablage fand er eine prallvolle Börse, wie Kellner sie benutzen. Er warf einen Blick hinein. Ein Fach war mit mehr als hundert Münzen gefüllt, in den Fächern für die Scheine mochten annähernd sechshundert Euro stecken.

Dann ließ Wanja den Motor an, jagte den Panda durch den aufstaubenden Sand, erreichte die Wasserlinie, wo der Sand fest war und die Reifen gut griffen, und jagte den Strand in Richtung Norden zurück. Nach einigen hundert Metern blendete er die Scheinwerfer voll auf.

Im Kegel der Lichter sah er fünf Männer, die auf Igor, der sich nahe der Wasserlinie hielt, zurannten. Igor zog seine Waffe aus dem Schulterhalfter und gab jeweils einen Schuss auf die beiden Gestalten ab, die ihm am nächsten gekommen waren. Wanja sah, wie die Körper im Sand abtauchten. Er trat das Gaspedal ganz durch, bremste dann scharf ab und ließ das Heck des Pandas zum Wasser hin herumschleudern. Eine Woge aufspritzender Gischt legte für einen Moment einen mit Blicken fast undurchdringbaren Schleier über den Panda. Wanja riss die Beifahrertür auf, bekam Igor am Arm zu fassen und zog ihn in den Wagen. Dann gab er wieder Gas, und der Panda jagte in südlicher Richtung hart an der Wasserlinie über den Strand davon.

Pepe Rogalzky war wie betäubt, als er im Morgengrauen durch die menschenleeren Gassen der Altstadt von Palma trottete. In seinem Kopf kämpfte ein unbesiegbares Schlafbedürfnis mit den Ausdünstungen des Alkohols und den tausend Teufeln, die er in Bauch und Kopf geweckt hatte, und die jetzt mit ihren spitzen Krallen und Zähnen an seinen Nerven zerrten. Das verblichene Altrosa der beiden falschen Türsäulen, die den Eingang des Hauses markierten, verwandelte sich vor seinen trüben Blicken in das feurige Rot zweier Flammenbündel, die sich herabbogen und über ihm zusammenzuschlagen drohten.

Mit einer letzten Willensanstrengung fand er den Klingelknopf und drückte ihn mit der Nasenspitze herab. Dann drehte er eine weite Kurve, rammte mit der Schulter eine der falschen Säulen und wunderte sich, dass nicht das ganze Haus zusammenkrachte und über ihn fiel. Dann wurde das Fenster im obersten Stockwerk geöffnet, und ein Raubvogelgesicht mit grünen Lockenwicklern darüber blickte hervor.

»Roja, nimm deine abgesägte Schrotflinte, setz dich bei mir in den Flur und ballere jeden ab, der in meine Wohnung will!«, sagte Pepe Rogalzky und wusste nicht, ob er geflüstert oder geschrien hatte. Wenig später torkelte er neben der alten, unförmigen Mörderin, die sich den lächerlichen, mit goldenen Achselstücken dekorierten Bademantel ihres verstorbenen Mannes übergeworfen hatte, auf das vierzig Meter entfernte Haus zu, in dem seine Wohnung lag. Roja, die dreißig Jahre ihres Lebens in mehreren Gefängnissen auf dem Festland verbracht hatte, schwenkte unternehmungslustig die abgesägte Schrotflinte und sagte ein über das andere Mal: »Glaub mir, Pepe Rogalzky, ich schieße jedem in die Fresse, der sich an deiner Wohnungstür zu schaffen macht, und singe dabei noch La Cucaracha, das Lied von der Kakerlake.« Rojas trübe Augen begannen im Blutrausch zu glänzen, und Pepe wusste nicht, ob es der erste Abglanz der Morgensonne war oder die Erregung, die einen rötlichen Schimmer über das aufgedunsene, fahle Gesicht der alten Mörderin legte.

»Glaub mir, ich puste jedem den Kopf vom Hals, der sich an der Haustür zu schaffen macht, selbst wenn ich wüsste, dass es ein unschuldiger Säugling wäre!«, hörte er die Stimme der alten Mörderin aus dem Flur, als er die Schuhe auszog und sich aufs Bett warf. Er glaubte ihr und glitt hinüber ins Land, in dem der Schmerz nur noch der Schatten des Körpers ist.

4. KAPITEL

Pepe Rogalzky klammerte sich an die Boje, die von der Brandung hin und her geworfen und von der Gischt meterhoch überspült wurde. Der tonnenschwere Wal, dessen Instinkte verrückt spielten und die ihn in die Bucht fehlgeleitet hatten, war nur noch wenige Meter von ihm entfernt. Die nächste Grundsee würde ihn über die Boje und Pepe Rogalzky hinwegspülen. Die nächste Grundsee kam. Sie packte die Boje, schüttelte sie durch und riss sie mit sich hoch. Pepe Rogalzky sah den riesigen Schatten des Wals, der sich aufbäumte, und dann blickte er in das große Auge, das die wahnsinnige Todessehnsucht des Tieres widerspiegelte ...

Das riesige Auge zog sich wie im Zoom einer Kamera zusammen. Die alte Roja hatte Pepe an den Schultern gepackt und schüttelte ihn durch. Ihr fleckiges, aufgedunsenes Gesicht stand wie ein Schreckensplanet über Pepe Rogalzkys aus dem Gleichgewicht geratener Welt.

»Ein Gespräch! Ein Gespräch für Pepe Rogalzky!«, kreischte sie. »Der Mann sagt, er würde in fünf Minuten mit einer Armee Bullen das Haus stürmen, wenn er dich nicht sofort selber sprechen kann.«

Die alte Mörderin ließ seine Schultern los, und Pepe Rogalzky sank auf das Bett zurück. Das schwarze Telefon mit der altmodischen Wählscheibe lag wie eine große Spinne auf seiner Brust. Der Hörer schielte ihn böse an.

Pepe Rogalzky brauchte drei Anläufe, bis er seinen Namen einigermaßen verständlich ausgesprochen hatte.

»Alles in Ordnung, Pepe?«, fragte ihn die Stimme Jaume Vellerdes am anderen Ende der Leitung. »Bist du verletzt?

Wie ist die verrückte Mörderin in deine Wohnung gekommen? Was hat sie mit dir vor?«

»Was sie vorhat? Sie will gerade einen Kaffee kochen, Jaume«, röchelte Pepe. »Ich habe die alte Roja als meinen Bodyguard engagiert!«

»Du hast was?«, schrie Jaume Vellerde. »Du musst komplett verrückt geworden sein, Pepe Rogalzky. Du hättest genauso gut ein tollwütiges Krokodil als Leibwächter engagieren können.«

»Genau so etwas brauche ich«, sagte Pepe Rogalzky. »Aber deswegen rufst du ja wohl nicht an, es sei denn, du hast plötzlich hellseherische Fähigkeiten entwickelt.«

»Hellseherische Fähigkeiten nicht«, sagte Jaume Vellerde, »aber ich kann zwei und zwei zusammenzählen. Diese Nacht ist einem Pärchen am Strand von Port d'Alcúdia der Fiat Panda unter dem Arsch weggeklaut worden. Das ging so schnell, dass der Junge und sein Pferdchen die dicken Beulen an ihren Köpfen erst spürten, als sie sich an einen Baum gefesselt wiederfanden. Und dann, haben sie erzählt, kamen ein paar Jungs von der Peruanergruppe und haben sie losgebunden und ihnen was zum Anziehen gegeben.«

»Es sind halt hilfsbereite und freundliche Menschen wie die meisten Musiker«, sagte Pepe Rogalzky. »Und sie lieben Nachtspaziergänge am Meer. Es erinnert sie an ihre Heimat.«

»Pepe Rogalzky, es ist nicht fair von dir, mich zu verarschen«, sagte Jaume Vellerde, und seine Stimme klang ehrlich beleidigt. »Wir kennen uns schon ein paar Jahre. Habe ich dich ein einziges Mal verarscht?«

»Nein«, sagte Pepe Rogalzky, »hast du nicht.«

»Du und der Chilene, ihr beiden wart heute Nacht in Port d'Alcúdia im Menta. Dort sollt ihr eine kleine Meinungsverschiedenheit mit zwei Jungs gehabt haben, die Russen oder Polen oder etwas in der Art sein können, hat man mir erzählt.«

Der Duft frisch aufgebrühten Espressos stieg Pepe Rogalzky in die Nase. Aus den Augenwinkeln beobachtete er, wie die alte Mörderin eine halbe Tüte Zucker und eine halbe Flasche Veterano in seine Tasse schüttete.

»Korrekt«, sagte Pepe Rogalzky. »Orlando, der Türsteher vom Menta, hat dir keinen Mist erzählt. Er ist ein guter Informant und sein Geld wert.«

Die verrückte Mörderin watschelte mit der bauchigen Tasse zu seinem Bett und drückte sie ihm in die Hand. Pepe Rogalzky trank einen kleinen Schluck und setzte dann die Tasse ab.

»Roja!«, schrie er dann. »Was für ein Gift hast du in den Espresso gemischt? Das Zeugs spaltet einem ja den Magen!«

Die alte Mörderin riss sich den Hals der Veterano-Flasche von den Lippen. »Limonensaft, Pepe Rogalzky!«, kreischte sie. »Der spült dir den Müll aus dem Kopf!«

Pepe Rogalzky seufzte und hob den Telefonhörer wieder ans Ohr. »Die alte Hexe hat mich vergiftet«, sagte er. »Mit Espresso, Limonensaft und Veterano, eine ganz heimtückische Mischung. Du kannst also deinem Kollegen von der Gerichtsmedizin für die Autopsie den entsprechenden Tip geben.«

Jaume Vellerde lachte. Er hatte das Lachen eines Jungen, der am Strand einen Drachen steigen lässt. »Pepe Rogalzky«, sagte er dann, »ich habe zwei und zwei zusammengezählt. Ich will wissen, was da abgeht. In zwei Wochen wird die Insel vollgepackt mit Touristen sein. Wir alle leben davon, dass denen nicht das Lachen im Hals stecken bleibt.«

»Okay!«, sagte Pepe Rogalzky und ließ das heiße Gift durch seinen Schlund rinnen. Er wunderte sich, dass er nicht auf der Stelle tot umfiel. Gegen den Aufstand in seinem Magen war die Oktoberrevolution die Jahreshauptversammlung eines Kleingärtnervereins. »Ich habe einen Klienten, das musst du verstehen, Jaume«, fuhr er fort. »Ich werde ihm den Rat geben, dich zu informieren. Wenn er das nicht tut, ist das seine Sache.«

Am anderen Ende der Leitung knurrte Jaume Vellerde, aber vielleicht war das auch nur der Widerhall eines der zahlreichen Geräusche, die Pepe Rogalzkys Magen produzierte.

Pepe Rogalzky legte den Hörer auf die Gabel und versuchte, die von einer dünnen Gummihülle zusammengehaltene, schmerzende, schwabbelnde Masse, in die sich sein Körper verwandelt hatte, in die Senkrechte zu bringen. Als es ihm nach mehreren Anläufen gelungen war, versuchte er, die Toilette zu erreichen. Es war wie der Versuch eines Einzelnen, dreitausend mit Sangria zugekippte Ballermänner in eine Richtung dirigieren zu wollen. Er schaffte es bis ins Badezimmer. Aus dem Spiegel starrte ihn ein olivfarbenes, zerstörtes Gesicht an.

Eine breite Hand, auf der einzelne, daumennagellange Haarbüschel wuchsen, presste sich von hinten auf seinen Mund. »Und du behältst das Zeugs im Magen!«, kreischte die verrückte Mörderin.

Denis Deville hatte Anna, die Frau des Pförtners, in eine Farmàcia geschickt. Sein Knöchel war grün und blau und dick geschwollen, aber er konnte noch auftreten. Das Gel, das Anna aus der Farmàcia mitgebracht hatte, kühlte und linderte den Schmerz. Anna hatte den großen Sonnenschirm auf der Terrasse aufgespannt und den Korbsessel so zurechtgerückt, dass Denis über die ganze Bucht von Palmanova blicken konnte. Er legte den Fuß mit dem geschwollenen Knöchel hoch. Als das Gel eingetrocknet war, bat er Anna, die ihm den Haushalt besorgte, den Knöchel zu kühlen. Sie packte ihn in zerstampftes Eis, das sie zwischen die zusammengelegten Bahnen eines Handtuchs geschichtet hatte, und erneuerte das Eis alle halbe Stunde.

Durch sein Fernglas beobachtete er, wie das Transferboot am Haltepunkt vor der Tauchinsel auf das weiße U-Boot wartete. Dann tauchte es aus der Tiefe, und der Austausch der Passagiere ging zügig und routiniert vonstatten. Denis Deville legte das Fernrohr auf dem Beistelltisch ab und führte ein paar Telefongespräche, das letzte mit seinem Anwalt in Deutschland.

»Hi!«, sagte er. »Hier ist Denis. Ich rufe dich aus Mallorca an. Das Wetter ist bombig, das Geschäft mit dem U-Boot könnte besser laufen, ich habe mir den Knöchel verstaucht. Frag mich nicht nach Frau und Kindern, ich habe das letzte Mal vor zwei Wochen mit ihnen telefoniert. Ich möchte, dass du den Wohnort von Irene Weißberger und den ihrer Tochter Birgit ermittelst. Das ist mir doch egal, wie du das machst. Engagiere einen Privatdetektiv oder besteche jemanden vom Einwohnermeldeamt. Warum ich das wissen will? Weil Holger gestern Morgen hier auf Mallorca umgebracht worden ist, und weil Birgit heute Nacht versucht hat, das gleiche Ding mit mir abzuziehen. Ob ich schon bei der Polizei war? Nein, was meine Person betrifft, ist das keine Sache für die Bullen. Das regle ich auf meine Weise. Melde dich, wenn du den deutschen Wohnort der beiden Ladys herausgefunden hast.«

Denis Deville drückte das Gespräch weg. Auf der schmalen Zufahrtsstraße, die in Serpentinen zu dem weißen Apartmenthaus oben am Hang hinaufführte, knallten die Fehlzündungen eines Motors, die durch die faustgroßen Löcher im Auspuff kaum gedämpft wurden. Der Lärm wurde von einem infernalischen Fanfarensignal übertönt. Denis Deville beugte sich vor, und der verbeulte alte Escort erschien unten auf dem Wendehammer vor dem Apartmenthaus in seinem Gesichtsfeld. Pepe Rogalzky reckte sich aus dem heruntergekurbelten Fahrerfenster und verdrehte den Hals.

»Hast du Hühnersuppe im Haus, Denis?«, schrie Pepe zu ihm herauf. »Wenn mein Magen nicht innerhalb von zehn Minuten eine Hühnersuppe bekommt, muss ich sterben!«

Denis Deville drehte sich in seinem Korbstuhl in Richtung Wohnung und brüllte: »Haben wir Hühnersuppe im Haus, Anna?« Sekunden später erschien das Mausgesicht der Haushälterin in der Terrassentür. Anna nickte.

»Es ist Hühnersuppe da«, rief er zu Pepe hinab. »Und nun stell den gottverdammten Motor ab und komm hoch, sonst sinken hier die Grundstückspreise ins Bodenlose!«

Als Pepe auf die Terrasse schlurfte, stellte Denis Deville fest, dass das Gesicht des Ex-Bullen noch grüner war als sein verstauchter Knöchel. Pepe schaffte es gerade noch bis in den zweiten Korbsessel.

»Du siehst aus wie ein besoffenes Schwein auf dem Transport zum Schlachthof«, sagte Denis.

»Ich fühl' mich auch so«, murmelte Pepe.

»Du lässt dich hängen, Pepe!«, fuhr Denis fort. »Du hast dich nicht rasiert. Sonst rasierst du dich nur samstags nicht. Heute ist aber erst Freitag.«

»Ich bin noch zu jung zum Sterben«, murmelte Pepe Rogalzky. »Eine Rasur wäre heute Morgen glatter Selbstmord gewesen.«

Als Denis Deville die Ereignisse der vergangenen Nacht nüchtern und völlig emotionslos berichtet hatte, wischte sich Pepe Rogalzky mit dem Handrücken über den Mund und schob den Teller von sich weg. Sein Gesicht hatte nicht mehr den intensiven Olivton, sondern hatte die schmutzig graue Farbe verstaubten Mehls angenommen.

»Die Hühnersuppe war gut«, grunzte er.

»Noch einen Teller?«, fragte Denis.

Pepe Rogalzky hob abwehrend die Hände. »Gib meinem Magen die Chance, den Schock, etwas Gesundes in seinen Wänden zu beherbergen, erst einmal zu verdauen.« Er zündete sich eine spanische Fortuna an und blinzelte in die Sonne. »Du glaubst, seine Ex und deren Tochter haben deinen Kumpel Holger vom Leben zum Tode befördert und wollen nun dir ans Leder?«, fragte Pepe und zwinkerte müde.

»Klar glaube ich das!«, schnaubte Denis Deville. »Warum sollte ich denn was anderes glauben?«

Pepe Rogalzky bekam einen Hustenanfall und schnippte die glühende Fortuna über das Terrassengeländer. »Gut!«, sagte er. »Dann ruf Jaume Vellerde in der Polizeipräfektur von Palma an und erzähle ihm deine Story. Er ist ein leidlich guter

Bulle und wird sich leidlich gut um den Fall kümmern.« Er fingerte eine weitere Fortuna aus dem zerknitterten Päckchen und zündete sie an. »Aber vergiss nicht, Jaume Vellerde den Grund zu erzählen, den Holgers Ex und deren Tochter haben könnten, dich abzumurksen«, fügte Pepe hinzu.

»Ich werde diesen Bullen in Palma nicht anrufen!«, erwiderte Denis Deville entschieden. »Ich will, dass du dich darum kümmerst, Pepe! Und ich habe meine Gründe dafür, die dich und jeden anderen auf dieser Welt einen Scheiß angehen. Ich bezahle dich gut und will, dass du die beiden aufstöberst. Verstehst du, ich will mit den beiden reden. Vielleicht gibt es da etwas zu klären, das man durch Mord nicht klären kann.«

Anna kam auf die Terrasse und wechselte den kalten Umschlag.

»Schau mich an, Anna!«, sagte Pepe Rogalzky und wandte der spanischen Haushälterin sein stoppelbärtiges Gesicht zu, das nun die Farbe eines toten Fischs angenommen hatte, der zu lange in der Sonne gelegen hat. »Würdest du mich engagieren, wenn es um dein Leben ginge?«

Die spanische Haushälterin schüttelte entsetzt den Kopf und verzog angewidert ihr Mausgesicht. »Bei der heiligen Jungfrau mit der Krone, das würde ich nicht, Pepe Rogalzky!«, sagte sie, zog ihre Oberlippe zu einem Spitzbogen zusammen und stülpte sie über die Unterlippe. Dann huschte sie zurück in die Wohnung.

»Deine Haushälterin hat mehr Verstand als du«, seufzte Pepe Rogalzky. »Aber du kennst noch nicht die ganze Wahrheit, Denis, wie es um mich steht. Du siehst nicht nur ein menschliches Wrack vor dir, sondern jemanden, über den ein Todesurteil verhängt worden ist.« Dann gab er Denis eine knappe Zusammenfassung der Dinge, die sich letzte Nacht in Port d'Alcúdia abgespielt hatten.

»Und wie hat Roger reagiert?«, fragte Denis.

»Er sitzt gerade in der Polizeipräfektur auf Jaume Vellerdes Schoß und erzählt ihm alles«, antwortete Pepe Rogalzky.

»Ich hoffe, die Bullen können das so regeln, dass die Sache nicht eskaliert«, meinte Denis Deville. »Das können wir nicht gebrauchen. Die Insel ist in zwei ...»

»... in zwei Wochen mit Touristen vollgepackt«, unterbrach ihn Pepe Rogalzky. »Das habe ich heute Morgen schon einmal gehört. Und damit wir uns nicht missverstehen, Roger will, dass ich unabhängig von den Ermittlungen der Bullen weiter am Ball bleibe, und er bezahlt mich dafür.«

»Das ist auch gut so«, meinte Denis, »denn du steckst eh bis zum Hals in dieser Sache drin.«

»Aber das ist noch nicht alles. Ich habe da ein Ding, von dem ich noch nicht weiß, ob es wieder anläuft.« Pepe Rogalzky schwieg, und Denis bohrte nicht nach, denn er bemerkte, wie Pepe die Rollläden herunterließ und dass er nicht gewillt war, auch nur ein Wort von dieser anderen Sache herauszulassen.

»Es ist mir zwar ein großes Rätsel, aber dein Typ ist halt gefragt!«, sagte Denis. »Ich biete dir dreihundert Euro plus Spesen pro Tag. Und mir ist es scheißegal, ob du die beiden Girlies in der Antarktis, in Singapur oder in Palma aufgabelst. Hauptsache, ich kann mit ihnen reden. Und damit zwischen uns alles klar ist: Ich brauch' kein Kindermädchen, ich kann auf mich selber aufpassen.«

Pepe Rogalzky dachte ein Weile nach. »Okay!«, sagte er dann. »Gib mir einen Scheck über tausend Euro als Vorschuss.«

Henri war die neuen Buchungen durchgegangen, die von den Reisegesellschaften im Laufe des Vormittags durchgefaxt worden waren. Er stand auf, reckte sich und gähnte. Ihm fehlten ein paar Stunden Schlaf, denn um zwei Uhr hatte ihn Denis mit dem Handy geweckt. Er hatte ihn und seine zerdepperte

Horex an dem alten Friedhof vor Sant Elm dann in den Kombi geladen und nach Hause verfrachtet. Es war nicht das erste Mal, dass er seinen Chef irgendwo mitten in der Nacht auf der Insel aufgesammelt hatte. Jetzt hatte er noch dazu die undankbare Aufgabe, die nötigen Ersatzteile für das verdammte Motorrad zu organisieren. Denn dieses hässliche, stinkende, knatternde Ding war Denis aus unerfindlichen Gründen heilig wie einem Hindu die Kuh.

Er warf einen Blick in das U-Boot-Center. Eine Gruppe Touris saß vor den Monitoren und schaute sich den Film über den Bau und die Wartung des Schiffes an. Sein Blick glitt nach draußen. Ein Kerl mit der unproportionierten Figur eines Riesenaffen schaukelte mit dem Gang eines Seemanns auf den Eingang zu. Nein, wie ein Pauschaltourist sah der Kerl nicht aus. Der Mann betrat das Center und blickte sich um. Die Angestellten hatten sich gerade nach hinten verzogen. Henri blickte auf seine Armbanduhr. Kurz nach eins, um die Zeit löffelten sie immer ihre Suppen. Henri gähnte noch einmal und betrat lächelnd das Center.

»Kann ich Ihnen helfen?«, fragte er.

Der Riesenaffe drehte sich zu ihm um. Er hatte eine Stirn, die so breit war wie ein Hubschrauberlandeplatz. Links und rechts ragten Backenknochen von der Stärke eines Ellenbogens aus dem Gesicht des Mannes. Irritiert ließ Henri seine Blicke tiefer wandern, aber er suchte das Kinn des Mannes vergeblich. Der Riesenaffe beugte sich zu ihm herab, als hätte Henris' Frage seine Ohren in der schwindelnden Höhe nicht erreicht, und richtete zwei unverhältnismäßig kleine, intensiv gelbe Augen auf ihn.

»Kann ich Ihnen helfen?«, wiederholte Henri.

Der Mann nickte, und einen Moment hatte Henri Angst, der riesige Kopf könne von den breiten Schultern des Mannes kullern und ihn erschlagen. »Können Sie!«, erwiderte der Mann. »Ich möchte eine Tauchfahrt machen.«

Der Riesenaffe hat eine sanfte, melodiöse Stimme. »Ein guter Bariton«, dachte Henri, der einmal zwei Jahre im Kirchenchor von Ratingen gesungen hatte. »Tut mir leid,« sagte Henri, »aber wir sind die nächsten fünf Tage völlig ausgebucht. Den nächsten freien Platz kann ich für nächste Woche Mittwoch anbieten.«

»Den nehme ich auf jeden Fall!«, meinte der Riesenaffe. »Nicht für mich, sondern für meinen Neffen! Ich muss am Sonntag schon wieder auf dem Festland sein.«

Henri ging mit dem Riesenaffen zur Kasse und nahm die Buchung auf den Namen Emilio Ortega vor. »Kann ich für den Jungen schon die Eintrittskarte haben?«, fragte der Mann. »Mein Bruder hat eine Ferienwohnung hier in Magaluf und kann den Jungen direkt zur Anlegestelle bringen.«

»Wir haben keine Eintrittskarten, sondern Boardingcards«, entgegnete Henri kühl, und als er das Unverständnis im Blick des Riesenaffen bemerkte, fügte er hinzu: »Genau wie bei einer Fluggesellschaft. Ich kann Ihnen wegen unserer Sicherheitsbestimmungen keine Boardingcard aushändigen. Ihr Neffe muss zuerst ins Center kommen. So gegen zehn.«

Der Riesenaffe nickte und blätterte ihm das Geld hin. Henri zählte nach und runzelte die Stirn. »Das ist zuviel!« sagte er. »Viel zuviel.«

»Ist es nicht!«, widersprach der Mann mit seiner melodiösen Baritonstimme. »Es ist der Preis für die Fahrt meines Neffen und der für meinen Boardingpass. Ich kann, wie gesagt, nur heute.«

Henri nahm das Geld von der Theke. Er überlegte kurz. Zweihundert Euro für ihn, nicht schlecht.

»Okay!«, sagte er. »Ich stelle Ihnen einen Boardingpass für den Notsitz aus. Das tun wir eigentlich nur, wenn aus irgendeinem Grund mal eine Überbuchung vorkommt.«

Der Riesenaffe grinste und sah zum Fürchten aus. Er klopfte auf die eckige Videokamera, die in Henris Kopfhöhe vor seinem Bauch baumelte. »Wenn ich zurückkomme, gibt's noch ein Extratrinkgeld!«, sagte er.

Das Mädchen hob den Kopf und blinzelte in die schrägstehende Sonne. Eine Hälfte des Hotelpools lag schon im Schatten. Der Rentner aus Wattenscheid, der in der Chartermaschine eine Reihe hinter ihm gesessen hatte, war der einzige Schwimmer im Pool. Gleichmäßig wie ein Uhrwerk zog er seine Bahnen.

Birgit schaute dem Schwimmer eine Weile zu. Zwei Bahnen Brust, dann warf er sich auf den Rücken, wieder zwei Bahnen, und das Wechselspiel begann von neuem. »Zum Verrücktwerden!«, dachte Birgit erbittert. »Wie alles an diesem Hotel!« Sie drehte sich auf den Bauch und starrte zu den wabenartig ineinander verschachtelten Gästezimmern mit den kleinen Balkonen davor. Auf den Balkonen herrschte Aufbruchstimmung. Die Mumien verließen sie scharenweise, um sich für das Abendessen fertig zu machen.

Sie hatte es ja nicht anders gewollt. Im Reisebüro hatte sie zu der jungen Frau gesagt, dass sie ein ruhiges Hotel bevorzugen würde, aber dass sie dann in solch einem Mumiengefängnis landen würde, damit hatte sie nicht gerechnet. Außer dem Jungen, der am späten Nachmittag begann, die Aschenbecher am Pool zu säubern, die Kissen von den Liegen loszubinden und die Papierkörbe zu leeren, war sie wahrscheinlich der einzige Mensch unter zwanzig in dem ganzen Hotel. Selbst die Zimmermädchen und die Kellner sahen alle schon so überfällig aus, dass bei ihrem Anblick jeder Bestattungsunternehmer leuchtende Augen bekommen hätte.

Zu dem Jungen, der am anderen Ende des Pools mit den Aufräumarbeiten begonnen hatte, gesellte sich ein zweites, um einige Jahre jüngeres Kind und half ihm. »Vielleicht sein Bruder«, dachte Birgit.

Birgit richtete sich auf, stellte das Kopfteil der Liege hoch, knüllte ihren Bademantel zusammen und schob ihn unter den

Kopf. Wenn sie ausgestreckt auf dem Bauch lag, konnte sie sich so schlecht konzentrieren. Nachdem sie erst weit nach Mittag aufgewacht war, hatte sie den ganzen Nachmittag dösend und in einem seltsamen Schwebezustand zwischen innerer Nervosität und Betäubung verbracht.

Bei der Sache mit Denis gestern Nacht war ja wohl etwas entsetzlich schief gelaufen. Birgit schüttelte sich. Der kleinere der beiden Jungen hatte sich die Seite vorgenommen, auf der ihre Liege stand, und begann, die Schaumstoffmatratzen von den Liegen zu räumen und in den kleinen Geräteraum zu tragen. Plötzlich, ohne dass Birgit auch nur eine Sekunde darüber nachgedacht hatte, wusste sie, was sie zu tun hatte. Die Einsicht stand so klar vor ihren Augen, dass sie aufsprang, ihre Sachen zusammenraffte und auf ihr Zimmer rannte.

Der Junge sah ihr achselzuckend nach, band das Polster von der Liege und trug es in den Schuppen. Dann ging er zu seinem Bruder oder seinem Freund, drückte ihm etwas in die Hand und lief durch den Hinterausgang.

Igor betastete seine Wade, in der es hämmerte und pochte. Der Arzt, zu dem Wanja ihn gebracht hatte, war ein alter, freundlicher Mann, der keine Fragen gestellt, ihm eine Tetanusspritze gegeben und Antibiotika verschrieben hatte. Der Rat, die Klinik Son Dureta in Palma aufzusuchen, war kostenlos und ebenso senil, wie der alte Mann selbst.

Igor zog die Gardine ein Stück zur Seite, stützte die Ellenbogen auf das Fensterbrett und schaute hinauf zu den Bergen. Er mochte Berge, sie gehörten zu seinen frühesten Kindheitserinnerungen. Seine Eltern hatte es unter dem alten Regime in den Kaukasus verschlagen. Sein Vater hatte dort in einem Erzbergwerk gearbeitet. Als er bei einem Stolleneinbruch unter der Erde blieb, hatte seine Mutter die wenigen Möbel verkauft, einen Koffer gepackt und mit dem fünfjährigen Igor den Zug nach Moskau genommen. Im Moskauer Zentralbahnhof hatte sie ihm ein paar Kopeken in die Hand gedrückt, für die er sich heiße Kastanien kaufen durfte. Der kleine Igor hatte sich vor dem Kanonenofen des Kastanienverkäufers in die Schlange gestellt. Einmal hatte er sich umgewandt. Seine Mutter wartete mit dem Koffer vor den Aushängen mit den Busfahrplänen und winkte ihm zu. Der Verkäufer drückte ihm missmutig das Papier mit den halbverkohlten Kastanien in die Hand und scheuchte ihn zur Seite. Er löste vorsichtig die Schale von einer Kastanie ab, ließ sie auf der flachen Hand etwas ausdampfen und verschlang sie mit Heißhunger. Dann lief er zu den Aushängen zurück. Seine Mutter war verschwunden. Seit jenem Abend hatte er sie nie wiedergesehen.

Wanja war aus der Stadt zurück, er hörte ihn auf der Treppe mit einem der Bulgaren lachen. Am Nachmittag hatte er den Bulgaren im Garten beim Training zugeschaut. Sie hatten ihre Flickflacksprünge geübt, ihre unglaublichen Pyramiden, hatten mit ihren Leibern Brücken gebaut und die Gliedmaßen zu einem Quadrat verknotet. Die Bulgaren hatten heute Abend einen Auftritt im Viva Garden in Magaluf. Die Touristen, vor allem die kleinen Gäste, liebten das rasante Programm der Bulgaren, ihre Akrobatik, die lustigen Zaubereien und Clownerien. Der Auftritt würde ungefähr um elf beendet sein. Wanja und er hatten einen kleinen Job in Magaluf zu erledigen. Dann würden sie einen der beiden Kleinbusse der Bulgaren übernehmen.

Wanja kam mit zwei großen, prallgefüllten Plastiktüten ins Zimmer. Er hatte im nahen Valldemossa eingekauft.

»Na, was macht das Bein?«, fragte er.

»Der übliche Wundschmerz«, erwiderte Igor. »Damals, nachdem sie mir die Kugel aus dem Rücken operiert hatten, war es schlimmer.«

Wanja holte Teller und Wassergläser aus dem Schrank, wusch Tomaten und schnitt Scheiben von dem Hartkäse ab. Dann würfelte er drei große Gemüsezwiebeln und mischte sie unter die Tomatenscheiben. Igor ging zu dem alten Wandschrank und holte ein grünes Futteral hervor. Er öffnete es, zog die doppelläufige Jagdflinte hervor und ließ seine Hand über den angenehm kühlen, glatten Schaft gleiten.

»Eine schöne Waffe«, sagte Wanja.

»Sie macht große Löcher«, sagte Igor und kicherte. Wanja stellte den Salat auf den Tisch und entkorkte eine Flasche roten Rioja.

Igor schob zwei große Pappkartuschen in die Ladekammern des Gewehrs. Dann öffnete er den Cellokasten, der mit hellgrünem Filz gefüttert war, legte das Gewehr im Futteral hinein, holte aus der Schublade einer alten Kommode zwei Pistolen, einen kurzen, am Ende stark verdickten Totschläger und einen Schlagring. Von dem durchgesessenen Sofa nahm er ein paar umhäkelte Kissen und stopfte die Lücken im Cellokasten aus. Dann schloss er ihn und trug ihn auf den Flur.

Als er zurückkam, saß Wanja schon am Tisch und aß. Draußen im Garten miaute eine Katze.

»Bestien!«, sagte Igor und setzte sich.

Der Chilene hatte den ganzen Nachmittag kreuz und quer über die Insel telefoniert. Wie fast alle Südamerikaner liebte er Telefone über alles. Er besaß vier Handys und eine schnurlose Telefonanlage mit sechs Apparaten. Sie lagen alle auf seinem Schreibtisch verstreut.

Das Mädchen, das den Nachmittag auf der Terrasse am Pool verbracht hatte, kam herein und lehnte sich mit dem Rücken an die Wand. Es hatte dünnes Haar und lange Beine. Zwischen den Telefonen lagen viele Zettel verstreut. Auf manchen waren bloß kleine Strichmännchen gemalt, auf anderen standen Namen und Adressen. Das Mädchen schaute sich in dem großen, sonnendurchfluteten Raum um. Ihre Blicke glitten über die Computeranlage, die Bang & Olufsen-Boxen und zu dem Sandelholzsekretär mit den Perlmutteinlegearbeiten. »Ein schönes Haus hast du«, sagte es. Der Chilene nickte. »Schöne Sachen stehen darin.« Der Chilene zuckte mit den Schultern. »In der Garage steht ein schönes Auto«, fuhr das Mädchen fort. »Du bist ein reicher Mann. Und woher hast du das Geld?« Der Chilene strich sich über sein glattes, eingöltes Haar. Es war dickes Haar. Wenn man ein Dutzend seiner Haare zusammenflocht, konnte man es als Abschleppseil benutzen.

»Was willst du hören?«, fragte er. »Kokain? Crack? Heroin? Amphetamine? Designerdrogen? Hak die ganze Liste ab, ich hatte das größte Warenlager dieser Art auf Mallorca. Was willst du weiter hören? Mädchen? Schwule? Konntest du alles bei mir kaufen.«

»Und jetzt?«, fragte das Mädchen.

»Ich weiß nicht«, sagte der Chilene. »Ich bin wie jemand, dem man einen Sack über den Kopf gestülpt und dann zugebunden hat. Ich habe zu lange in dem Sack gesteckt. Jetzt ist er weg, aber ich sitze immer noch in der gebückten Haltung, als wäre er noch da.«

»Und dieser Pepe?«, fragte das Mädchen.

»Jeder macht letzten Endes nur das, was er einmal gelernt hat«, sagte der Chilene. »Pepe hat Bulle gelernt. Er spielt einfach weiter Bulle, auch wenn er keiner mehr ist.«

»Und du?«, fragte das Mädchen. »Was hast du gelernt?«

Der Chilene nahm den Krückstock mit dem silbernen Knauf vom Schreibtisch, stemmte sich aus dem verchromten Drehsessel und hinkte auf die Terrasse bis zur Balustrade. Das Mädchen war ihm gefolgt. Der Chilene zeigte mit dem Krückstock auf die Bucht. »Fischer«, sagte er. »Mein Vater war ein Fischer. Er hatte ein Boot mit einem richtigen Motor und Netze, die hinter dem Boot hergezogen wurden. Als ich vierzehn war, bin ich mit ihm auf Fischfang gefahren. Als ich siebzehn war, ist das Boot in einem Sturm gesunken.«

Gloria, die kleine, fast quadratische Peruanerin, schlurfte auf die Terrasse und brachte dem Chilenen eines der schnurlosen Telefone.

Der Chilene wandte sich ab und sprach ein paar Worte. Gloria wartete, teilnahmslos und in sich gekehrt wie ein Gepäckstück, das man abgestellt hat. Eine Katze, die in einer Ecke der Terrasse im Schatten gelegen hatte, stand auf, machte einen Buckel und die Vorderbeine lang, stolzierte dann zu Gloria hin und rieb das Fell an ihren Beinen. Nachdem der Chilene das Gespräch beendet hatte, gab er Gloria das Telefon, die es ins Haus zurücktrug.

»In Budapest, als du noch mit Igor und Wanja zu tun hattest, gab es da einen Pjotr, den man den Polen nannte?«, fragte er.

Das Mädchen zuckte zurück. Dann spuckte es über die Brüstung der Terrasse. »Den kannte ich«, sagte es nach einer Weile. »Ein großer, dünner Mann. Er hatte schöne Augen und schmale, ganz weiße Hände, die auch in der Sonne nicht braun wurden. Er hat manchmal die Mädchen kontrolliert. Einmal hat er eine Rumänin erwischt, die bei Freiern etwas Geld für sich abgezockt hat. Sie war erst vierzehn. Er hat ihr das Gesicht zerschnitten.«

Valeria drehte sich plötzlich zu dem Chilenen um. »Hast du auch Gesichter zerschnitten?«

Der Chilene zuckte mit den Schultern und schwieg.

Nach einer Weile fuhr Valeria fort: »Pjotr war aus der Ukraine. Man nannte ihn den Polen, weil er angeblich in einer Nacht zwölf Polen abgestochen haben soll. Igor, Wanja und der Pole hingen oft zusammen rum. Wir hatten alle Angst vor ihm.«

»Der Pole ist auf Mallorca«, sagte der Chilene. »Er hat ein Haus in Porto Cristo gemietet. Er kauft bei einem Freund jede Woche eine Portion Koks. Es ist viel Koks. Er bezahlt bar und immer in Dollars. Er hat meinen Freund einmal zu einer Party in sein Haus eingeladen. Mein Freund hat ein paar Mädchen mitgebracht. Der Pole war nach ein paar Stunden ziemlich high. Er hat erzählt, warum man ihn den Polen nennt.«

Das Mädchen schüttelte sich.

»Mir ist kalt!«, sagte es. »Mir hat einmal ein Mädchen erzählt, das in Rumänien ein Jahr im Gefängnis gesessen hat, dass es im Sommer, wenn es unerträglich heiß in den Zellen war, gefroren hat, obwohl ihm der Schweiß vom Körper floss.«

Der Chilene zuckte mit den Schultern. Er ging in sein Arbeitszimmer, öffnete eine Schublade seines Sekretärs, nahm eine Pistole heraus und schraubte einen Schalldämpferaufsatz auf den Lauf der Waffe. Dann rief er die kleine Peruanerin, die ihm half, ein Schulterhalfter umzuschnallen.

Pepe Rogalzky hatte geschlafen wie ein Toter. Er war plötzlich hellwach, als habe jemand seinen Schlaf mit einem Messer abgeschnitten. Die alte Roja saß im Schaukelstuhl. Im Fernsehen lief ein Ratespiel, der Ton war abgestellt. Er ging ins Badezimmer und wusch sich mit kaltem Wasser. Dann rasierte er sich die Stoppeln aus dem Gesicht und fühlte sich frisch und ausgeruht.

Er setzte sich ans Fenster. Von hier aus konnte er einen kleinen Ausschnitt des Himmels über Palma sehen. Hoch oben trieb eine kleine Wolke, die aussah wie ein Büschel ausgerissenen Blondhaars. Die ganze Insel schien in dieser Zeit zwischen Nachmittag und Abend innezuhalten und auszuatmen.

»Ich gehe rüber und hol' mir Sachen für die Nacht«, sagte die alte Mörderin, die ihre abgesägte Schrotflinte unternehmungslustig in der Hand schwenkte.

Zwei Minuten später sah er, wie die Verrückte die Straße überquerte und dabei unternehmungslustig die abgesägte Schrotflinte schwenkte. Zwei Frauen mit Einkaufstaschen kamen ihr entgegen und wechselten die Straßenseite.

Das schwarze Telefon klingelte. Pepe Rogalzky wusste, dass die Insel ausgeatmet hatte und den ersten Schritt machte, die

Nacht zu durchtanzen. Der kleine Carlos war am anderen Ende der Leitung.

»Ich habe das Mädchen gefunden«, sagte er. »Es war nicht schwer. Sie wohnt unter ihrem richtigen Namen im Coronado in Peguera.«

»Und die Mutter?«, fragte Pepe Rogalzky.

»Noch keine Spur«, sagte der Junge. »Das Mädchen ist beim Abendessen. Ich muss jetzt nach Hause, sonst macht sich mein Großvater Sorgen.«

»Gut!«, meinte Pepe Rogalzky. »Ich beeile mich. Es wäre toll, wenn du solange warten könntest.«

Er hängte ein, schnallte sich das Schulterhalfter um und steckte ein Magazin in die Tasche. Dann hörte er die schweren Schritte der verrückten Mörderin und ihr asthmatisches Schnaufen im Treppenhaus.

»Mach dich bemerkbar, wenn du zurückkommst, Pepe Rogalzky«, sagte die alte Roja. »Sonst knall' ich dir eine Ladung Schrot in die Fresse, und weiß Gott, es würde mir nicht leid tun.«

»Nett«, sagte Pepe und zog die Wohnungstür hinter sich zu.

Es war die Zeit der Unentschlossenen. Sie schlenderten gemächlich durch Palma und ließen Berge von totgeschlagener Zeit hinter sich zurück, durch die Pepe Rogalzky Richtung Passeig Maritim hastete. Dort hatte er seinen verbeulten Escort in einer der Parkbuchten an der Hafenseite geparkt. In der Nähe der alten Börse Sa Llotja löste sich in der Carrer Apuntadors eine Gestalt aus dem Eingang einer der Kneipen und schoss auf Pepe Rogalzky zu.

»Pepe, der Mann, der zweimal lebt!«, kreischte Allan, der Transvestit aus Hammersmith, und schwenkte unternehmungslustig ein goldenes Handtäschchen an einer silbernen Kette. Die lange Schwarzhaarperücke saß noch gerade auf dem Pferdegesicht, und das rote, enganliegende Stretchkleid hatte noch keine Sitzfalten.

»Tut mir leid, Allan, aber ich habe echt keine Zeit für ein Schwätzchen«, sagte Pepe und beschleunigte seine Schritte.

»Macht nichts, macht nichts!«, flötete der Transvestit. »Dann eile ich ein paar Schritte an deiner Seite.«

Die hohen Absätze knallten wie Kastagnetten auf das Pflaster.

»Es tut sich etwas, es tut sich etwas!«, kreischte Allan vergnügt und versetzte Pepe einen neckischen Hieb mit seinem goldenen Handtäschchen gegen den Bauch. »Du hast die alte Roja engagiert und arbeitest mit dem Chilenen zusammen.« Allan schielte Pepe von der Seite an. »Nette Gesellschaft!«, kreischte der Transvestit, als Pepe die Doppelfahrbahnen des Passeig Maritim überquerte.

Allan hatte die beiden schlanken rasierten Arme auf das staubige Wagendach des alten Escorts gelegt, als Pepe den Motor nach dem dritten Versuch ins Laufen gebracht hatte. Er knatterte ohrenbetäubend, und eine erste, nach verbranntem Öl stinkende schwarze Wolke verteilte sich durch die faustgroßen Löcher des Auspuffs.

Allan beugte sich zu dem heruntergekurbelten Seitenfenster herab. »Eine Mörderin bleibt immer eine Mörderin und ein Dealer immer ein Dealer!«, kreischte er.

»Und ein Transvestit bleibt immer ein Transvestit, selbst wenn er sich einen Bart wachsen lässt«, erwiderte Pepe Rogalzky, legte den Rückwärtsgang ein und setzte den alten Escort so schwungvoll aus der Parklücke, dass Allan einen Satz zur Seite machte und einen seiner goldenen Abendschuhe dabei verlor. Der Transvestit bückte sich blitzschnell, fasste den Schuh und warf ihn dem alten Escort hinterher. Er knallte auf das Rückfenster und tropfte nach links auf die mittlere Fahrspur ab. Ein Lieferwagen fuhr ihn platt.

Pepe fädelte sich auf die Spur ganz links ein und wendete bei der nächsten Möglichkeit. Er sah in Höhe der alten Börse, wie Allan, der Transvestit aus Hammersmith, barfuß in die Carrer Apuntadors einbog. Er trug den goldenen Abendschuh, den er mit dem langen, spitzen Absatz hinter dem Gürtel festgesteckt hatte, wie einen Colt an seiner Seite.

Allan hatte vor fünf Jahren noch einer Spezialeinheit der Londoner Kriminalpolizei angehört und galt als ganz harter Bursche. »So macht halt jeder seine Karriere«, dachte Pepe Rogalzky, »und Klasse setzt sich durch«.

Der kleine Carlos lungerte vor dem Coronado herum, das am Ende einer ruhigen Seitenstraße lag. Pepe fand einen Parkplatz, von dem er den Eingang des Hotels einsehen konnte. Der Junge schlenderte herbei und setzte sich auf den Beifahrersitz.

»Sie ist mit dem Abendessen fertig«, sagte er, öffnete das Handschuhfach und nahm sich einen Kaugummi. »Sie hat bestickte Jeans an, die auf dem rechten Knie ein Loch haben. Und ein rotes Top, das den Bauchnabel freilässt.«

»Und? Ist der Bauchnabel hübsch?«, fragte Pepe.

Der Junge zuckte die Achseln und gähnte. Er beugte sich vor und warf einen Blick auf das Display der Digitaluhr, die neben dem Zigarettenanzünder auf dem verkratzten Plastik der Innenverkleidung klebte.

»Ich muss los, sonst verpasse ich den Bus nach Palma«, sagte der Junge.

Pepe fingerte einen paar Geldscheine aus seiner Hosentasche und reichte sie dem kleinen Carlos. »Nimm eine Taxe«, sagte er.

Taxifahren war eine der beiden großen Leidenschaften des Kindes. Die zweite waren Schokoriegel. Pepe beobachtete den Kampf, der sich im Innern des Jungen abspielte und der sich deutlich in seinem Gesicht widerspiegelte. »Ich behalte das Geld und nehme den Bus!«, entschied der Junge. Die Schokoriegel hatten gesiegt.

Das Mädchen stieg eine halbe Stunde später in eine Taxe. Pepe folgte ihr in weitem Abstand. Die Taxe fuhr in Richtung Andratx und bog dann auf die Seitenstraße nach Sant Elm ein. Sie durchquerte den Ort und fuhr über die Uferstraße weiter.

Auf dem kleinen Platz, wo das Büro der Tauchschule lag, hielt die Taxe. Das Mädchen stieg aus, reckte sich und wartete, bis die Taxe verschwunden war.

Es war inzwischen dunkel, aber noch nicht ganz Nacht geworden. Das Mädchen kaufte in einem Tabaco Zigaretten und eine Schachtel Streichhölzer und verstaute beides, draußen vor dem Laden, in ihrem kleinen, bunt bedruckten Rucksack. Dabei stellte sie sich so, dass ein paar Spaziergänger sie dabei nicht beobachten konnten.

»Bingo!«, dachte Pepe Rogalzky. »Rotkäppchen hat etwas in ihrem Korb, das die bösen Wölfe nicht sehen sollen!«

Dann stieg er aus und folgte dem Mädchen auf der staubigen Straße, die an der Steilküste entlang zu der neuen Ferienhaussiedlung führte. Von den Kiefernwäldern schallte der auf- und abschwellende Gesang der Zikaden herüber. Das Mädchen blieb bei den Parkplätzen vor den Ferienhäusern stehen und checkte die Fahrzeuge. Zweimal ging es näher heran und besah sich jeweils einen dunkelfarbenen Golf aus der Nähe. Beim dritten Golf schien es fündig geworden zu sein. Pepe blieb im Schatten einer Kiefer stehen und wartete ab. In hundert Metern Entfernung verließ ein Paar sein Haus und spazierte händchenhaltend in Richtung Sant Elm, dessen Lichter helle Ketten auf das ruhige Wasser der Bucht warfen.

In dem Ferienhaus war kein Licht zu sehen. Das Mädchen sprang über den niedrigen Jägerzaun des Grundstücks, duckte sich nach der Landung und schlängelte sich zwischen den Sträuchern hindurch auf die Rückseite des Hauses. Pepe Rogalzky wartete ein paar Minuten ab, dann folgte er auf dem gleichen Weg. Als er vorsichtig um die Ecke des Hauses spähte, bemerkte er das Mädchen erst auf den zweiten Blick. Es hatte sich auf der Terrasse in einen hochlehnigen Korbstuhl gesetzt und die Beine angezogen.

Pepe Rogalzky kroch ein Stück näher an die Terrasse heran und machte es sich hinter einer japanischen Zierstaude bequem. Nach ein paar Minuten steckte sich das Mädchen eine Zigarette an und zog die Schuhe aus. Dann sah Pepe, wie der Glühpunkt der Zigarette sich auf der Terrasse hin und her bewegte. Ab und zu verharrte er an einer Stelle. Das Mädchen schien zur Straße hin zu lauschen. Von Sant Elm schallten Gelächterfetzen herauf und rissen Löcher in den gleichmäßig schwappenden Geräuschteppich, der über dem Meer ausgebreitet war.

Im ersten Stock des Ferienhauses stand ein Fenster offen. Vom Meer wehte ein plötzlicher Windstoß heran und bauschte die leichte Gazegardine nach innen. Das Mädchen hob den Kopf und starrte hinauf. Die Gardine hatte sich leicht verschoben, ein Zipfel war an einer der bauchigen Kakteen, die in Töpfen auf der Fensterbank standen, hängen geblieben. Nach ein paar Minuten herrschte wieder völlige Windstille. Das Mädchen steckte sich erneut eine Zigarette an, blieb aber diesmal im Korbstuhl sitzen.

Pepe Rogalzky bemerkte das kurze Aufblinken in dem dunklen Dreieck, das die freie Stelle zwischen dem Fensterrahmen und dem hängen gebliebenen Gardinenzipfel markierte. Der Mond war aufgegangen und schickte seine ersten Strahlen herab. Von der Straße her schallte das leise Geräusch leichter, eiliger Schritte. Pepe sah, wie das Mädchen in seinen kleinen Rucksack griff. Was es hervorholte, konnte er nicht erkennen. Im Türschloss des Ferienhauses wurde ein Schlüssel herumgedreht, dann fiel durch einen Türspalt ein schmaler Lichtstreifen quer durch das Wohnzimmer bis auf die Terrasse.

Pepe hörte, wie jemand die Treppe zum ersten Stock hinaufging. Plötzlich erstarb das Geräusch der Schritte für etwas mehr als eine halbe Minute, ehe es sich wieder bemerkbar machte. Eine Tür klappte, Wasser rauschte. Ein paar Minuten später wieder die Schritte auf der Treppe. Im Wohnzimmer flammte Licht auf. Eine schlanke, schwarzhaarige Frau ging zu der Hifi-Anlage, setzte sich im Schneidersitz auf den Teppich und kramte in einem Haufen CDs, der seitlich von ihr auf dem Teppich lag. Das Haar der Frau war fingerlang geschnitten und mit Gel sorgfältig wie bei einem Haubentaucher nach hinten gekämmt. Sie trug ein eng am Körper anliegendes schwarzes Seidenhemd, schwarze Jeans und schwarze Turnschuhe. Pepe Rogalzky schätzte sie auf Ende vierzig. Sie nahm eine CD aus ihrer Hülle und schob sie in den CD-Player. Gitarrenmusik schallte aus den kleinen Lautsprecherboxen. Dann ging die Frau zu einer niedrigen Anrichte, entkorkte eine Flasche Wein und stellte sie zusammen mit einem Kristallglas und einer armdicken, halb abgebrannten Kerze auf ein Tablett. Sie ging zu der großen Schiebetür, die auf die Terrasse führte, öffnete sie und setzte das Tablett auf dem runden Tisch ab, an dem zwei der hochlehnigen Korbstühle standen. Der dritte, in dem das Mädchen saß, befand sich zwei Meter entfernt im Schatten gleich neben der Regenrinne in einer Ecke, die von der vorgezogenen Rückwand des Ferienhauses und einem kleinen Außenkamin zum Grillen gebildet wurde. Die Frau setzte sich an den Tisch und goss Wein in das Kristallglas, hob es an den Mund und trank gierig, wobei sie den Kopf weit in den Nacken legte.

»Guten Abend, Mutter!«, sagte das Mädchen und rückte den Korbstuhl ein Stück herum.

Die Frau stieß einen halberstickten Schrei aus und sprang auf, wobei das Glas umkippte. Der Rest Wein ergoss sich über die Tischplatte.

»Birgit!«, keuchte die Frau und stützte beide Hände in die Weinlache auf der Tischplatte. »Wie kannst du mich bloß so erschrecken, Kind!«

Die Frau atmete schwer, dann wischte sie ihre Hände an den schwarzen Jeans ab, nestelte an dem schmalen Goldkettchen mit dem kleinen Elefantenanhänger aus Platin, das sie ums Handgelenk trug, und ließ sich aufseufzend zurück in den Korbstuhl fallen.

»Wie hast du mich überhaupt gefunden? Warum bist du nicht in Freiburg? Was hast du überhaupt hier zu suchen?«

Das Mädchen kicherte mit der Stimme eines kleinen Kindes. Es zog die Beine unter den Leib und drückte eine Wange tief in das Polster des hochlehnigen Korbstuhls, so dass sein Gesicht im Schatten blieb. »Genau die gleichen Fragen könnte ich dir stellen«, sagte es. »Und was das Erschrecken betrifft, war mein Auftritt ja wohl noch harmlos gegen die Show, die du gestern Nacht abgezogen hast.«

»Gestern Nacht? Welche Show? Ich weiß nicht, wovon du sprichst!«, sagte Birgits Mutter, nahm das Glas, wischte mit der Hand darüber und goss es zur Hälfte voll.

»Welche Show?«, äffte das Mädchen die Frage seiner Mutter nach, und es gelang ihm vollkommen, Tonfall und Schärfe zu imitieren. Dann kicherte es plötzlich wieder mit der Stimme eines vierjährigen Kindes. »Ich meine die Show vor der Mauer des alten Friedhofs von Sant Elm, die Show mit dem schwarzen Golf, als du Denis plattmachen wolltest.«

Birgits Mutter schob das Glas zur Seite und beugte sich weit über den Tisch vor. »Du spinnst!«, sagte sie. »Was hast du dir da wieder in deinem wirren Kopf zurechtgelegt?«

»Ich hab' mir überhaupt nichts zurechtgelegt!«, schrie das Mädchen erbost. »Du kannst sie alle an der Nase herumführen, mich aber nicht! Du kannst dir auch tausend blonde Perücken und tausend rote Clownsnasen aufsetzen, aber ich habe an dem Handgelenk der Frau hinter dem Steuer des schwarzen Golfs das dämliche Goldkettchen mit dem Elefantenanhänger gesehen, das du nie ablegst, selbst nicht unter der Dusche, und auch nicht bei einem Mordversuch, und das du wegen mir auch noch im Sarg tragen kannst.«

Birgits Mutter schrie leise auf und fuhr sich mit beiden Händen über das eng am Kopf anliegende Haar, als habe es sich plötzlich gesträubt.

»Glaube mir, ich war die ganze Nacht hier und in meinem Bett dort oben im ersten Stock«, sagte sie und zeigte flüchtig mit dem Daumen nach oben. Pepe Rogalzky bemerkte das Zittern des leichten Gazestoffs vor dem offenen Fenster. Ein schwacher Windhauch wehte vom Inselinnern her und trug den Gesang der Zikaden, die zu Tausenden in den Kiefern saßen, über die Mauern des Hauses und verteilte ihn über das Gärtchen, das bis an den Rand der Steilküste reichte.

»Nun komm erst mal her zu mir, Kind!«, sagte Birgits Mutter. »Hast du überhaupt schon etwas gegessen?«

»Den Fehler werde ich nicht machen und zu dir herkommen!«, sagte das Mädchen und kicherte wieder mit der Stimme eines kleinen Kindes. Dann, als seine Mutter Anstalten machte, sich aus dem Korbstuhl zu erheben, zuckte seine Hand aus dem Schatten vor und richtete eine kleine Pistole auf seine Mutter.

»Erkennst du das Ding wieder?«, fragte Birgit höhnisch. »Es lag viele Jahre in dem Geheimfach in deinem Schminktisch. Ja, dem mit den Elfenbeinschnitzereien. Und glaub' mir, ich werde keine Sekunde zögern, abzudrücken, wenn du dich mir näherst.«

»Du bist ja verrückt!«, sagte Birgits Mutter und sank in den Korbstuhl zurück. »Komplett verrückt!«

»Vielleicht bin ich verrückt«, meinte Birgit, »aber ich will leben, und wenn ich sterbe, dann möchte ich das nicht mit der letzten, furchtbaren Gewissheit, dass mich meine eigene Mutter umgebracht hat!«

Die beiden schwiegen. Ihr Schweigen wurde nur von den tiefen Seufzern unterbrochen, die Birgits Mutter im Abstand von mehreren Sekunden ausstieß.

»Wir können ja wohl nicht die ganze Nacht auf der Terrasse sitzen bleiben«, sagte Birgits Mutter nach einer Weile, und ihre Stimme hatte wieder ihre alte Festigkeit zurückgewonnen. »Was soll denn nun werden, Kind?«

»Ich weiß, was werden wird!«, kicherte Birgit mit der Stimme eines kleinen Kindes. »Du wirst mich nie mehr ohrfeigen, Mutter, niemals mehr die Hand nach mir ausstrecken und mich schlagen! Du wirst mich niemals mehr zwingen, dass ich mit dir in einer Wohnung bin und du durch mich hindurchschaust wie durch ein Stück Glas, tagelang, wochenlang und mich mit deiner Missachtung strafst. Das wird sein, Mutter. Und noch was wird sein, Mutter. Wir werden gleich mit dem schwarzen Golf nach Magaluf zu Denis fahren, und du wirst ihm alles erzählen. Wie du ihm gestern Nacht bei dem alten Friedhof aufgelauert hast.«

»Aber Kind!«, schrie Birgits Mutter verzweifelt auf. »Woher hätte ich denn überhaupt wissen sollen, dass er bei dem alten Friedhof anhält?«

»Die Wahrheit ist, dass du gar nicht damit gerechnet hast. Wenn Denis nicht auf den Platz vor dem alten Friedhof gefahren wäre, hättest du sein Motorrad in der Kurve gerammt, und dir hätte es nichts ausgemacht, dass deine Tochter auf dem Rücksitz saß und dass sie sich vielleicht das Genick gebrochen hätte. Und noch was, Mutter. Wenn wir mit Denis gesprochen haben, fahren wir weiter nach Palma zur Polizei. Dort wirst du gestehen, dass du es gewesen bist, der die Aufzugseile durchgesägt und die Hauptwasserleitung angebohrt hat. Ich war gestern Vormittag im Apartmenthaus. Es wimmelte nur so von Polizei. Der alte Hausmeister hat mir erzählt, was mit Holger passiert ist.«

Birgits Mutter hatte sich weit über den Tisch vorgelehnt, ihre Augen waren vor Entsetzen geweitet, und sie rang nach Luft. »Das ... das ist entsetzlich! Du bist der Alptraum meines Lebens, Birgit!«, schrie sie.

Pepe Rogalzky sah, wie sich der matt schimmernde Lauf der Pistole mit dem aufgeschraubten Schalldämpferaufsatz durch das spitzwinklige Dreieck zwischen Fensterrahmen und Gardine schob. Es war ein tschechisches Fabrikat, was er an dem charakteristischen Lauf erkannte. Die Mündung schwenkte langsam herum. Zuerst zeigte sie auf den runden Tisch, schwenkte dann weiter zum Korbstuhl und richtete sich dann plötzlich auf den japanischen Zierstrauch, hinter dem er hockte. Pepe zielte kurz und feuerte zwei Schüsse ab. Eine Kugel flog durch das spitzwinklige Dreieck, die andere ließ das Fenster zersplittern. Ein Scherbenregen ging auf die Terrasse nieder.

Birgits Mutter hatte den kleinen, runden Tisch gepackt und schleuderte ihn auf den Korbstuhl in der Ecke. Er traf Birgit in dem Moment, als sie aus dem Korbstuhl zur Seite hechten wollte. Pepe Rogalzky sprang hinter seiner Deckung hervor und feuerte zwei weitere Schüsse auf das Fenster im zweiten Stockwerk ab. Birgits Mutter rannte ins Wohnzimmer, in dem das Licht erlosch.

Pepe bekam das Mädchen an den Beinen zu fassen und riss es von der Terrasse. Als er mit ihm hinter der vorgezogenen Eckmauer des Ferienhauses verschwand, schrammte ein Querschläger am Eckstein des Außenkamins entlang und klatschte dann in das Polster des umgekippten Korbstuhls.

Pepe Rogalzky schob das besinnungslose Mädchen unter den großen Rosenbusch. Auf der Treppe des Hauses polterten Schritte. Vor dem Haus heulte ein Motor auf. Er spurtete zwischen den Büschen und dem alten Feigenbaum um das Haus herum und sah, wie der Golf aus der Einfahrt zurücksetzte. Er feuerte auf den Golf, und eine Kugel zerfetzte den Hinterreifen. Der Golf geriet ins Schlingern, prallte mit einem Kotflügel gegen einen Strommasten, titschte auf die staubige Straße zurück und verschwand in der Nacht. Ein paar Zweige der Kiefern, in denen die Zikaden sangen, wippten, obwohl kein Windhauch ging.

Als Birgit die Augen aufschlug, lag sie auf dem himmelblauen Sofa im Wohnzimmer des Ferienhauses. Ihre Stirn war eiskalt. Ein Mann, der neben ihr in einem Schaukelstuhl saß, hielt mit einer Hand ein Küchentuch an ihre Stirn. Dann setzte der Schmerz ein, dumpf und gleichmäßig. Vorsichtig drehte sie den Kopf zur Seite, und alles begann, rings um sie her zu schwanken, als habe ihre Bewegung eine Lawine ausgelöst, die alles mit sich riss.

Als die Lawine im Tal angekommen war, sah sie, dass der Mann grinste. »Vielen Dank, Birgit«, sagte er. »Du hast mir vierhundert Euro zu verdienen gegeben. Abzüglich der Steuern und Versicherung bleiben mir davon zweihundertsechzig Euro. Davon muss ich an meine Ex-Frau einhundertzwanzig Euro abdrücken. Bleiben mir also noch einhundertvierzig, was genau ein Siebtel meiner Miete ist.«

»Wer sind Sie?«, fragte das Mädchen.

»Pepe Rogalzky«, sagte der Mann. »Ich werde dich jetzt zu Denis Deville bringen.«

5. KAPITEL

Obwohl die eigentliche Hauptsaison erst in vierzehn Tagen begann, war das Viva Garden in Magaluf so gut wie voll. Eine Gruppe Golfspieler aus Schweden hatte kurzfristig gebucht, dann war da noch der Außendienst einer finnischen Firma, die Hochvakuum-Pumpen herstellte, und hier seine bierselige Tagung abhielt. Ansonsten viele deutsche Familien mit noch nicht schulpflichtigen Kindern, die von einem deutschen Animateurspärchen aus Saarbrücken sechs Stunden am Tag beschäftigt wurden. Die meisten Gäste hatten sich an den Tischen auf dem grünen Kunstrasen vor der Poollandschaft niedergelassen und verfolgten das Programm der Bulgaren. Zwei Kellner in weinroten Jacketts und schwarzen Hosen und das Mädchen, das morgens das Frühstücksbüffet versorgte, wieselten zwischen der Bar im Untergeschoß und den Tischen hin und her. Die Gäste bestellten Cocktails, die Kinder kippten sie um, und alle freuten sich, als der bulgarische Clown einen zweifachen Salto rückwärts schlug und im aufspritzenden Wasser des Pools landete.

Die schwedischen Golfspieler waren vollständig angetreten und erlaubten es dem Mädchen, das morgens das Frühstücksbüffet versah, nicht, die leergetrunkenen Biergläser von den drei Tischen abzuräumen, die sie aneinander gerückt hatten. Da jeder der zwölf Männer schon zehn Gläser Bier geleert hatte, befand sich eine entsprechende Menge Gläser auf ihren Tischen. Das Mädchen brachte trotz des Protestes der Schweden Bier nur noch in Plastikbechern.

Igor saß in dem Anbau hinter dem Frühstückssaal, der abends auch als Restaurant diente und in dessen vorderen Teil auch die Bar lag, und massierte sein Schienbein. Der Wundschmerz in seiner Wade war dumpf, gleichmäßig und nicht so stark, dass er nach dem dritten Glas Gin Tonic überhaupt noch an ihn erinnert wurde. Die starken Schmerztabletten, die er vor einer Stunde geschluckt hatte, taten zusammen mit dem Alkohol ihre Wirkung.

Der Bulgare, der zum Schluss seiner Nummer auf der Spitze eines Säbels balancierte, präparierte gerade seinen rechten Fuß mit Spezialfolie. Das Gelächter und Gekreische der Kinder brandete auf. Der Clown war zum zweiten Mal in den Pool gefallen.

»Die Menschen sind im Urlaub einfach«, sagte Wanja. »Man könnte sie ebenso gut unterhalten, wenn man jeden Abend einen von ihnen am Pool erschießen würde. Vorher dürften sie ihren Kameraden solange ohrfeigen, bis er besinnungslos würde, und hinterher ein wenig Feuerwerk für die Kinder.«

Igor lachte, trank sein viertes Glas Gin Tonic leer und tastete mit einer Hand nach dem Totschläger, den er griffbereit hinter den Gürtel gesteckt hatte. Dann nahm er die beiden Tatarenmasken mit den aufgeklebten, dünnen Bärten aus der Requisitenkiste der Bulgaren und steckte sie unter das Jackett.

»Komm, Wanja!«, sagte er und stand auf. »Erledigen wir unsere Arbeit.«

Sie nahmen nicht den Weg am Pool entlang, sondern gingen durch den leeren Frühstückssaal und an der Bar vorbei. Der Barkeeper steckte gerade ein halbes Dutzend eingekerbter Orangenscheiben auf die Zuckerränder von Cocktailgläsern und nickte ihnen zu. »Gute Show!«, rief er ihnen zu. »Die Leute trinken viel!« Er hatte sie zusammen mit den Bulgaren kommen sehen und glaubte, sie gehörten zur Truppe. Sie grinsten den Mann freundlich an und gingen dann eine der um einen hohen Gummibaum und andere exotische Blattpflanzen im Halbkreis in die Halle führenden Treppen hinauf.

Der junge Mann hinter der Rezeption blickte auf und nickte ihnen zu. Er hatte sie mit den Bulgaren kommen sehen. Igor hatte die Gage in einem Umschlag in Empfang genommen, nachgezählt und quittiert. Der Mann hinter der Rezeption glaubte, sie seien die Manager. »Eine gute Show!«, sagte er. »Die Leute lachen viel!«

Igor beugte sich zu ihm vor. »Können wir die Lieferwagen vom Parkplatz vielleicht auf das Poolgelände fahren?«, fragte er. »Dann brauchen wir nicht die ganzen Requisiten durchs Hotel zu tragen.«

Der junge Mann schüttelte den Kopf. »Die Tür zum Parkplatz ist zu schmal. Da kommt kein Lieferwagen durch«, meinte er. »Aber ich kann euch den Schlüssel für die Tür geben. Dann braucht ihr die Sachen nicht so weit zu tragen. Aber vergesst nicht, mir den Schlüssel wiederzubringen, wenn ihr fertig seid.« Er kramte in dem Schlüsselkasten und drückte Igor einen kleinen Sicherheitsschlüssel mit einem gelben Anhänger in die Hand.

»Danke! Und bis gleich«, sagte Igor und verließ durch die automatischen Schiebetüren das Hotel. Wanja hatte auf der kleinen, runden Vorfahrt neben dem hoteleigenen Supermarkt gewartet.

»Wir nehmen zurück den Weg über den Parkplatz«, sagte Igor.

Dann wechselten sie die Straßenseite und spazierten gemächlich bergab in Richtung Meer. Nach hundert Schritten sahen sie links, etwas zurückversetzt, den Eingang des Pampa Verde. An einem langen Tisch mitten in dem Lokal saß der Außendienst der finnischen Firma. Der Vertriebsleiter, ein hochgewachsener, breitschultriger Mann, hatte sich am Kopfende der Tafel erhoben und trank, bevor er seine Ansprache begann, sein Glas leer. Er hatte heute schon zwanzig Ansprachen gehalten und zwanzig Mal vorher sein Glas geleert. Seine kurze Ansprache endete mit den Worten: »Jungs, was ihr gleich macht, ist mir egal! Ich jedenfalls gehe zu den Nutten und zeige ihnen, was eine Hochvakuum-Pumpe made in Finnland so alles drauf hat.« Der gesamte finnische Außendienst erhob sich von seinen Plätzen und prostete dem Vertriebschef johlend zu.

»Finnen!«, flüsterte Wanja, als sie gebückt an der Rückfront des Lokals entlangschlichen. »Die sind dir dankbar, wenn du ihnen den Hals aufschlitzt, weil sie dann das Ginglas nicht bis zum Mund heben brauchen.«

Das kleine Fenster in der Tür des Hintereingangs war vergittert, die Tür aber nur ins Schloss gezogen. Sie setzten die Tatarenmasken auf. Wanja zog einen Bund stecknadeldünner Stahlstifte hervor und stocherte mit ihnen eine halbe Minute in dem Sicherheitsschloss herum. Dann drehten sich die Sicherheitsbolzen, und die Tür sprang auf. Igor und Wanja schlüpften in den dunklen, engen Vorraum, in dem es intensiv nach Fischabfällen roch.

Die beiden Köche standen vor dem großen Herd und rauchten. Die Spülhilfe hatte Geschirr aus einer der beiden großen Spülmaschinen in einen Wandschrank geräumt und verließ die Küche, um in dem toten Winkel zwischen Theke und Durchreiche mit ihrer Tochter, die hier kellnerte, ein Schwätzchen zu halten.

»Bei Christus, unser aller Erlöser, ich würde tot umfallen, wenn ich auch nur die Hälfte von dem Zeugs tränke, das einer dieser Skandinavier heute Abend in sich hineingeschüttet hat«, sagte der ältere der beiden Köche und öffnete eine Büchse Bier. Er war Galizier, ein grobknochiger Mann mit tiefliegenden großen Augen, der jeden Tag in der Kirche für sein Seelenheil betete. Als sich eine Hand um seine Gurgel legte und zudrückte, ließ er die Bierbüchse los, und sie spritzte im Herunterfallen seine Hose nass. Er sah, wie sein Kollege, der Bruder des Restaurantbesitzers, rückwärts taumelte, als ihn der zweite Schlag des kurzen Totschlägers auf den Hinterkopf traf.

Igor und Wanja hatten die beiden besinnungslosen Köche wie zwei große Brotlaibe nebeneinander auf die breiten Herde gelegt.

Wanja nahm eines der scharfen Tranchiermesser vom Haken und nickte Igor zu. Der legte dem Galizier die Hand auf den Mund und ließ den Totschläger auf den Kopf des Kochs sausen, als Wanja dem gottesfürchtigen Mann mit einem kurzen Schnitt das rechte Ohr absäbelte. Mit dem Bruder des Restaurantbesitzers verfuhren sie genauso. Die beiden Köche bluteten wie die Schweine. Igor holte einen Zettel aus der Innentasche seines Jacketts und legte ihn auf die Brust des Galiziers. Auf dem Zettel stand in Druckbuchstaben: ZAHLT ODER STERBT.

Als Igor und Wanja geduckt an der Rückwand des Restaurants entlang liefen und dann geruhsam die Straße Richtung Parkplatz überquerten, waren kaum drei Minuten vergangen.

Der Chilene hatte sich von Gloria auf dem Busparkplatz am Hafen von Porto Cristo absetzen lassen. Er hinkte die Treppen hinab und ging langsam über die Hafenmole. Der Chilene mochte keine Häfen. Es roch nach Fisch, Öl und Brackwasser. Zwei alte Männer saßen in einem kleinen Kahn und tranken Bier. Einer sah in dem diffusen Licht aus wie der Vater des Chilenen. Er blieb vor dem in blassem Blau getünchten Haus stehen. Es bestand aus zwei Rechtecken, die aufeinander gepappt, etwas verkantet und in eine Lücke zwischen einem Restaurant und einem Bootsschuppen geschoben waren. Auf dem oberen Stockwerk lag ein Dachgarten. Zwischen zwei Stangen war eine Wäscheleine gespannt, auf der eine Jeans und ein rotes T-Shirt hingen.

»Ein gutes Haus«, dachte der Chilene. »Es hat drei Eingänge. Einen zum Hafen hin, einen zu den Treppen vom Hafen hinauf zur Stadt und einen, der direkt in das Restaurant führt.«

Er hatte nur einen Augenblick vor dem blass getünchten Haus verweilt und hinkte dann weiter zu dem Mann, der am

Rand der Hafenmole saß und zwei Jungen zuschaute, die auf einem der Kähne hockten und mit verfaultem Fleisch nach Aalen angelten.

Der Chilene stellte sich neben den Mann und lehnte sich schwer auf seinen Krückstock.

»Der Mann, den du suchst, sitzt in dem Restaurant am Tisch vorne beim Fenster«, murmelte der kleine, untersetzte Peruaner.

»Gut«, sagte der Chilene. »Wenn er herauskommt, folge ihm. Wenn du eine Möglichkeit siehst, ihn dir zu schnappen, dann arbeite mit dem Messer. Still und leise. Gloria ist in deiner Nähe. Wenn du in Gefahr bist, dann lauf zum Benz. Er parkt in einer Seitenstraße am Ende des Hafens. Leg dich in den Kofferraum, er ist offen.«

Der Peruaner nickte und begann, ein Lied zu summen. Der Chilene schaute noch eine Weile den Jungen zu. Sie hatten einen armdicken Aal aus dem Brackwasser gezogen und versuchten, ihn zu töten. Dabei stellten sie sich so ungeschickt an, dass es dem Aal gelang, die Angelschnur zu durchbeißen. Jetzt schlängelte er sich auf dem Boden des Kahns. Einer der Jungen hackte mit dem Messer nach ihm und traf ihn mehrmals am Kopf, was den Aal nur noch wilder umherzucken ließ. Schließlich sprang der untersetzte Peruaner von der Mole auf den kleinen Betonabsatz, wechselte von dort in den Kahn, bückte sich und bekam den Aal mit dem ersten Griff hinter den Kiemen zu packen. Dann drehte er ihm den Kopf herum. Der Aal zuckte noch ein paarmal, dann hing er schlaff in der breiten Faust des Peruaners.

»Wie hast du das gemacht?«, fragte einer der Jungs den Peruaner. Der Peruaner zeigte es ihnen langsam und wie in Zeitlupe.

Der Eingang des Restaurants war so niedrig, dass sich der Chilene bücken musste, um sich nicht den Kopf zu stoßen. Hinter der Eingangstür lag der Schankraum mit der Theke, an der eine Reihe Barhocker stand. Links davon lag der verwinkelte, enge Speisesaal. Der Chilene nickte dem Wirt, der an der Ecke der Theke lehnte, zu und fragte: »Können Sie mir schwarzen Reis machen, mit fettem Hammelfleisch und Rippen vom Schwein?«

Der Wirt lachte und rieb sich die Hände. »Ob ich das kann?«, fragte er zurück. »Niemand kann das so wie meine Frau. Wollen Sie mit ihr sprechen, Señor? Dann hole ich sie aus der Küche.«

»Nein, nein, sprechen Sie mit ihr, Sie sind der Chef!«, entgegnete der Chilene. »Haben Sie einen Auténtico aus Binissalem?«

»Nein«, sagte der Wirt. »Er wird nicht oft verlangt. Aber wenn Sie möchten, schicke ich den Jungen zum Weinhändler. Es dauert nicht lange.«

»Gut«, sagte der Chilene. »Der Junge soll drei Flaschen mitbringen. Und wenn ich mit dem Essen fertig bin, trinken wir zusammen ein Glas.«

»Gerne!« sagte der Wirt. »Der Wein ist ehrlich und unverfälscht. Er löst die Zunge und macht selbst Stumme geschwätzig.«

»Wozu wir beide ja wohl nicht zählen«, sagte der Chilene, lachte und gab dem Wirt einen Klaps auf die Schulter.

Der Chilene streifte den Polen mit einem flüchtigen Blick. Er war ein bleicher Mann mit schönen, ebenmäßigen Gesichtszügen und den schmalen, langfingrigen Händen eines Klavierspielers. Er saß an einem kleinen Tisch allein in der Nähe des Fensters, vor sich einen Teller mit einem halben Dutzend Langostinos, die er mit einem Fischmesser und einer Gabel mit kleinen, flüssigen Bewegungen sezierte. Wie ein Dirigent, der seinen Blick zwischen Partitur und Orchester frei schweifen lässt, wanderten die Blicke des Polen durch die verwinkelte Gaststube und ruhten eine Weile auf dem Chilenen, der auf den freien Tisch links neben dem des Polen zuhinkte. Rechts neben dem Tisch, an dem der Chilene Platz nahm, saßen zwei ältere Damen und unterhielten sich angeregt in deutscher Sprache.

Der Wirt brachte dem Chilenen einen Palo, einen Aperitif aus gebranntem Zucker, mit einer Prise Chinin versetzt, und als Vorspeise einen Meeresfrüchtesalat. An der Wand rechts des Chilenen war eine kleine Lampe mit einem gelben Pergamentschirm befestigt, deren Licht die Verwerfungen und Bruchlinien im Gesicht des Chilenen überdeutlich hervortreten ließ. Als der Chilene sich seiner Vorspeise widmete, musterte der Pole unaufdringlich und mit in sich gekehrtem Blick das Gesicht des Chilenen. Das Interesse, das sein zweigeteiltes Gesicht bei den beiden älteren Damen erregte, war viel offensichtlicher. Sie blickten sich zu ihm um, grasten mit ihren Blicken sein Gesicht ab und steckten dann die Köpfe zusammen und tuschelten.

Der Pole hatte die Schalen und Köpfe der Langostinos zu einer kleinen Pyramide am Rand des Tellers aufgehäuft, tupfte sich mit der Serviette die Lippen ab und hob sein Glas, in dem ein paar Eiswürfel im Weißwein klingelten. Er versenkte seinen kühlen Blick in das eine Auge des Chilenen und sagte: »Salut!«, wobei ein Lächeln die Mundwinkel seiner schmalen Lippen ein wenig kräuselte. Der Chilene prostete ihm mit einer kleinen Verbeugung zu.

»Entschuldigen Sie meine Offenheit«, sagte der Pole in einem Spanisch, das durch viele Zischlaute so entstellt wurde, dass es nur schwer verständlich war, »aber ich halte Sie für einen sensiblen Menschen, dem die Neugier, die Ihre Verletzungen bei den hier Anwesenden erregt haben, gewiss nicht verborgen geblieben ist. War die Ursache vielleicht ein Autounfall?«

Die Köpfe der beiden älteren Damen fuhren herum. Die eine legte sogar Messer und Gabel auf den Teller ab und erwartete die Antwort des Chilenen mit leicht geöffnetem Mund.

»Nein«, antwortete der Chilene und schob den Teller mit den Resten des Meeresfrüchtesalats von sich weg. »Es war ein Baseballschläger, der mein Gesicht bearbeitet hat.«

Für einen Augenblick leuchteten die wässrigen Augen des Polen in einem Feuer auf, das man ihnen nicht zugetraut hätte. Es war kein Feuer, das den Gegenüber erwärmte, sondern das sich ihm wie ein Brandzeichen auf die Seele legte.

»Danke für die Auskunft!«, sagte der Pole, winkte dem Wirt und bestellte ein weiteres Glas Weißwein. Die ältere Dame, die ihr Besteck auf den Teller niedergelegt hatte, beugte sich zu dem Chilenen herüber. »Wenn ich mich einmischen darf«, sagte sie, »interessiert mich die chirurgische Seite dieses Falles, bei der mir einiges, ohne Details des Heilungsverlaufes zu kennen, nicht mit den heutzutage zu erzielenden Ergebnissen vonstatten gegangen zu sein scheint. Ich maße mir dieses Urteil an, weil ich selber den Beruf der Chirurgin mit dem Spezialgebiet der plastischen Chirurgie ausübe.«

Ehe der Chilene antworten konnte, brachte der Wirt den Auténtico, ließ den Chilenen die Temperatur der Flasche prüfen und kredenzte ihm dann ein Glas.

»Das ist das Schöne an Mallorca«, sagte der Chilene und prostete der älteren Dame zu, »man trifft hier jede Menge Spezialisten. Diese Insel scheint eine geradezu magische Anziehungskraft auf in ihrem Beruf sehr spezialisierte Menschen auszuüben, was übrigens auch auf die Person zutrifft, die ihre Arbeit mit dem Baseballschläger in meinem Gesicht sehr gründlich und professionell verrichtet hat.«

Die ältere Dame klatschte vergnügt in die Hände und lachte. Dann nahm sie eine Visitenkarte aus ihrer Handtasche und reichte sie dem Chilenen. »Ich weiß, es ist unfair, Sie ausgerechnet beim Essen an das gewiss furchtbare Ereignis zu erinnern, bei dem Sie Ihre Verletzungen erlitten haben. Aber ein wesentlicher Charakterzug von Spezialisten ist, dass sie in

Bezug auf ihre Profession letztendgültig alle die Gesetze der Fairness außer acht lassen.«

Dann verwickelte sie den Chilenen in ein Gespräch über die Möglichkeiten der plastischen Chirurgie, das der Pole, auf seinem Stuhl weit zurückgelehnt, amüsiert verfolgte. Ab und zu mischte er sich in das Gespräch ein und befragte die ältere Dame, die sich als Frau Doktor Helene Irrkamp vorgestellt hatte, nach den Erfolgen der plastischen Chirurgie bei Schnittverletzungen, die zum Beispiel durch Messer hervorgerufen worden waren.

»Mein Vater war Fischer«, wandte sich der Chilene an Helene Irrkamp, »und er hat eines Nachts einen drei Meter langen Hai gefangen, der zusammen mit einem Heringsschwarm, den er gerade bejagte, in sein Schleppnetz geraten war. Er war eine mörderische Fressmaschine, der mehr als drei Meter Netz mit den darin gefangenen Heringen hinuntergewürgt hatte, als mein Vater ihn ins Boot hievte. Er versuchte ihn mit einer Harpune zu töten, musste dabei aber so nah an ihn heran, dass der Hai ihm einen Schlag mit der Schwanzspitze gegen die Schulter versetzen konnte, der ihm das Schlüsselbein brach. Da mein Vater allein auf dem Boot war, brauchte er mehr als eine Stunde, bis er den Hai getötet hatte. Die äußerste Schwanzspitze des Hais hatte bei dem Schlag auch seinen Kiefer gebrochen und die Haut darüber zum Platzen gebracht. Mein Vater wäre nie auf die Idee gekommen, diese Narbe unsichtbar machen zu lassen, auch wenn er die Möglichkeit dazu gehabt hätte. Der Kampf mit dem Hai war ein Teil seines Lebens und die Narbe das sichtbare Zeichen davon. Die Narbe gab ihm Würde und Anerkennung bei den anderen Fischern. Er war ein Mann, der daran glaubte, dass am Ende jedem Wesen die Frage gestellt wird: Was hast du in deinem Leben vollbracht? Dann würde er auf seine Narbe zeigen und sagen: Ich habe den Hai getötet. Und der Hai würde sagen können: Ich habe mich gewehrt, aber ich bin diesem Mann unterlegen.«

Helene Irrkamp schüttelte ganz entschieden den Kopf und brachte das Beispiel eines Models mit einem engelsgleichen Gesicht, das bei einem Säureattentat bis zur Unkenntlichkeit verunstaltet worden war. Der Chilene aß während dieses Gespräches mit großem Appetit und lobte mehrmals die Kunst der Köchin, und der Wirt versprach, das Lob an seine Frau in der Küche weiterzuleiten.

Der Pole hatte auf seine Armbanduhr geschaut, die Rechnung verlangt und beglichen. Bevor er aufbrach, wandte er sich an den Chilenen. »Und die Person, die ihren Baseballschläger in Ihrem Gesicht hat tanzen lassen, was ist mit der?«, fragte er.

»Sie ist tot«, erwiderte der Chilene.

»Da haben Sie die andere Seite, meine Damen«, sagte der Pole, erhob sich, grüßte und verließ das Lokal.

»Was meint er damit?«, fragte Helene Irrkamp ratlos, als der Pole aus dem Speisesaal verschwunden war.

Pepe Rogalzky hatte in Sant Elm kurz angehalten und von einem Telefonica Denis Deville angerufen. »Ich komme jetzt mit der Tochter«, sagte er. »Die Mutter ist mir leider entwischt. In einer halben Stunde sind wir bei dir.«

Auf der Fahrt von Sant Elm nach Andratx saß das Mädchen zusammengekauert auf dem Beifahrersitz und beobachtete angespannt den Rückspiegel und versuchte, das Dunkel vor ihnen mit Blicken zu durchdringen.

»Hast du Angst, jemand könnte uns folgen?«, fragte Pepe.

Das Mädchen nickte und schüttelte sich. »Sie kennen meine Mutter nicht«, sagte es. »Sie lebt in einem anderen Comic. Wenn sie sich etwas vorgenommen hat, fightet sie bis zum Schluss, um ihr Ziel zu erreichen.«

Pepe Rogalzky schien in Magaluf die Orientierung verloren zu haben und fuhr zweimal sogar ein kurzes Stück verkehrt herum durch eine Einbahnstraße, bis er in die ruhige Seitenstraße abbog, an deren Ende das Apartmenthaus lag.

Als sie mit dem Aufzug in die oberste Etage fuhren, fragte Pepe: »Möchtest du, dass ich bei dem Gespräch zwischen Denis und dir dabei bin?«

Das Mädchen sah Pepe ein Weile ausdruckslos an. Dann nickte es geistesabwesend, und Pepe war sich nicht sicher, ob seine Frage überhaupt zu ihm durchgedrungen war.

Denis Deville öffnete ihnen und streckte die Hand aus, um Birgit zu begrüßen. Doch das Mädchen beachtete die Hand nicht, ging an Denis vorbei und ins Wohnzimmer, wo es sich umsah und alles mit Blicken verschlang, als wolle sie die Einrichtung aufessen. Denis stützte sich auf Pepes Schulter, und sie folgten dem Mädchen ins Wohnzimmer.

»Ich habe Anna freigegeben«, sagte Denis Deville. »Schau mal im Kühlschrank nach. Dort müsste eine Käseplatte liegen. Und sei so lieb und bring etwas Wein für uns beide mit. Und du?«, fragte er und wandte sich an Birgit.

»Ich habe Hunger«, sagte das Mädchen. »Und ich möchte Wein trinken.« Dann setzte es sich in die äußerste Ecke einer Rolf-Benz-Couch neben die Hifi-Anlage, nahm mechanisch eine CD nach der anderen aus den Fächern einer Ablage und schaute die Cover an.

Als Pepe Rogalzky den Käse und den Wein gebracht hatte, griff das Mädchen zu und aß mit großem Appetit. Pepe Rogalzky brach das Schweigen und fasste die Ereignisse aus seiner Sicht nüchtern und knapp zusammen. »Möchtest du noch was hinzufügen?«, fragte er das Mädchen, als er seinen Bericht zu Ende gebracht hatte.

Birgit stopfte sich ein dick mit Käse belegtes Stück Baguettebrot in den Mund und schüttelte hektisch den Kopf. Sie spülte den großen Bissen mit einem Schluck Wein nach und griff hastig nach einem Stück Hartkäse, das es in sich hineinschlang.

»Du hast also nichts von dem Plan deiner Mutter gewusst, mir bei dem alten Friedhof aufzulauern?«, fragte Denis. Das Mädchen nickte hektisch, hob die Arme und biss in eine halbe, mit gehackten Zwiebeln und selbstgemachter Mayonnaise gefüllte Tomate.

Denis Deville angelte sich einen Sessel und legte sein Bein hoch. »Dann bleibt noch die Frage, warum du mit mir nach Sant Elm wolltest, obwohl du im Coronado in Peguera untergebracht bist«, sagte Denis.

Das Mädchen hob entschuldigend die Arme, kaute und schluckte die halbe Tomate hinunter. Dann wischte es sich mit einer Papierserviette die Mayonnaisespritzer vom Kinn, zerknüllte die Serviette und warf sie über den Tisch auf den Teppich.

»Damit das klar ist«, sagte das Mädchen, »das ist kein Verhör. Wenn du ein Verhör willst, Denis, dann ruf die Bullen an. Was ist also?«

Denis nickte gleichmütig und trank einen Schluck. »Also gut, wegen mir kein Verhör«, sagte er und zeigte mit dem Glas auf Pepe Rogalzky. »Soll er rausgehen?«

»Wieso sollte Pepe hinausgehen?«, fragte das Mädchen zurück. »Vielleicht vertraue ich ihm mehr, als ich dir jemals vertrauen werde, Denis Deville. Schließlich hat er mir das Leben gerettet.«

»Also willst du mir meine Frage nicht beantworten«, stellte Denis nach einer Weile trocken fest.

»Du stellst hier Fragen, die mich zum Heulen bringen sollten!«, schrie das Mädchen erbost. »Warum kannst du nicht fragen: Birgit, wie ist es dir ergangen, seitdem wir uns das letzte Mal vor fünfzehn Jahren gesehen haben? Warum kannst du das nicht? Warum kannst du nicht wenigstens ein bisschen Interesse an mir heucheln?«

Pepe Rogalzky gähnte herzhaft, streckte die Beine aus und wippte mit den Zehenspitzen. »Entschuldigt bitte«, sagte er, »aber ich brauche einen Kaffee. In der letzten Zeit hatte ich wenig Schlaf. Das bringt mein Job manchmal so mit sich.«

Er ging in die Küche und brühte sich einen starken Espresso auf. Als er mit der dampfenden Tasse in das Wohnzimmer zurückkam, stand das Mädchen am Fenster und blickte auf das Lichtermeer von Magaluf hinab.

»Eine schöne Aussicht«, sagte es, seufzte und setzte sich wieder auf die Rolf-Benz-Couch.

»Darf ich den Mist abstellen?«, fragte es und zeigte auf die Lautsprecherboxen, aus der die leisen Töne eines Gitarrenkonzertes drangen.

Denis Deville grinste amüsiert, und das Mädchen schaltete den Ton ab. »Ich wollte dir letzte Nacht alles sagen«, wandte sich Birgit an Denis. »Ich wollte mit dir das Haus in Sant Elm suchen, in dem Mutter wohnt. Ich hatte die romantische Vorstellung, dass du mir helfen würdest. Aber du bist kalt und berechnend, wie alles um mich herum kalt und berechnend gewesen ist. Sei vielleicht ausnahmsweise einmal ehrlich, Denis Deville. Du hast gestern Nacht im Cats in Porto Portals zumindest geahnt, dass ich die Tochter deines alten Freundes Holger bin. Warum hast du mich nicht einfach gefragt? Was hattest du denn mit mir vor, als du mich nach Sant Elm fahren wolltest? Waren das vielleicht gar keine so ehrenhaften Absichten?«

Pepe Rogalzky hatte sich weit in die Polster des Sofas zurückgelehnt und die Augen halb geschlossen. Ab und zu nippte er an dem heißen Espresso.

»Warum hast du nie auf einen der vielen Briefe geantwortet, die dir meine Mutter im Laufe der Jahre geschrieben hat? Ich habe sie alle gelesen, Denis Deville!«, sagte das Mädchen. »Ich kenne diese Briefe seit meinem fünfzehnten Lebensjahr. Da habe ich nämlich das Versteck gefunden, in dem Mutter sie aufbewahrt hat. Warum hast du mich für etwas büßen lassen, woran ich die wenigste Schuld habe?«

Denis Deville verdrehte die Augen. »Was soll die Dramatik?«, fragte er kühl. »Wir sind hier schließlich nicht im Theater, Birgit.«

»Oh, Scheiße!«, sagte das Mädchen und stand auf. »Bring mich ins Coronado, Pepe Rogalzky, oder sonst wohin, ehe ich hier noch anfange, die Teppiche vollzukotzen. Ich hatte einen beschissenen Stiefvater, der sich ab meinem dritten Lebensjahr nicht mehr um mich gekümmert hat, und eine Mutter, die ihr Leben mit ihrem Hass auf das Vergangene zerstört hat.«

Pepe Rogalzky hatte sich erhoben und war dem Mädchen zur Tür gefolgt. Er drehte sich zu Denis Deville um und zuckte die Achseln.

»Setz dich! Du bleibst hier!«, herrschte Denis das Mädchen an.

»Ich bin ein erwachsener, freier Mensch, und kann tun und lassen, was ich will!«, widersprach Birgit. »Was ist, Pepe, bringst du mich nun, oder soll ich mir ein Taxi nehmen?«

»Okay, okay!«, sagte Pepe Rogalzky. »Ich hab' dich hergebracht, ich bring' dich weg, und überhaupt: Ich sollte endlich einen Chauffeursjob annehmen.«

»Halt!«, sagte Denis. »Wieso erzählst du so einen Mist, dass du einen Stiefvater gehabt hast, Birgit? Holger war schließlich dein Vater, und einen Stiefvater hast du meines Wissens nie gehabt.«

»So kann man's auch sehen. Holger war mein Vater, aber mein Erzeuger bist du!«, entgegnete das Mädchen ruhig, drehte sich um und lief aus der Wohnung.

Denis Deville war aufgesprungen, lief ein paar Schritte, knickte um und fiel mit einem Schmerzenslaut auf den Teppich.

»Peng!«, sagte Pepe und krümmte den Zeigefinger. »Tja, Denis, dann kümmere ich mich morgen weiter um die Mutter.« Er nickte ihm zu und verließ das Apartment. Als er aus dem Apartmenthaus trat, bemerkte er das Mädchen, das auf dem Bordstein vor dem verbeulten, alten Escort saß und auf ihn wartete.

»Ein Haus mit drei Ausgängen ist gut«, dachte der Pole und streckte die Hand aus, als er an der Bar entlang ging. Der Wirt warf ihm den Schlüsselbund zu, und der Pole fing ihn in der Luft auf. Dann schloss er die niedrige Seitentür auf, schlüpfte hindurch und zog die Tür leise hinter sich ins Schloss. »Ein Haus mit vier Eingängen ist besser«, dachte der Pole und stieg nicht die steile Stiege hinauf, die von dem Restaurant direkt ins erste Stockwerk das Nachbarhauses führte, sondern klappte die beiden ersten Stufen der Stiege hoch und zwängte sich durch den schmalen Spalt. Er ließ sich an einem kurzen Stück Seil hinab, bis seine Füße den Boden berührten, und kam in einem Gewölbe zu stehen, in dem ein Fischer einst, als die Kaimauer und die Mole noch nicht errichtet waren, sein Boot vertäuen konnte. Ein starker Modergeruch schlug dem Polen entgegen, als er sich an der rechten Gewölbewand vorantastete und dann in den kleinen Tunnel kroch, den er nur auf allen vieren durchqueren konnte. Das Ende des Tunnels war durch eine niedrige Holzschiebetür verschlossen. Der Pole öffnete sie einen Spalt und spähte hinaus. Er blickte auf die steilen Steinstufen eines schmalen Treppenaufgangs, der zwischen zwei Häusern vom Hafen zur Stadt hinaufführte.

Der Pole trat am Ende der Treppe auf die Straße hinaus, mischte sich unter den Strom der Touristen und hielt sich mitten in einer Gruppe Engländer auf, die in Richtung Flamingo spazierte. Kurz vor dem Hotel bog er nach links ab. In einer Seitenstraße parkte ein alter Buckelsaab auf einem kleinen Privatgrundstück, das mit einer rotweißen Kette zu der schmalen Seitenstraße hin abgesperrt war.

Der Pole warf dem staubigen alten Wagen einen zärtlichen Seitenblick zu. Er erinnerte ihn an die kalten, schneereichen Winter seiner Heimat. Dann stellte er die Zahlenkombination an dem Vorhängeschloss ein, das die Kette mit der Halterung eines Eisenpfahles verband, löste die Kette und ließ sie zu Boden fallen. Nach den ersten drei Schritten stutzte er. Er hatte eine kaum merkbare Bewegung unter dem Saab wahrgenommen. Seine Hand glitt in die Hosentasche und holte ein Schnappmesser hervor, dessen Klinge per Knopfdruck aus dem Schaft lautlos nach vorne glitt und mit einem leisen, raspelnden Geräusch fest stand. Der Pole ließ sich auf alle viere nieder. Dann stieß er die Klinge weit unter den Saab vor. Ein Zischen, ein Rascheln, eine schmale, halb verhungerte Katze schoss unter dem Saab hervor und hieb mit den ausgefahrenen Krallen nach seiner Hand.

Der Pole lachte leise auf und scheuchte die kleine Katze mit einer Handbewegung zur Seite. Er drückte die Klinge des Schnappmessers in den Schaft zurück und richtete sich auf, als sich das Ende der Kette um seinen Hals legte.

Der Pole stieß seinen Ellenbogen in einer Reflexbewegung nach hinten. Er traf in weiches, nachgebendes Fleisch und wollte mit einem zweiten Hieb nachsetzen, als die Katze mit ausgefahrenen Krallen in seinem Gesicht auftraf. Einen Moment roch er ihr staubiges Fell, das sich gegen seine Nasenlöcher presste. Dann traf ihn das schwere Vorhängeschloss am Hinterkopf, und er wurde bewusstlos.

Als der Chilene eine Stunde später das Lokal verließ, hatte er mit dem Wirt und den beiden Ärztinnen auch die dritte Flasche Auténtico geleert. Er begleitete die beiden älteren Damen noch bis zum Bushalteplatz, auf dem auch ein paar Taxen auf Kundschaft warteten. Dann schlug er den Weg zur Kirche ein und sah schon von weitem den silberfarbenen Benz. Gloria und der untersetzte Peruaner saßen im Wagen.

»Er liegt verschnürt im Kofferraum«, sagte Gloria.

Der Chilene nickte zufrieden. »Habt ihr ihn durchsucht?«, fragte er.

Der Peruaner lachte gutmütig. »Er hatte einen Haufen Dollars im Schuh«, sagte er und öffnete das Handschuhfach. Der Chilene zählte die Dollars und machte drei gleich große Pakete aus ihnen. Gloria steckte ihr Bündel in ihren Strumpf, der Peruaner ließ seines in der Hosentasche verschwinden.

»Sonst etwas?«, fragte der Chilene.

»Eine Pistole, ein Schnappmesser, drei Magazine und zwei Tütchen Koks«, antwortete der Peruaner.

Auf der Straße Richtung Palma hielt der silberfarbene Benz kurz an. Der Chilene und der Peruaner stiegen aus, öffneten den Kofferraum und packten den gefesselten und geknebelten Polen in einen stabilen undurchsichtigen Müllsack um. Dann holte der Peruaner eine Pistole und ein Klappmesser, die in einen Putzlappen gewickelt waren, aus einer Vertiefung des Kofferraums hervor und steckte sie in den Müllsack. Sie verschnürten den Müllsack mit Klebeband und schnitten ein paar kleine Atemlöcher hinein.

Es war kurz nach Mitternacht, als der silberne Benz vom Passeig Mallorca abbog und in eine der Parkbuchten vor der Polizeistation von Palma rückwärts hineinsetzte. Der Peruaner und Gloria stiegen aus. Gloria lehnte sich mit dem Rücken gegen das in der Nachbarbucht abgestellte Einsatzfahrzeug der Policia Local, der Peruaner öffnete den Kofferraum des Benz und ließ ihn offen stehen. Dann hoben beide zusammen den Müllsack auf die Rückbank des Streifenwagens. Als der Benz aus der Parkbucht scherte, waren nicht mehr als neunzig Sekunden vergangen.

»Ich bringe dich zu Freunden«, sagte Pepe Rogalzky zu dem Mädchen. »Dort bist du vorerst sicher. Und morgen werden wir weitersehen.«

Birgit schaute Pepe Rogalzky nachdenklich an. Sein Gesicht war von einer grauen Müdigkeit umwickelt, die es schwer machte, an ihn heranzukommen. »Was hältst du von der ganzen Sache?«, fragte sie, als der knatternde Escort von der Autobahn abbog und Richtung Porto Portals fuhr.

Pepe zuckte müde die Schultern. »Ich glaube, dass jeder der Beteiligten, die ich heute Nacht gehört habe, nicht die ganze Wahrheit sagt, sondern etwas verschweigt«, meinte er. »Deine Mutter, Denis und du.«

Das Mädchen lachte und kniff Pepe Rogalzky in den Arm. »He, wach auf, du Penner!«, sagte es. »Jeder hat sein heimliches Monster. Und meines ist ganz besonders böse und wird alle anderen Monster fressen.«

»Kann schon sein«, erwiderte Pepe Rogalzky, »aber es wäre nett, wenn ich mich ausnahmsweise ausschlafen könnte, bis ich und mein Monster an der Reihe sind.«

Pepe Rogalzky parkte seinen verbeulten alten Escort im Hafen neben einem himbeerfarbenen Rolls. »Findest du das nicht etwas unverschämt?«, fragte das Mädchen und hakte sich bei Pepe unter.

»Nein, da machst du dir unnötig Sorgen!«, antwortete Pepe. »Der Rolls gehört Ali, und er ist alles, was er hat. Er vermietet ihn an Leute, die mit einem himbeerfarbenen Rolls durch Palma fahren wollen, und schlägt sich so durch.«

»Aber wie kommt ein armer Mann an solch ein Auto?«, fragte das Mädchen.

»Das ist eines der Wunder von Mallorca«, sagte Pepe. »Ali, oder wie er sonst heißen mag, jobbte bei einem Pizzadienst in Magaluf. Der bekam vor drei Jahren einen Anruf von einer Yacht hier im Hafen. Ali packte die drei bestellten Pizzen in einen Warmhaltekasten und fuhr mit der Vespa hin. Der Hafenwächter winkte ihn durch, obwohl es schon nach drei Uhr in der Nacht war. Ali fand den Steg mit der Yacht, und als er über das Fallreep balanciert war, schoss ihm einer mit der Pistole in den Bauch. Das war einer der Leibwächter eines arabischen Scheichs, der von den bestellten Pizzen nichts wusste. Der Scheich bezahlte das Krankenhaus und schenkte Ali, als er mit seiner Yacht Mallorca verließ, den himbeerfarbenen Rolls.«

Sie betraten die kleine Bar, in der laute Soulmusik spielte und die bis zum letzten Platz gefüllt war. Hinter der Bar zapfte eine exotische Schönheit Bier. Als sie Pepe bemerkte, nickte sie ihm voller Würde und Ernsthaftigkeit zu. Pepe wartete, bis sie das Tablett der jungen Kellnerin gefüllt hatte. Dann schob er Birgit in die Ecke zwischen Bar und Durchreiche.

»Das ist Birgit«, sagte er leise zu der exotischen Schönheit. »Ihre Mutter hat heute Nacht versucht, sie ermorden zu lassen, oder umgekehrt.« Die exotische Schönheit hob leicht die Augenbrauen. »Kann sie heute Nacht dort oben schlafen?«, fuhr Pepe fort und zeigte mit dem Daumen zur Decke.

Die exotische Schönheit warf Pepe einen strafenden Blick zu, nahm einen Schlüssel aus der Schublade unter der Kasse und legte ihn in die Hand des Mädchens. »Zeig ihr, wie sie hinkommt.«

»Danke«, sagte Pepe, nahm den Arm des Mädchens und schob es durch das Gedränge der späten Gäste zum Hintereingang. »Die Tür hier. Schließ sie hinter dir wieder ab. Dann die Treppe hinauf. Wieder hinter dir abschließen. Und wenn du morgen aufwachst, hast du den schönsten Blick auf den Yachthafen.«

Das Mädchen schloss die Tür auf. Pepe Rogalzky griff in seine Tasche und holte eine Karte hervor. »Ruf mich an«, sagte er, »jetzt hast du meine Nummer.«

Als Pepe Rogalzky auf den Parkplatz kam, saß Ali auf dem Trittbrett seines himbeerfarbenen Rolls Royce und hustete, bis er grünen Schleim hervorwürgte.

Pepe Rogalzky setzte sich in seinen alten Escort und wartete, bis der Anfall vorüber war. Dann drehte er das Seitenfenster herunter. »Was macht der Bauch, Ali?«, fragte er.

»Pepe Rogalzky, es ist die Lunge!«, erwiderte Ali. »Jeder weiß, daß es ein Schuss in die Lunge gewesen ist.«

Pepe nickte. »Aber jeder erzählt die Wunder von Mallorca auf seine Weise«, meinte er. »Und ich kenne eine Menge Leute, die erzählen, der Leibwächter hätte dir damals die Eier weggeschossen.«

Ali krümmte sich wieder in einem würgenden Hustenanfall zusammen und fiel vom Trittbrett des himbeerfarbenen Rolls.

Pepe Rogalzky wartete, bis er sich wieder aufgerichtet hatte, winkte ihm zu und setzte aus der Parklücke heraus.

Als er die Haustüre aufschloss, schaltete er die Treppenhausbeleuchtung ein und pfiff leise vor sich hin. Auf dem letzten Treppenabsatz machte er halt und sagte: »Pepe kommt heim. Erschieße mich nicht.« Dann pfiff er wieder leise und schloss die Wohnungstür auf. Er bemerkte die verrückte Mörderin erst, als er die Tür zum Wohnzimmer öffnen wollte. Sie trat hinter den Öljacken und Mänteln der Kleiderablage hervor und senkte die abgesägte Schrotflinte.

»Du hast das erste Mal in deinem Leben einen Grund, froh darüber zu sein, dass du du bist, Pepe Rogalzky«, sagte die alte Mörderin, »denn jedem anderen hätte ich jetzt den Kopf vom Hals gepustet.« Sie kam mit ihren schweren, tapsigen Schritten auf Pepe zu, umfasste seinen Oberarm und schob ihn ins Wohnzimmer.

»Die da habe ich schon mal im Fernsehen gesehen!« sagte sie und zeigte auf die Frau, deren Beine und Hände gefesselt waren. Ihr Mund war mit einem Klebestreifen verschlossen. Sie saß auf der äußersten Kante der Couch und hob die Augenbrauen, als sie Pepe erkannte. »Es war nicht in einer Rateshow«, sagte die alte Roja.

»Nein«, sagte Pepe Rogalzky. »Sie ist Politikerin.«

»Das hätte ich mir denken können!«, meinte die alte Roja. »Sie hat mich da draußen vollgequasselt, dass sie hier auf dich warten wolle. Pepe, es war unerträglich, wie sie mich vollgequasselt hat. Es hätte auch eine Falle sein können, also habe ich sie ein wenig verschnürt.«

Pepe ging zu der durchgesessenen Couch und löste die Fesseln der Frau. Die alte Mörderin lehnte währenddessen am Türpfosten, die abgesägte Schrotflinte in den Armen, und schaute zu. Die Frau sprang von der Couch, massierte sich kurz die Handgelenke und riss sich dann den Klebestreifen vom Mund.

»Pepe Rogalzky, wer ist dieses grässliche Ungeheuer? Wie kann sie es wagen, mich so zu behandeln? Ich flehe dich an, wirf dieses Monster sofort aus deiner Wohnung ...»

»Ich hab' dich gewarnt, Pepe Rogalzky!«, unterbrach die alte Roja. »Die spricht dich tot!«

Dann knallte sie hinter sich die Wohnzimmertür zu, und kurz darauf hörte man den Schaukelstuhl im Flur leise knarren.

Die Frau lief zur Wohnzimmertür und lauschte. Dann huschte sie zu Pepe und zog ihn am Ärmel in die Küche. »Um Gottes willen, Pepe!«, flüsterte sie. »Das Monster ist noch immer da!«

Pepe Rogalzky machte sich los, knipste das Licht in der Küche an und holte zwei Büchsen Bier aus dem Kühlschrank. »Nun reg dich ab, Cristina«, sagte er. »Ich hab' sie als Leibwächterin engagiert. Es ist die Einzige, die ich bezahlen kann, und deswegen die Beste, die ich kenne.«

»Aber diese Frau ist komplett verrückt!«, flüsterte Cristina und setzte sich auf einen der beiden Küchenstühle.

Er nickte. »Zu meinem Glück«, sagte er. »Sonst säße sie nämlich noch immer wegen dreifachen Mordes im Gefängnis von Barcelona.«

Pepe Rogalzky bot ihr eine Zigarette an. »Ich rauche nicht, weil ich gegen das Rauchen bin!«, sagte Cristina erbost. »Wirst du dir das jemals in deinem Leben merken können, Pepe Rogalzky?«

Pepe Rogalzky zuckte die Achseln. »Es war nicht klug von dir, herzukommen, Cristina!«, meinte er. »Und es wäre noch dümmer von dir zu bleiben, denn grundlos sitzt die alte Roja nicht mit ihrer Schrotflinte im Flur.«

»Nun bin ich einmal hier, und ich werde nicht um zwei Uhr nachts durch die engen Gassen von Palma gehen, schon gar nicht mit einem Koffer, und mich den peinlichen Blicken eines Hotelnachtportiers aussetzen!«, widersprach Cristina.

»Warum bist du überhaupt hergekommen?«, fragte Pepe Rogalzky.

»Weil ich wissen will, wie es mit dem Mörder meines Bruders steht!«, antwortete Cristina.

Pepe Rogalzky hatte die Büchse Bier geöffnet und saugte sich an ihr fest.

»Das Boot hat eine Nacht in der Bucht von Sant Elm geankert«, sagte er und gähnte. »Im Morgengrauen hat es Anker gelichtet und ist aufs offene Meer hinaus.«

»Was glaubst du, wird es zurückkommen?«, fragte Cristina.

»Das hätte mir noch gefehlt!«, dachte Pepe Rogalzky.

»Ich werde mich morgen mal umtun«, meinte er und stand auf. »Mach, was du willst, Cristina.« Dann ging er hinüber ins Schlafzimmer, streifte die Schuhe von den Füßen und warf sich aufs Bett. Er war noch wach genug, um sich die Hosen auszuziehen und die Pistole aus dem Schulterhalfter zu nehmen. Dann schlief er ein. In seinen ersten Schlaf schlich sich eine Katze, die sich an seine Brust kuschelte und schnurrte. Dann begann die Katze zu sprechen.

»Pepe Rogalzky, wenn dieses Monster auch nur einen Fuß in dein Schlafzimmer setzt, werde ich vor Angst sterben«, hörte er sie sagen.

6. KAPITEL

Wanja und Igor hatten in der engen Seitenstraße von Santany schon mehr als eine Stunde im Lieferwagen gewartet. Wanja hatte eine Flasche Veterano und den Rest des Käses mitgenommen. Sie aßen und tranken aus der Flasche.

»Ruf ihn an!«, sagte Igor.

Wanja holte das Handy aus dem Handschuhfach, tippte eine Nummer ein und ließ es mehrere Minuten klingeln. Dann legte er es zurück.

»Der Pole kommt nicht mehr«, sagte er dann gleichmütig, kletterte auf die rückwärtige Ladefläche, holte die Pistolen aus dem Cellokasten und schraubte die Schalldämpfer auf.

»Gehen wir und tun unseren Job«, sagte er, steckte eine Pistole in den Hosenbund und reichte Igor die zweite.

Als sie wie zwei verspätete Zecher die schmale Seitenstraße herunterbummelten, trank Igor den Rest aus der Brandyflasche und warf sie in hohem Bogen in einen Obstgarten.

Dann kniete sich Wanja hin, als ob er sich den Schuh zubinden wolle, griff mit beiden Händen unter den rostigen Gartenzaun und riss ihn hoch. Sekunden später waren beide im Garten verschwunden.

Das alte Haus, das mehr als fünfzig Meter von der Straße entfernt inmitten des verwilderten Obstgartens lag, hatte durch zahlreiche Um- und Anbauten das Aussehen einer von der Beulenpest befallenen Festung. Die Fenster, die zum rückwärtigen Teil des Gartens zeigten, waren trotz der späten Stunde hell erleuchtet, und auf den schmuddeligen Häkelgardinen tauchten Schatten auf und verschwanden wieder.

»Wie machen wir's?«, flüsterte Igor, setzte sich eine der Masken vors Gesicht und befestigte den Verschluss, der die Maske auf dem Hinterkopf zusammenhielt.

»Wir gehen zusammen rein und kommen zusammen wieder raus«, antwortete Wanja, lachte leise und ließ das rote Haar seiner Clownsperücke wippen.

Wanja machte sich mit seinen Stahlstiften einige Augenblicke an dem primitiven Schloss der Hintertür zu schaffen. Dann öffnete er die Tür und winkte Igor, der im Schatten eines verkrüppelten, halb umgesunkenen Olivenbaums gewartet hatte. Sie betraten einen kurzen Flur, der durch einen schwachen Lichtschimmer aus einer halb geöffneten Tür erhellt wurde. Hinter der Tür lag die niedrige Küche, in der sich neben dem Ofen Pappschachteln mit verschimmelten Essensresten stapelten. Auf dem langen schmierigen Küchentisch waren einige aufgerissene Backpulvertütchen verstreut, eine aufgeplatzte Tüte Zucker war vom Tisch gefallen. Die Luft war abgestanden und stickig und roch stark nach schalem Bier und kaltem Zigarettenrauch.

Als Igor die Küchentür öffnete, drang ein Stimmengewirr aus den oberen Räumen an sein Ohr. Er lauschte eine Weile und unterschied drei Männer- und zwei Frauenstimmen.

Igor und Wanja stiegen die mit leeren Zigarettenschachteln und zusammengedrückten Bierbüchsen übersäte Treppe hinauf. Zwei Männerstimmen wurden lauter und heftiger. Als sie die Tür zu dem niedrigen Wohnraum aufstießen, zankten sich die beiden Männer um eine halbgefüllte Flasche Osborne. Der dritte Mann hockte auf einem Sofakissen und setzte sich eine Spritze. Eine der beiden Frauen zappte mit der Fernbedienung die Programme des Fernsehers durch. Sie trug einen grellroten, mit Flecken übersäten Morgenmantel. Eine zweite Frau, die offensichtlich weggetreten war, stand auf einem Bein in der Mitte des Zimmers, das andere Bein wie ein Flamingo angezogen, und starrte mit großen, glänzenden Augen an die Decke.

Igor und Wanja betraten den Wohnraum, ohne dass einer der Anwesenden Notiz von ihnen nahm. Dann zogen sie die Pistolen und erschossen die drei Männer. Die Frau vor dem Fernseher ließ die Fernbedienung fallen und begann zu schreien. Sie sprang auf und lief wie ein verängstigtes Tier von einer Wand des Zimmers zur anderen. Wanja wartete ab, bis sie in seine Nähe kam, und gab ihr einen Stoß, so dass sie mit der Stirn gegen die Wand prallte und auf den Boden sank. Dann setzte er die Mündung des Schalldämpfers auf ihren Nacken und drückte zweimal ab.

Die grobknochige Frau stand noch immer auf einem Bein in der Mitte des Zimmers. Sie verlor das Gleichgewicht, kippte zur Seite und schlug hart mit der rechten Schläfe auf den Boden. Sie stöhnte leise und verdrehte die Augen. Dann kroch sie auf eines der Kissen zu, drückte ihr Gesicht hinein und schloss die Augen. Wanja wartete ein paar Augenblicke, ging zu ihr hin und stieß ihr die Spitze seines Schuhs kräftig in die Rippen. Die Frau zuckte schwach mit den Schultern.

»Lassen wir sie leben«, sagte Igor. »Sie ist so weggetreten, dass sie es noch nicht mal merken würde, wenn der Tod sie in die Arme nähme.«

Sie durchsuchten zuerst die Männer. Einer trug eine Waffe im Hosenbund, bei dem anderen fanden sie ein paar Plastiktütchen mit weißem Pulver. Dann schauten sie sich im Zimmer um, rissen die Schubladen eines zerkratzten Sideboards auf und schütteten den Inhalt auf den Boden. Igor ging hinüber in eine staubige, enge Toilette. Das flache Wasserbecken an der Wand sah ziemlich verdreckt aus. Der Wasserhahn tropfte. Dann öffnete er mit der Schuhspitze den Toilettendeckel. Der Toilettentopf schien lange nicht mehr benutzt worden zu sein. Igor beugte sich vor und riss die Abdeckung der Wasserspülung auf. Er hatte gefunden, was er suchte. Er roch und schmeckte an dem Pulver, das er in einer durchsichtigen Plastiktüte aus dem leeren Wasserkanister gehoben hatte. Daneben lagen Schachteln mit Ampullen und übereinandergestapelte Tablettenplättchen. Er steckte alles in eine Plastiktüte. Wanja kam herein und warf einen Blick auf den Inhalt.

»Heroin«, sagte Igor und zeigte auf das weiße Pulver. »Ich schätze, mehr als ein Kilo.«

»Gut!«, meinte Wanja. »Das kann der Pole verkaufen.«

»Wenn es den Polen noch gibt«, meinte Igor.

Dann löschten sie das Licht in den oberen Räumen und verließen das Haus durch den Hintereingang. Im Garten setzten sie die Clownsmasken ab und zogen die Handschuhe aus. Igor roch an einer Zitrone, die an einem der niedrigen Bäume hing. Dann schlüpften sie unter dem Zaun hindurch und gingen zum Lieferwagen zurück.

Wanja blickte auf die Armbanduhr, als sie die C-714 in Felanitx verließen und auf die Nebenstrecke nach Vilafranca abbogen. »Vier Uhr«, sagte er. »Bald wird es Morgen.«

Igor gähnte und rieb sich das Bein. Der pochende Schmerz hatte wieder eingesetzt. Er schüttete sich aus einem Röhrchen den Rest Schmerztabletten auf die Hand und schluckte sie. »Irgendwas stimmt mit der Wunde nicht«, sagte er und tastete über den Verband. Er war nass vom Eiter.

»Als Kind bin ich mal von einer Ratte in die Hand gebissen worden«, sagte Wanja und zeigte Igor die Narbe. »Es hat ein Jahr gedauert, bis die verdammte Wunde geheilt ist.«

Igor nickte gleichmütig. »Erledigen wir unsere Arbeit etwas schneller«, sagte er. »Dann fliegen wir nächste Woche nach Budapest zurück. Dort kenne ich gute Ärzte, die mir weiterhelfen können.«

»Ja!«, stimmte Wanja zu. »Wir sollten der verdammten Insel etwas Zeit gönnen, die Eier auszubrüten, die wir ihr in den warmen Sand gelegt haben.«

Sie schwiegen eine ganze Weile, und Wanja kurbelte das Fahrerfenster herunter. Der Fahrtwind wehte herein und ließ die Gerüche von trockenem Gras, wildem Thymian und Wacholder im Lieferwagen zurück.

Der Lieferwagen erreichte Vilafranca und bog von der Schnellstraße C-715 in einen schmalen Seitenweg ein. Dann fuhr er langsam an dem Parkplatz einer Baustoffhandlung vorbei. Linkerhand lag der große staubige Parkplatz mit der kleinen Bar des Reiterhofs. Auf den Weiden stand ein Pony unter dem Vordach eines Offenstalls. Es hob den Kopf und äugte zu dem Lieferwagen herüber.

Wanja stoppte, Igor stieg aus und öffnete das Gatter. Dann fuhr der Lieferwagen über die Weide und stoppte hinter dem Offenstall. Igor schloss das Gatter und hinkte über die Weide. Das Pony kam näher und schnupperte neugierig an Igors ausgestreckter Hand. Igor klopfte ihm den Hals, und das Pony folgte ihm hinter den Offenstall. Wanja holte etwas Brot und einen Apfel aus einer Plastiktüte, und sie setzten sich auf das Trittbrett des Lieferwagens und fütterten das Pony. Als es das Brot aufgefressen hatte, prustete es noch eine Weile seinen warmen Atem in die Gesichter der beiden Männer, stupste sie mit seiner breiten Nase an, drehte dann plötzlich ab und trottete auf die Vorderseite des Offenstalls zurück.

Die Vögel erwachten und versuchten sich an ihren ersten, verschlafenen Tönen. Ein verdreckter Laster rumpelte über den schmalen Weg und bog auf den Platz vor der Baustoffhandlung ein. Zwei Männer stiegen aus und begannen, Zementsäcke und Ziegelsteine auf die Ladefläche zu packen. Eine halbe Stunde später stand ein halbes Dutzend Fahrzeuge auf dem Bauhof. Ein Vorarbeiter teilte einem Dutzend Männer lautstark und mit vielen gotteslästerlichen Flüchen ihre Arbeit zu.

Dann bog der erste Jeep auf den staubigen Parkplatz vor der kleinen Bar. Zwei Männer stiegen aus. Einer warf ein Papierschnitzel in die Luft und schaute prüfend seinem Fall zu. Der andere telefonierte lautstark auf seinem Handy. In dem großen, dunklen Ziegelsteingebäude wurde Licht gemacht. Einer der beiden Männer ging zu einem Schuppen und schloss ihn auf. Er machte sich an einem flachen Transportwagen zu schaffen. In der Bar wurde Licht gemacht, und der andere Mann klopfte an die Scheibe. Eine Frau, das graue Haar nur flüchtig gekämmt, öffnete ihm.

Wanja saß auf der Ladefläche des Transporters und schälte die Jagdflinte aus dem Futteral. Igor hatte den Lieferwagen verlassen und einen Strohballen an die hintere Ecke des Offenstalls gezogen. Er beobachtete, wie im Abstand von wenigen Minuten drei Toyota-Landcruiser auf dem Parkplatz des Reiterhofes hielten. Außer den Fahrern waren fünfzehn Personen ausgestiegen, ausnahmslos mit Fotoapparaten und Kameras bewaffnet und in der bunten Kleidung von Touristen. Ein Kind von circa fünf Jahren war darunter, das zuerst folgsam an der Hand seiner Mutter blieb. Dann entdeckte es eine Katze, die etwas abseits auf einem Holzklotz saß und sich die ersten Sonnenstrahlen auf das Fell scheinen ließ. Das Kind lief zum Holzklotz hinüber und streichelte die Katze. Der Mann kam aus der Bar und wischte sich über den Mund. Die Touristen versammelten sich um ihn und hörten zu, was er zu sagen hatte. Ein paar stellten Fragen. Mehrmals wehte Gelächter herüber.

Dann ging alles sehr schnell. Die Touristen zogen unter Anleitung eines der Männer den flachen Transportwagen aus dem Schuppen, auf dem der Ballonkorb und die Hülle lagen. Eine halbe Stunde später war die Ballonhülle prall gefüllt, der Gasbrenner fauchte, fünf Touristen, unter ihnen das Kind und seine Eltern, bestiegen den Korb. Der Mann, der zu ihnen gesprochen hatte, bediente den Brenner. Dann wurden die Halteseile losgemacht, der Korb ruckte mehrmals, und der Ballon stieg die ersten Meter in die Höhe.

Wanja hatte den Motor des Lieferwagens angelassen. Igor stützte den Ellenbogen auf den Rahmen des heruntergekurbelten Seitenfensters. Als der Ballonkorb zehn Meter über dem Erdboden war, drückte er ab. Die Schrotladungen fetzten ein großes Loch in die Ballonhülle. Der Korb schwankte in der Luft. Das Pony wieherte schrill auf und stob über die Weide davon.

Wanja hatte den Lieferwagen zurückgesetzt und lenkte ihn in einer engen Kurve hinter dem Offenstall auf die Baumallee zu. Die Touristen liefen schreiend auseinander. Die grauhaarige Frau stürzte aus der Bar. Die letzten fünf Meter fiel der Ballon wie ein Stein aus dem Himmel, der Korb prallte hart auf den Boden auf und legte sich zur Seite. Abgerissene Stücke der brennenden Ballonhülle klatschten auf die schreienden Touristen.

Der Lieferwagen hatte ein kleines Gatter erreicht. Igor öffnete es, und der Wagen setzte auf den schmalen, asphaltierten Weg, der in einer Senke lag und links und rechts von meterhohem Buschwerk vor neugierigen Blicken geschützt war. Über dem Dach des Reiterhofs stand eine große, schwarze Rauchwolke.

Pepe Rogalzky hatte nach einem ausgiebigen Frühstück eine halbe Stunde vor dem schwarzen Telefon gesessen und einige Gespräche geführt. Die alte Roja hatte im wattierten Bademantel die Wohnung verlassen und, die abgesägte Schrotflinte am Lauf gepackt, die Straße überquert. Sie wummerte eine Stunde später, mit einer geblümten Kittelschürze bekleidet, gegen die Wohnungstür und nahm wieder in dem Schaukelstuhl im Flur Platz.

»Schläft diese grässliche Frau denn nie?«, flüsterte Cristina, die aus dem Badezimmer trat und den Sitz ihrer Frisur abtastete.

Pepe Rogalzky seufzte. »Ich hab' ein paar Leute von den Ausflugsschiffen angerufen«, sagte er. »Sie sollen die Augen offenhalten und mir Bescheid geben, wenn sie die Motoryacht sehen.«

»Ein paar Leute anrufen genügt nicht, Pepe!«, erwiderte Cristina ungnädig. »Überleg dir etwas Besseres, mein Freund. Ich muss jetzt zu der Verabredung mit meinen Parteifreunden. Wir sehen uns um zwei im Yate-Rizz am Born.«

Als Cristina die Wohnung verlassen hatte, war von ihr eine Wolke schweren Parfüms zurückgeblieben, die träge durch alle Zimmer wanderte und sich auf die Möbel, Teppiche und Vorhänge legte.

Pepe Rogalzky griff zum Telefon und rief Jaume Vellerde auf der Polizeipräfektur an. »Was gibt's Neues?«, fragte er.

Er hörte am anderen Ende der Leitung Kaugeräusche und leises Schmatzen. »Die Hölle ist los!«, erwiderte Jaume gelassen. »Heute morgen hat irgendein Verrückter den Ballon vom Himmel geschossen. Gott sei Dank ist niemand zu Tode gekommen. Fünf verletzte Touris sind mit Knochenbrüchen und Verbrennungen in Son Dureta eingeliefert worden. Ein Kind war in der Gondel. Beim Aufprall ist es aus dem Korb geschleudert worden und auf eine Katze gefallen. Die Katze war das einzige Todesopfer, dem Kind ist nichts passiert.«

»Oh Schitt«, sagte Pepe Rogalzky. »Einen Ballon vom Himmel zu knallen, das ist niederträchtig.«

»Niederträchtig!«, schrie Jaume Vellerde begeistert. »Das ist genau der Ausdruck, nach dem ich mir schon den ganzen Morgen das Gehirn zermartert habe. Genau, es ist hundsgemein und niederträchtig.«

Pepe Rogalzky hörte, wie Jaume Vellerde mit Butterbrotpapier knisterte und dann wieder zu kauen begann. »Und, bist du mit deiner Aufzugsleiche in Sant Elm weitergekommen?«, fragte er.

Jaume Vellerde schnaubte. »Ein Schrittchen, vielleicht einen Schritt«, sagte Jaume. »Der Hausmeister will am frühen Morgen, als er den Weg vor dem Haus geharkt hat, jemanden in der Halle bemerkt haben. Als er nachgeschaut hat, war niemand da. Der Mann soll eine Jeansjacke mit einem eingenähten Stern auf dem Rücken angehabt haben.«

»Na, das ist doch schon etwas!«, meinte Pepe Rogalzky und war bemüht, seiner Stimme einen aufmunternden Klang zu geben.

»Diese Insel ist momentan wie ein Bienennest, in das ein paar Hornissen eingedrungen sind«, stöhnte Jaume. »Und genau dann muss ausgerechnet ich Schicht haben. Stell dir vor, als Erstes bringt man mir einen wie ein Postpaket verschnürten Junkie, den man in einem Müllsack einfach in einen Streifenwagen vor der Präfektur deponiert hat. Der Kerl hatte einen gefälschten spanischen Pass dabei, fünf Gramm Kokain und eine Mauserpistole lagen in dem Müllsack. Mit Kugeln aus einer Mauserpistole ist vor drei Wochen das Pärchen erschossen worden, dem die Schwulenbar in Illetes gehörte. Und fünf Minuten später ruft mich ein Arzt an, der Notdienst in Magaluf hat, und erzählt mir, dass er dabei ist, zwei Köchen die abgeschnittenen Ohren wieder anzunähen. Was hältst du denn davon, Pepe?«

»Klingt ganz nach einem Bandenkrieg, wenn ich's mir genau überlege«, sagte Pepe Rogalzky. Er hörte durchs Telefon, wie eine Tür aufgerissen wurde und eine Männerstimme ein paar hastig gesprochene Sätze in das Büro rief.

»Vier Leichen und eine Verrückte, die nackt auf der Polizeiwache von Santanyí erschienen ist und die Sache gemeldet hat«, sagte Jaume Vellerde. »Diese Insel ist ein Tollhaus!«

Pepe Rogalzky hörte, wie Jaume Vellerde den Hörer auflegte. Dann rief er den Chilenen an.

»Ich sitze auf der Terrasse und warte, bis es dunkel wird«, sagte der Chilene anstelle einer Begrüßung. »Ich bin ein Mann der dunklen Tageszeit geworden.«

Pepe Rogalzky berichtete ihm, was er soeben von Jaume Vellerde erfahren hatte. »Hast du den Müll vor der Polizeipräfektur abgeladen?«, fragte er zum Schluss.

»Man muss den Bullen manchmal kleine Geschenke machen«, erwiderte der Chilene. »Du wirst vielleicht der Meinung sein, ich hätte diesen Mann, den alle nur den Polen nennen, noch ein wenig zappeln lassen sollen. Das wäre genau das Gleiche, als würdest du sagen: Lass den Haifisch, den wir gerade ins Boot gezogen haben, noch ein Weilchen leben, damit ich ihn etwas streicheln kann.«

»Okay, da misch' ich mich nicht ein«, sagte Pepe Rogalzky. »Wenn etwas ist, du erreichst mich ab zwei Uhr im Yate-Rizz.«

Als Pepe Rogalzky die Wohnungstür hinter sich ins Schloss gezogen hatte, war die verrückte Mörderin in ihrem Schaukelstuhl aufgeschreckt und schickte ihm einen Schwall gotteslästerlicher Flüche hinterher. Er bummelte durch die Altstadtgassen und überquerte die Fußgängerbrücke zwischen den beiden Teilen des Passeig Mallorca.

Auf dem Schulhof, der gegen den Passeig mit einem meterhohen Maschendrahtzaun verschlossen war, brandete Pausenlärm auf. Ein dichtes Knäuel aus Kinderleibern veränderte jede Sekunde seine Form. In einer Ecke spielten ein paar Jungs mit einer Silberpapierkugel Fußball. Pepe Rogalzky stieß einen kurzen Pfiff aus, und einer der Jungs, der gerade ein Tor geschossen hatte, lief hinüber zum Zaun.

»Hallo, Don Carlos!«, sagte Pepe und nickte dem Jungen zu.

»Was liegt an, Pepe?«, fragte der Junge. »Mach's kurz und verdirb mir nicht die Pause.«

»Okay, das verstehe ich«, erwiderte Pepe. »Ich brauche die Mutter des Bauchnabels. Sie fährt einen schwarzen Golf mit einem zerschossenen Reifen. Erkundige dich mal bei den Autoverleihern, wann sie in der letzten Zeit einen schwarzen Golf verliehen haben, und vielleicht ist ja in irgendeiner Garage der linke Hinterreifen an einem schwarzen Golf gewechselt worden. Außerdem suche ich einen Mann mit einem großen Stern auf der Jeansjacke.«

Der Junge hatte aufmerksam zugehört und nickte. »Das gibt eine nette Telefonrechnung«, sagte er und drückte die Hand an den Maschendrahtzaun. Pepe Rogalzky schob ein paar Geldscheine hinein.

»Wir hören voneinander!«, sagte er und hob die Hand zum Gruß. Dann überquerte er die Fahrbahn des Passeig Mallorca und ging die Treppe hinab, die in die Tiefgarage unter dem Asphalt führte.

Der Hafen Porto Portals sah frisch gewaschen aus. Mallorca hatte sein schönstes Kleid angezogen und ließ die Rockschöße flattern. Weit draußen an der Horizontlinie des Meeres hing ein Streifen weißen Dunstes. Pepe Rogalzky schlenderte an den Bars und Boutiquen entlang, die meisten hatten noch nicht geöffnet. Ali saß auf dem Kotflügel seines himbeerfarbenen Rolls und starrte Löcher in den blassblauen Himmel.

»He, Pepe!«, rief er und winkte. »Was meinst du, ob ich ihn cremefarben oder metallic-silbern umlackieren soll? Drei Tage konnte ich ihn nicht mehr vermieten.« Ali klopfte mit der flachen Hand auf den Kotflügel. »Vielleicht mögen die Leute kein Himbeerrot mehr. Ein deutscher Tourist hat den Rolls gestern ›Limonadenauto‹ geschimpft. Das hat mir zu denken gegeben.«

Pepe Rogalzky blieb eine Weile bei Ali stehen, und die beiden Männer diskutierten über die richtige Farbe für einen alten Rolls mit der jäh aufflammenden Leidenschaftlichkeit eines Strohfeuers, das Minuten später von der selbst produzierten Asche erstickt wird. Als Ali merkte, dass die Luft aus dem Gespräch heraus war, starrte er wieder Löcher in den blassblauen Himmel und verschwendete keinen Blick an Pepe Rogalzky, der auf die Terrasse der Bar schlenderte. Die Jalousien waren vor den Fenstern noch heruntergelassen. Eine Möwe saß auf den übereinandergestapelten Bierkästen rechts des Eingangs. Pepe Rogalzky hatte sich gerade auf den

Rand der Terrasse gehockt, als sich die exotische Schönheit über das Gitter des Dachgartens beugte.

»Das Küken, das du mir untergeschoben hast, schläft noch«, sagte sie mit ihrer sanften, tiefen Stimme, die dem Ohr schmeichelte wie das Schnurren einer großen Raubkatze, die gute Träume hat.

Pepe hob die Schultern und ließ sie wieder fallen. Dann beobachtete er die Möwe, die von den Bierkästen geflattert war und sich kopfnickend vor ihm verbeugte.

»Ich ziehe mir schnell etwas über, dann machen wir einen Spaziergang durch den Hafen«, sagte die sanfte Stimme. Die Möwe war bei ihren ersten Worten aufgeflattert und landete hundert Meter weiter auf dem Dach des himbeerfarbenen Rolls, auf dem sie wie die Königin von Mallorca im Kreis trippelte und sich verneigte.

Genova war in einen intensiv gelben Jogginganzug und grüne Turnschuhe geschlüpft. Als sie unter der Schranke, die den Zugang zu den Anlegestegen der Yachten versperrte, hindurchkrochen, lehnte sich der Hafenmeister aus dem Fenster seines kleinen Büros, pfiff auf zwei Fingern und warf der exotischen Schönheit eine Kusshand zu.

Genova lief ein paar Schritte und schlenkerte dabei Arme und Beine. Plötzlich spurtete sie los und rannte über die Mole und auf den vordersten Anlegesteg hinaus. Pepe Rogalzky schlenderte gemächlich weiter, setzte sich an die Ecke des Stegs und ließ die Beine über das Wasser baumeln. Ab und zu schlug ein Tauende hinter ihm gegen einen der Masten von Denis Devilles Katamaran. Eine leichte Dünung ließ das Wasser gegen die Pfeiler des Steges schwappen. Nach einer Weile drehte sich Pepe Rogalzky zur Seite, schützte die Augen mit der Hand vor der Sonne und schaute zum Ende des Steges. Dort wechselte Genova ein paar Worte mit einem Mann, der sich auf die Reling seines Kajütbootes stützte, das am äußersten Ende des Steges festgemacht hatte. Pepe Rogalzky sprang wie elektrisiert auf und starrte intensiv auf die unproportionierten Konturen des Mannes und tastete mit seinen Blicken das Motorboot ab. Kein Zweifel, es handelte sich um das Schiff, das vor zwei Tagen im Morgengrauen die schützende Bucht von Sant Elm verlassen und aufs offene Meer gefahren war.

Genova spurtete auf ihn zu, und Pepe breitete die Arme aus, um sie aufzufangen. Genova warf sich mit einer solchen Wucht hinein, dass Pepe ins Straucheln geriet und beide um ein Haar vom Steg ins Wasser gefallen wären. Für einen Moment verschwand Pepes Gesicht hinter einem Wasserfall aus schwarzem Haar, das nach Salz und Meer roch.

»Du weißt nicht zufällig, seit wann das Motorschiff da ganz hinten am Steg festgemacht hat?«, fragte Pepe, als sie um die Ecke der Hafenmole bogen.

»Warte mal«, überlegte Genova und zwei steile, kleine Falten bildeten sich über ihrer Nasenwurzel, »ich habe es heute Morgen zum ersten Mal gesehen. Der Skipper, mit dem ich gesprochen habe, war sehr freundlich und amüsant.«

Pepe starrte Genova verblüfft von der Seite an, und im gleichen Augenblick verspürte er einen tiefen Schrecken in sich.

»Was hast du denn, Pepe?«, fragte Genova. »Habe ich irgendetwas gesagt, das dich gekränkt hat?«

Pepe Rogalzky schüttelte sich. »Manchmal wandert eine Wolke durch mich hindurch und knipst mein Licht aus«, sagte er. »Ich komme nicht dagegen an.«

Genova fasste seine beiden Schultern und rüttelte Pepe durch. »Du solltest nicht so viel trinken, Pepe!«, sagte sie vorwurfsvoll. »Kommst du noch mit hoch? Vielleicht ist dein Küken jetzt aufgewacht. Dann können wir alle drei zusammen frühstücken.«

Pepe Rogalzky nickte. Als er auf den Dachgarten trat, konnte er den himbeerfarbenen Rolls sehen. Ali hatte sich auf das Dach des Wagens gelegt und beide Arme ausgebreitet. Er sah aus wie der Gekreuzigte.

Um zehn Uhr in der Frühe hatte ihn Hernandez angerufen. Er schien mächtig unter Druck zu sein. »Du musst mir aushelfen, Chilene!«, hatte Hernandez gebettelt und war dann in Tränen ausgebrochen. Als er sich endlich beruhigt hatte, hörte der Chilene am anderen Ende der Leitung ein Schaben, als kratzten lange Fingernägel über eine Glasplatte. »Ich war jahrelang einer deiner besten Kunden!«, schrie Hernandez aufgebracht. »Wenn einer ein Recht darauf hat, dass du ihm aushilfst, bin ich es!«

»Was ist denn los?«, fragte der Chilene.

»Ich war heute Morgen in Santanyí, um meine Wochenration zu kaufen!«, flüsterte Hernandez. »Man hat heute Nacht meine Dealer erschossen! Die ganze Straße war abgesperrt, es wimmelte von Bullen! Ich weiß, du bist nicht mehr im Geschäft, Chilene, aber du musst bei mir eine Ausnahme machen!«

Der Chilene erinnerte sich an eine Begebenheit vor zwei Wochen, als Gloria ihn nach Andratx zum Arzt gefahren hatte. Ein Lieferwagen hatte vor Hernandez' Nobellokal geparkt. Zwei schwarzhaarige, athletisch gebaute Männer waren aus dem kleinen Seitentrakt gekommen, in dem Hernandez' Büro lag.

»Mal sehen, ob du mir weiterhelfen kannst, Hernandez«, sagte der Chilene.

»Bestimmt!« sagte Hernandez. »Chilene, ich muss dir weiterhelfen können, weil ich echt ganz teuflisch unter Druck bin.«

»Sag mal, an wen zahlst du eigentlich Schutzgelder?«, fragte der Chilene.

Am anderen Ende der Leitung stöhnte Hernandez auf, als würde ihm die Kehle zugedrückt.

»Zehn Gramm, die reinste Ware, die du dir jemals gespritzt hast, Hernandez!«, sagte der Chilene.

»Mein Gott, ich weiß nicht, wer diese Jungs sind, aber sie haben mir meine Katze, meine kleine Chouchou, an die Tür genagelt!«, flüsterte Hernandez. »Ich kenne nur die Kassierer, die in ihrem Auftrag schon zweimal bei mir Geld geholt haben. Es sind zwei Jungs von der Bulgarentruppe. Du kennst doch die Bulgarentruppe, die Akrobaten und Spaßmacher? Wirklich, sie kassieren nur. Es sind höfliche Jungs, ganz reizende Menschen. Was ist, lieferst du mir den Stoff, Chilene?«

»Du hast mir weitergeholfen. Du weißt, ich halte meine Versprechen!«, erwiderte der Chilene. »Ich bin in einer Stunde bei dir.«

Der Chilene wählte das silberne Telefon. Er war abergläubisch. Es würde ihm Glück bringen. Er telefonierte ein paar Hotels ab, und schon beim dritten Anruf gab ihm ein freundlicher Hotelmanager die Telefonnummer der Bulgaren. Es dauerte eine ganze Weile, bis dort jemand den Hörer abhob. Es war halb elf. Am anderen Ende der Leitung hörte er eine verschlafene Stimme, die sich mit »Hola?« meldete.

Dann vernahm er sehr leise und weit im Hintergrund eine Kirchturmglocke die halbe Stunde schlagen. Wie elektrisiert zuckte er zusammen. Den Ton kannte er. Das war die Glocke der Kirche von Valldemossa.

»Entschuldige die frühe Störung«, sagte er. »Ich habe eure Telefonnummer von Oswaldo, dem Manager des Safari-Park-Hotels. Es geht um Folgendes: Ich muss das Programm für die Manager-Tagung einer französischen Champagner-Firma zusammenstellen. Ihr seid mir sehr empfohlen worden. Könntet ihr nächste Woche Mittwoch nachmittags im Riu-Palace auftreten?«

»Nachmittags?«, fragte die verschlafene Stimme. »Nachmittags ist gut. Um wie viel Uhr denn?«

»So gegen drei!«, antwortete der Chilene. »Eine Stunde, aber non stop. Um vier wärt ihr dann fertig.«

»Ausgezeichnet!«, sagte die Stimme am anderen Ende der Leitung. »Das lässt sich machen.«

»Hören Sie zu«, sagte der Chilene. »Ich fliege heute Abend wieder zurück nach Barcelona. Ich möchte vorher mit euch Jungs einen Vertrag machen und ihn anzahlen. Wo kann ich euch treffen?«

»Können Sie nach Valldemossa kommen?«, fragte die Stimme am anderen Ende der Leitung.

»Wenn es nicht so spät ist«, antwortete der Chilene.

»Passt es Ihnen um vier?«, fragte die Stimme. »Vor der Kasse, an der man die Eintrittskarten für die Cartuja löst.«

»In Ordnung!«, sagte der Chilene. »Wenn Sie selber kommen, woran erkenne ich Sie?«

»Ich bin der Mann mit dem blauen Stirnband«, sagte die Stimme.

»Gut«, sagte der Chilene. »Ich bin der Mann mit der braunen Aktenmappe. Also dann, bis um vier.«

Dann hängte er ein.

Pepe Rogalzky hatte nur eine große Tasse Café con Leche genommen, aus der er langsam und in kleinen Schlucken trank. Birgit hatte sich in Genovas gelben Bademantel gehüllt und schwieg sich beim Frühstück aus. Sie verschlang fünf Croissants, die Genova unten in der Bar in der Mikrowelle warm gemacht hatte. Ihr Haar, das von der Dusche nass glänzte, trocknete in der Sonne. Genova schaute ungeniert zu, wie Birgit die Croissants dick mit Butter und Marmelade bestrich und dann in sich hineinschlang.

Nach dem vierten Croissant zeigte Birgit mit dem Messer auf Pepe Rogalzky und quetschte aus ihrem vollen Mund hervor: »Auch wenn du dein Gesicht in der großen Tasse versteckst, Pepe Rogalzky, und obwohl du mir das Leben gerettet hast, du glaubst mir nicht!«

Pepe setzte die große Tasse ab und zündete sich eine Zigarette an.

»Was macht das schon, ob Pepe dir glaubt oder nicht?«, sagte Genova geringschätzig. »Er raucht und trinkt zu viel, und das deutsche Konsulat in Palma wird in spätestens fünf Jahren seine Beerdigungskosten vorstrecken müssen.«

»Nett seid ihr!«, rief das Mädchen, ließ das Messer auf den Teller fallen und breitete seine Arme aus. »Ihr seid alle so nett!« Dann lachte es, bis es sich an einem Stück Croissant verschluckte.

»Birgit hat recht«, sagte Pepe Rogalzky. »Ich glaube nur einen Teil ihrer Story. Und sie denkt, dass sie alle an der Nase herumführen kann wie Bären an der Kette. Es ist das alte Spiel, man braucht nur laut genug weinen und fest genug mit dem Fuß aufzustampfen, dann kriegt man seinen Willen.«

Birgit warf mit dem letzten halben Croissant nach Pepe Rogalzky. Es traf ihn mitten ins Gesicht und hinterließ einen roten Marmeladenklecks auf seiner Nase. Pepe Rogalzky nahm eine Serviette und wischte sich die Marmelade von der Nase.

»Du bleibst hier, den ganzen Tag!«, sagte Pepe Rogalzky. »Denn eines habe ich mit eigenen Augen gesehen: Einen Finger, der den Abzug einer Pistole schon halb heruntergedrückt hatte. Und die Pistole war auf dich gerichtet.« Pepe war zufrieden, er hatte glaubhaft und mit viel Emotion gelogen.

»Du bleibst hier, du bleibst da! Und wer, bitte schön, passt auf, dass ich nicht weglaufe?«, fragte das Mädchen höhnisch.

»Der da!«, erwiderte Pepe Rogalzky und zeigte auf Ali, der sich auf dem Dach des himbeerfarbenen Rolls aufgerichtet hatte und Löcher in den blauen Himmel von Mallorca starrte. Pepe stand auf, warf die Serviette auf den Tisch und verschwand von der Terrasse. Eine Weile später sah Birgit, wie er mit dem seltsamen Mann sprach, der vom Dach des Rolls heruntergesprungen war. Dann öffnete der seltsame Mann die

Beifahrertür, holte aus dem Wageninneren eine Machete und einen Holzstab hervor, setzte sich auf den Kotflügel des Wagens und begann, mit dem riesigen Messer an der Spitze des Stabes herumzuschnitzen.

Die alte Roja hatte sich einen lächerlich großen, geflochtenen Strohhut aufgesetzt und ihr großgeblümtes Kleid mit dem weißen Spitzenkragen angezogen. Unter dem Arm trug sie einen in Packpapier eingeschlagenen Gegenstand, der die groben Umrisse eines Knochenschinkens hatte. Sie watschelte durch die engen Altstadtgassen von Palma, und die Leute, die ihr begegneten, machten einen großen Bogen um sie. Zwei alte Frauen, die in einem Hauseingang gestanden hatten, bekreuzigten sich, als sie vorübergegangen war.

»Die verrückte Mörderin ist wieder unterwegs!«, meinte die Ältere der beiden und schlug der Jüngeren die Tür vor der Nase zu.

Als die alte Roja in das gleißende Sonnenlicht des Born hinaustrat, drückte sie sich den großen, geflochtenen Strohhut tief in die Stirn. Es war lange her, dass sie sich so weit in die Welt vorgewagt hatte. Selbstgespräche führend, drängte sie sich durch das Gewühl der Passanten bis zu einem Taxi, dessen hintere Tür sie so fest aufriss, dass die Angeln schmerzvoll aufkreischten. Sie schleuderte erst den großen Strohhut, dann das in Packpapier eingeschlagene Paket auf die Rückbank.

Der Taxista drehte sich mit einem freundlichen Grinsen zu der alten Dame um. »Schwätzen Sie nicht, bringen Sie mich nach Porto Portals!«, schrie ihn die alte Roja an. Der Mann duckte sich hinter dem Steuer zusammen.

»Autobahn oder Straße?«, fragte er.

»Hostia, fragen Sie nicht so dämlich!«, schrie ihn die alte Mörderin auf dem Rücksitz an. »Und fahren Sie endlich los!«

Verstört fädelte sich der Taxista in den Verkehr ein. Er behielt seinen seltsamen Fahrgast, der unaufhörlich die faltigen

Lippen im stummen Selbstgespräch bewegte, im Rückspiegel im Auge. Ab und zu, wenn ein Wagen sie überholte, erhob die alte Frau die kräftige, knochige Faust und drohte dem überholenden Fahrer. Auf der Abfahrt in den Hafen riss sie plötzlich an der Schulter des Taxista und knurrte: »Bleib stehen, du Hundesohn von einem miserablen Fahrer!« Dann warf sie ihm den Fahrpreis auf den Beifahrersitz, ergriff den in Packpapier gewickelten Gegenstand und den großen Strohhut und watschelte, stumme Verwünschungen ausstoßend, die letzten hundert Meter zum Hafengelände hinab.

Ali saß im Schneidersitz auf dem Kotflügel seines himbeerfarbenen Rolls, den er so auf dem Parkplatz platziert hatte, dass er den ersten Anlegesteg und die Barstraße im Blick hatte. Er hatte sich wie in Trance gestarrt, und in immer kürzeren Abständen flitzten seine Blicke von den Bars zum Anlegesteg und wieder zurück.

Dann fiel ein großer Schatten über ihn, und die rechte hintere Beifahrertür wurde mit mächtigem Schwung zugeknallt.

Ali sprang mit einem Satz von dem Kotflügel seines Rolls, ließ die Machete durch die Luft wirbeln und tänzelte an den Fond des Wagens heran. Da griff ein knochiger Arm zielsicher durch das Geblitze der Klinge und riss ihn am Oberarm an das heruntergekurbelte Fenster heran.

»Hol mir ein Bier, du Penner!«, schrie die alte Mörderin Ali an.

»Funktioniert das Handy noch, das dein Vater dem besoffenen Touristen geklaut hat?«, flüsterte der kleine Carlos seinem Banknachbarn zu. Der beugte sich tief über sein Schulbuch, und als er eine Seite umblätterte, sagte er leise: »Ich hab' es die ganze Nacht am Netz gehabt und den Akku aufgeladen.«

Die Lehrerin, die eine spitze Raubvogelnase hatte, warf einen bösen Blick in die Ecke des Klassenraumes, aus der das

Getuschel an ihr Pult drang. Der kleine Carlos hob die rechte Hand ein paar Zentimeter über den Rand seines aufgeschlagenen Buches und spreizte alle Finger seiner Hand. Dann wechselte ein Geldstück seinen Besitzer. Ein Bleistift rollte vom Pult, der Banknachbar des kleinen Carlos' bückte sich und zog, als er sich aufrichtete, mit einer Hand ein Handy aus seinem Schulranzen, das in Carlos' Hose verschwand.

Als der kleine Carlos seine Hand aus der Hosentasche wieder hervorzog, blitzte für einen Moment ein silbernes Kügelchen in seiner Hand auf. Sein Banknachbar verzog angewidert das Gesicht und schnitt eine Grimasse. Einen Augenblick später wischte sich Carlos mit dem Handrücken über den Mund, in dem er dann die Zunge hin und her rollte.

Sein Banknachbar hatte sich tief über das Schulbuch gebeugt und wedelte mit der Hand, als wolle er ein Insekt verscheuchen. Ein scharfer Geruch, ein Gemisch aus Salmiak und Amoniak stieg in der Bank auf. Carlos' Banknachbar wedelte kräftiger mit der Hand.

»Was soll das, Juan?«, rief seine Lehrerin vom Pult herüber.

Juan sprang auf und zeigte anklagend auf Carlos. »Der stinkt!«, sagte er.

Die Klasse lachte. »Carlito stinkt, Carlito stinkt!«, ließen sich nun auch andere Stimmen vernehmen.

Die Lehrerin rückte sich die Brille zurecht. Der kleine Carlos war langsam aufgestanden und aus seiner Bank in den Mittelgang getreten. Schweißperlen standen auf der Stirn des Jungen, sein Gesicht war grün verfärbt, und er presste beide Hände auf den Leib.

»Mir ist schlecht!«, jammerte er kläglich.

»Schaffst du es noch bis zur Toilette?«, fragte die Lehrerin.

Der kleine Carlos nickte tapfer und setzte sich in Bewegung. Die Lehrerin trat ans Fenster und riss beide Flügel weit auf.

Der scharfe Geruch hatte ihre feine Raubvogelnase erreicht. Sie beobachtete, wie der kleine Carlos über den Schulhof wankte und in der Jungentoilette verschwand.

Als Carlito sich in eine der Toiletten eingeschlossen hatte, holte er das Handy aus der Hosentasche. Dann räusperte er sich, reckte das Kinn hoch, bis der Hals schmerzte, und sagte mit der täuschend ähnlichen Stimme Jaume Vellerdes: »Hier Jaume Vellerde, Polizeipräfektur in Palma. Wir fahnden nach einem schwarzen Golf.«

Dann lauschte er dem Nachhall seiner Worte und nickte zufrieden. Er tippte eine Nummer in das Handy ein, reckte das Kinn, bis sein Hals schmerzte. Als sich der Gesprächsteilnehmer meldete, hob er das Handy über den Kopf. »Hola, Ricardo! Hier spricht Jaume Vellerde! Wie geht's dir, alter Junge?«, sagte er und war sich sicher, dass selbst Jaume Vellerdes Mutter geglaubt hätte, mit ihrem eigenen Sohn zu sprechen.

Pepe Rogalzky war ausnahmsweise so pünktlich, dass er zu seiner Verabredung im Yate-Rizz am Born fünf Minuten vor der Zeit eintreffen würde. Er hatte das Lokal schon im Blick, als sich eine Gestalt aus einem Hauseingang löste und auf ihn zu trat. Pepe erkannte Allan, den Transvestiten aus Hammersmith, erst auf den zweiten Blick. Er trug keine Perücke und hatte sich nicht rasiert. Nur die beiden Ohrclips, die bis auf seine Schultern baumelten, sahen etwas fremd an dem hageren Mann in T-Shirt, Jeans und Turnschuhen aus.

»Heute oben ohne!«, kreischte Allan, tänzelte auf der Stelle und schlug mit den Fäusten ein Serie von Uppercuts in die Luft.

»Allan, du verrücktes Huhn!«, sagte Pepe zur Begrüßung, tauchte unter der Doppeldeckung des Transvestiten weg und versetzte ihm mit der Linken einen leichten Wischer in den Nacken.

»Genickschlag!«, kreischte Allan und sank vor den entsetzten Blicken einer Gruppe deutscher Touristen zu Boden. Dann sprang er kreischend wieder auf die Füße, riss beide Arme über den Kopf und tanzte um Pepe Rogalzky im Kreis herum. »Sieger durch Disqualifikation ist Allan, der Mann mit dem Hammersmith-Punch!«, schrie er. Ein paar Touristen applaudierten. Allan verbeugte sich nach allen Seiten und erwischte Pepe Rogalzky gerade noch am Ärmel.

»Tut mir leid«, sagte Pepe Rogalzky, »aber ich habe eine Verabredung, die ziemlich wichtig ist.«

»Die blödeste Ausrede, die du dir einfallen lassen konntest«, erwiderte Allan, »weil sie wahrscheinlich stimmt und doch nicht der Wahrheit entspricht. Die Wahrheit ist nämlich, dass es an deinem Ego kratzt, mit einem Transvestiten mit einen halben Meter langen Ohrclips über den Born zu spazieren, Partner!«

Pepe Rogalzky stutzte und blieb abrupt stehen. »Seit wann sind wir Partner?«, fragte er verblüfft.

Allan drehte eine Pirouette. »Seit der Chilene mich für heute Nachmittag zu einer kleinen Landpartie eingeladen hat, Partner! Und auf deine Anwesenheit legt er auch gesteigerten Wert. Also halte dich bereit und verlasse spätestens um drei diese gastliche Stätte!«, kreischte der Transvestit und schob Pepe durch die Restauranttür.

Als Pepe Rogalzky um kurz nach zwei Uhr das Yate-Rizz betrat, hatten die meisten Gäste ihr Menü schon beendet und schlürften ihren Americano oder Cargillo. Es waren fast ausnahmslos Angestellte, die in Büros am Born arbeiteten und hier ihre Mittagspause verbrachten. Cristina, die an einem Ecktisch Platz genommen hatte, winkte ihm zu. Als er sich gesetzt hatte, ergriff Cristina seine Hand, legte den Kopf schräg und studierte Pepes Gesicht.

»Es gibt Neuigkeiten!«, sagte sie und presste Pepes Hand, bis sie schmerzte. »Ich seh's dir an!«

Pepe nickte und sagte: »Das Schiff ist zurück. Es liegt im Hafen von Portal Nous!«

Cristina zuckte zurück. Alle Farbe wich aus ihrem Gesicht.

»Was machst du dann noch hier, Pepe Rogalzky?«, fragte sie, als sie sich wieder in der Gewalt hatte.

»Das kann ich dir sagen: Schließlich habe ich mit dir hier eine Verabredung!« Pepe winkte dem Ober, und sie bestellten Wein und Tapas variadas.

Als sich der Ober weit genug entfernt hatte, fügte Pepe hinzu: »Keine Sorge, zwei meiner zuverlässigsten Mitarbeiter lassen das Schiff nicht aus den Augen.«

Pepe seufzte. Er war sich sicher, wenn er Ali und die alte Roja Cristina als seine zuverlässigsten Mitarbeiter präsentieren müsste, würde sie ihn auf der Stelle erwürgen.

»Nun gut!«, sagte Cristina. »Wie gehen wir weiter vor?«

»Ich weiß nicht!«, erwiderte Pepe. »Vielleicht hat dieser Terrorist ja auf Mallorca etwas vor.«

»Eben!«, sagte Cristina, umklammerte Pepes Handgelenk und sah ihn beschwörend an. »Eben! Deswegen müssen wir ihn vorher in die Falle locken!«

»Und dann?«, fragte Pepe.

Cristina kniff ein Auge zu und krümmte langsam den Zeigefinger.

Pepe Rogalzky löste ihren Griff von seinem Handgelenk, lehnte sich zurück und schüttelte den Kopf. »Und den Vorschlag macht die Vorsitzende des Petitionsausschusses des katalanischen Regionalparlaments!«, sagte er. »Ich bin erschüttert. Außerdem, wenn du das vorgehabt hast, hättest du besser einen Killer engagiert, aber nicht mich.«

Cristina nagte mit ihren kleinen Zähnen an der Unterlippe. »Ganz ehrlich, Pepe Rogalzky, wie wird es ausgehen? Sie werden ihn zu lebenslänglich verurteilen und ihn nach fünfzehn Jahren wegen guter Führung begnadigen.«

Pepe Rogalzky nickte. »So wird es sein, wenn wir ihn erwischen, und nicht er uns. Aber fünfzehn Jahre geben dir Zeit genug, ihn vielleicht im Gefängnis zu vergiften. Das ist dann nicht mehr mein Bier, sondern allein deine Sache.«

Cristina schaute Pepe nachdenklich an. »Meinst du das ernst?«, fragte sie.

»Ziemlich ernst!«, bestätigte Pepe Rogalzky.

7. KAPITEL

Gloria steuerte den 150.000-Euro-Mercedes des Chilenen in gleichmäßiger Fahrt durch die Kurven der Schnellstraße, die sich an den Hängen des Torrent d'Avall entlangzog. Der Chilene saß neben Allan im Fond des Wagens und sprach mit ihm den Vertrag für die Bulgarentruppe durch. Allan hörte aufmerksam zu und stellte einige Fragen.

Als sie an dem ersten Parkplatz vorbeikamen, bemerkte Pepe Rogalzky den Lieferwagen der Peruaner, von ihnen selbst aber konnte er keine Spur entdecken. Gloria stellte den Mercedes auf den großen Parkplatz an der Ausfallstraße Richtung Sóller so zwischen zwei Minibusse, dass er von der Straße her nicht einzusehen war. Der Chilene hinkte in eines der Ausflugscafés gegenüber dem Parkplatz. Dann verschwand Gloria im Gewimmel der Touristen. Allan bummelte, unter einem Arm die braune Aktenmappe mit den Papieren, Richtung Kartäuserklause. Pepe Rogalzky folgte ihm im Abstand von hundert Metern.

Die Schlange der Wartenden, die am Kassenhäuschen Eintrittskarten für die Besichtigung des berühmten Klosters lösen wollten, in dem der Komponist Frédéric Chopin und seine Lebensgefährtin, die extravagante französische Schriftstellerin George Sand, ein paar trübselige Wintermonate verbracht hatten, bestand in dieser frühen Nachmittagsstunde aus mehr als hundert Personen. Pepe Rogalzky bemerkte Allan, der vor der Warteschlange auf und ab spazierte und dabei die braune Aktenmappe so auffällig an die Brust drückte wie ein paradierender Soldat sein Gewehr.

Pepe Rogalzky mischte sich unter eine Gruppe amerikanischer Touristen, die sich mehr oder weniger ratlos nach der Besichtigung der Kartäuserklause auf dem Vorplatz sammelte. Er beobachtete, wie ein athletisch gebauter Mann von circa dreißig Jahren, der ein blaues Stirnband um den Kopf trug, auf den Platz kam, die Menschenmenge musterte und dann schnellen Schrittes auf Allan zuging. Die beiden schüttelten sich die Hände, wechselten ein paar Worte und verließen dann den überfüllten Vorplatz. In einer Seitenstraße hatten sie das Glück, dass einer der Tische vor einem Café frei wurde, und setzten sich. Pepe Rogalzky kaufte an einem Kiosk eine spanische Zeitung, betrat ein Café, das auf der anderen Straßenseite lag, und fand einen Tisch, von dem aus er Allan und den Bulgaren im Blick hatte.

Allan machte seine Sache gut. Er brachte den Bulgaren ein paarmal zum Lachen, arbeitete aber mit ihm auch Seite für Seite den Vertrag durch. Nach einer Viertelstunde holte Allan einen silbernen Kugelschreiber aus der braunen Aktenmappe, unterzeichnete den Vertrag und eine Kopie und reichte dann dem Bulgaren den Kugelschreiber. Der leckte sich über die Lippen, beugte sich tief über die Vertragsformulare und setzte seine Unterschriften neben die des Transvestiten. Allan holte ein Kuvert aus seiner braunen Aktenmappe, steckte die Kopie für den Bulgaren hinein und reichte es dem Bulgaren. Dann schüttelten sich beide Männer die Hände.

Pepe Rogalzky trank seinen Café con Leche aus und verließ das Café. Er folgte dem Bulgaren, der Richtung Altstadt schlenderte und dort einen Fleischerladen betrat. Als Pepe Rogalzky an dem Fleischerladen vorüberging, bemerkte er in einer Toreinfahrt einen der Peruaner in Radlerhosen und mit einem seidenen Peugeot-Trikot, der das Ventil am Hinterreifen seines Rennrades wechselte. Ein gelbgestreifter Schutzhelm machte ihn so gut wie unkenntlich.

Als der Bulgare den Fleischerladen mit zwei Plastiktüten verließ, stand Pepe hundert Meter entfernt und schaute zu dem kunstvoll verzierten Giebel eines Eckhauses hinauf. Aus den Augenwinkeln beobachtete Pepe, dass der Peruaner dem Bulgaren dreißig Meter Vorsprung gab, das Rennrad aus der Toreinfahrt schob und ihm folgte.

Als Pepe das Café gegenüber dem großen Parkplatz betrat, saß Allan schon am Tisch des Chilenen, der mit drei Handys in der Weltgeschichte herumtelefonierte. »Deine Jungs sind an dem Bulgaren dran«, sagte Pepe und setzte sich.

Allan holte seine langen Clips aus den Hosentaschen und steckte sie sich an seine abstehenden Ohren. Dann sprang er auf, lief an der verblüfften Kellnerin vorbei, beugte sich weit über die Kuchentheke vor und betrachtete sich wohlgefällig in dem Bleiglasspiegel an der Wand. Er tänzelte an den Tisch zurück, wobei er die langen Ohrhänger weit ausschwingen ließ, und zeigte auf den Chilenen. »Dieser Mann ist hier verkehrt!«, sagte er und setzte sich wieder. »Dieser Mann gehört in die Spielcasinos von Las Vegas. Zu diesem Mann passt es, in der Bar eines der großen Spielerhotels erschossen zu werden!«

Allan schwätzte in dieser Art unaufhörlich weiter, und es störte ihn nicht, dass ihm niemand zuhörte. Eines der Handys klingelte, und der Chilene reichte es über den Tisch. »Für dich«, sagte er zu Pepe.

Am anderen Ende der Leitung war Don Carlos, dessen Stimme merkwürdig hallte. »Wo bist du?«, fragte Pepe.

»Im Jungenklo der Schule!«, hörte er die Stimme des kleinen Carlos'. »Meine Lehrerin hat schon dreimal nach mir geschickt. Ich muss gleich wieder in die Klasse. Hör zu, Pepe Rogalzky, mein Handy hat nicht mehr viel Saft, deswegen mach' ich's kurz. Der einzige schwarze Golf, den ich auftreiben konnte, der einen kaputten Hinterreifen gewechselt hat, gehört Roger Schippengöt. Er hat den Golf heute Morgen in die Garage von Arturo gebracht und aufs Hinterrad einen neuen Reifen aufziehen lassen.«

»Bingo!«, dachte Pepe Rogalzky.

»Danke, Don Carlos!«, sagte er. »Wenn du nach der Schule etwas Zeit hast, kannst du mit dem Taxi nach Palmanova fahren. Check doch mal die Agentur von Roger. Seine Wohnung liegt direkt über der Agentur. Sag mir Bescheid, wenn du eine mittelgroße Frau mit streichholzlangem, schwarzem Haar bei ihm siehst.«

Die alte Roja war in den weißen Ledersitzen des Rolls so tief nach unten gerutscht, dass ein Spaziergänger sie von der Barstraße aus nicht bemerken konnte. Sie beobachtete im Rückspiegel, wie der große, bärtige Mann, der den rollenden Gang eines Seemanns hatte, an einer Boutique stehen blieb und scheinbar voller Interesse die Auslage betrachtete. Doch die alte Roja konnte er nicht täuschen. Der Mann sondierte in Wahrheit in der Scheibe, die das schräg einfallende Sonnenlicht zu einer Art Spiegel gemacht hatte, seine Umgebung. Nach einer Weile schlenderte der Mann weiter, wobei er seine muskulösen, stark behaarten Arme bei jedem Schritt weit zur Seite schlenkerte. Zwei flüchtige Blicke zu den an der Hafeneinfahrt wartenden Taxen hatten der wachsamen, alten Frau das eigentliche Ziel seines Spaziergangs verraten, obwohl der Mann erst die entgegengesetzte Richtung einschlug.

Sie zog sich mit beiden Händen aus dem himbeerfarbenen Rolls, wobei ihre Finger feuchte Abdrücke auf dem Türrahmen hinterließen. Dann quetschte sie sich an Ali vorbei, der gerade noch seine große Machete vor ihr in Sicherheit bringen konnte, und watschelte auf eine der Taxen zu. Der Mann von dem Motorschiff hatte inzwischen einen weiten Bogen geschlagen und sich den Taxen von der Seite genähert.

»Ein schlauer Hund!«, dachte die alte Roja. Sie zwängte sich in dem Moment auf den Rücksitz einer der Taxen, als der merkwürdig unproportionierte Mann ein paar Meter vor ihr die Fahrgasttür öffnete und zustieg.

»Zuerst mal Richtung Palmanova!«, schnaufte sie und wischte sich den Schweiß von der Stirn. Der Taxifahrer fuhr gemächlich durch den geringen Verkehr und hielt zum Glück einigen Abstand zu seinem vorausfahrenden Kollegen. In Höhe des BMC-Palace, der größten Disco von Mallorca, stoppte die vorausfahrende Taxe, der Mann stieg aus und schlenderte die Straße bergab, Richtung Meer.

Die alte Roja feilschte mit dem Taxista noch eine Weile über den Fahrpreis, weil der Mann nach wenigen Metern erneut in der Scheibe einer Farmácia seine Umgebung musterte. Dann gab die alte Roja dem überraschten Taxifahrer doch das anfangs geforderte Fahrgeld und folgte dem Mann zum Meer. Unterwegs kaufte sie sich an einem Eisautomaten eine doppelte Portion Softeis, mit dem sie sich ihr großgeblümtes Kleid bekleckerte. Auf der Uferpromenade zog sich der Mann die Sandalen aus und krempelte sich die Beine seiner blauen Leinenhosen hoch. Dann lief er bis zur Wasserlinie und spazierte dort auf und ab.

Die alte Roja hatte sich unter die schattenspendende Markise eines Straßencafés gesetzt, einen Eisbecher und einen Café solo bestellt, und fächelte sich mit der Getränkekarte Luft zu. Ihren großen geflochtenen Strohhut hatte sie auf den freien Stuhl neben sich gelegt.

Der Mann hatte sich inzwischen nahe des Steges, an dem das Transferboot festmachte, das die Tauchfahrer zum U-Boot brachte, in den Sand gesetzt und das Hemd abgelegt. Er hatte einen dichtbehaarten, breiten Rücken, der auf dem Strand einen großen Schatten warf. Ein Trupp Tauchfahrer wurde wie eine Herde Schafe auf den Steg getrieben. Das Transferboot schwenkte von der felsigen Steilküste der Bucht herüber zum Strand.

Zu ihrem Glück machte eine hoch gewachsene, ungefähr gleichaltrige Frau in einem blauen, knöchellangen Strandkleid, die an einem der Nebentische saß, eine Bemerkung, auf die die alte Roja sofort reagierte. Wer weiß, der Nachmittag konnte ja noch lang werden. Das brutale Kinn der alten Mörderin, das die Form eines Vorschlaghammers hatte, schien unter ihrem breiten Lächeln seine ganze Härte einzubüßen, und das Lächeln, das sie auf ihre breiten Lippen legte, war süß wie ein in Zuckerwasser ertrunkenes Baiser.

Der Mann hatte die Beine inzwischen angehockt, die Arme um sie geschlungen und das Kinn auf die Knie gelegt. Er schien in der Sonne zu dösen, doch er hielt den Kopf unverwandt in Richtung des Anlegestegs, auf dem die Tauchfahrer sich bereitmachten, das Transferboot zu besteigen. Dies konnten sie nur über ein schmales Fallreep, auf dem jeweils nur ein Passagier Platz hatte, was dem bereitstehenden Fotografen im blütenweißen Overall Gelegenheit zum Knipsen gab.

Zunächst gab sich die alte Roja keine besondere Mühe, das Gespräch mit der alten Dame im blauen Strandkleid in Gang zu halten. Doch als sie sah, dass der Mann keine Anstalten machte aufzustehen, nachdem das Transferboot abgelegt hatte, verwickelte sie die Tischnachbarin in ein Gespräch. Pepe Rogalzky und jeder, der die alte Mörderin etwas länger als zehn Minuten kannte, hätte als Zeuge dieses Gesprächs geschworen, dass jemand anders als die alte Roja daran beteiligt war. Kein wüster Fluch kam über die Lippen der alten Mörderin, sie fletschte auch nur einmal die großen, intensiv gelben Zähne, was sie geschickt mit einer halben Eiswaffel halbwegs vertuschen konnte, nämlich als ihre Tischnachbarin auf den Beruf ihres verstorbenen Mannes zu sprechen kam. Er war Justizvollzugsbeamter im Staatsgefängnis von Barcelona gewesen.

»So ein Zufall, ein Kollege!«, rief die alte Roja aus. Im Staatsgefängnis von Barcelona, da habe sie auch einmal Dienst getan, aber nur ein halbes Jahr auf der Sanitätsstation, bevor sie dann nach Saragossa versetzt worden sei. Dann sprachen die beiden ausführlich über vergangene Zeiten, und die alte Dame im blauen, knöchellangen Strandkleid setzte sich zu der alten Mörderin an den Tisch. Nach einer Stunde, als die neue Bekanntschaft der alten Roja gerade haarklein den Skandal um den Gefängnisdirektor auseinandersetzte, wurde eine neue Gruppe Tauchfahrer über den Strand auf den Steg getrieben. Das Transferboot kam auf der gleichen Route wie vorhin von der Islote de Sec zurück. Wieder ließ sich die alte Roja von der scheinbar schläfrigen Trägheit des Mannes nicht täuschen, dessen ganze Aufmerksamkeit auf das Geschehen auf dem Anlegesteg gerichtet war.

Inzwischen hatten die beiden Damen zusammen eine Karaffe Rotwein geleert, die von der alten Roja bezahlt worden war, und hätte das Gespräch auch nur noch fünf Minuten länger gedauert, hätte sich die alte Mörderin nicht länger beherrschen können und der dünnen Gefängniswärterwitwe das faltige Genick gebrochen. Als der Mann endlich aufstand, gönnte ihm die alte Roja fünfzig Meter Vorsprung und quetschte die Hand der Gefängniswärterwitwe zum Abschied so, dass ihre Mittelhandknochen noch Tage später schmerzten.

Auf dem Rückweg nach Porto Portals brach sie dann mit dem Taxista wegen einer Nichtigkeit einen Streit vom Zaun und überschüttete ihn mit einem solchen Schwall wüster Schimpfworte, dass der Mann nach seiner nächsten Fuhre den Wagen auf einem Halteplatz des Born abstellte, die Treppen zur Kathedrale hinaufstieg und dort in einer Seitenkapelle eine Kerze zu Ehren der Heiligen Jungfrau aufstellte.

Um fünf Uhr betrat Gloria das Café gegenüber dem Parkplatz und kam an ihren Tisch. Sie setzte sich und bestellte eine Tasse Schokolade. Pepe Rogalzky hatte noch nie zuvor einen Menschen gesehen, der eine Tasse Schokolade mit solch einer Andacht leer getrunken hatte.

»Sie wohnen in einem Haus an der Straße nach Palma. Es ist aus Ziegeln, die Vorderseite ist hellgrün getüncht«, berichtete Gloria. »Das Haus liegt am Hang, ungefähr fünfzig Meter oberhalb der Straße. Pedro, der vor zwei Nächten in Port d'Alcúdia war, hat die beiden Männer, die ihr sucht, an einem Fenster im ersten Stockwerk gesehen. Er sitzt jetzt auf einem Baum hinter dem Haus und hat sein Geländemotorrad im Wald versteckt. Er wird Nachricht geben, wenn die Männer aufbrechen.« Gloria leckte die Schokoladenreste von den Lippen.

»Gut!«, sagte der Chilene, breitete die Arme aus und erhob sich steif und würdevoll.

»Jungs, warum schießen wir's nicht aus?«, fragte Allan.

»Weil wir hier nicht im Wilden Westen sind, Mädel!« erwiderte Pepe Rogalzky. »Wir haben einen Kunden, der uns bezahlt, damit wir herausfinden, wo sich die beiden Jungs aufhalten. Wenn er mehr will, muss er das sagen.«

»Heißt das, wenn er mehr will, dass wir's ausschießen?«, fragte Allan und ließ aufgeregt seine langen Ohrclips hin und her schaukeln.

»Wir sind keine Killer!«, sagte der Chilene würdevoll, als sie die Straße überquerten.

»Aber die beiden Jungs sind Killer!«, beharrte Allan und stampfte wütend mit dem Fuß auf.

»Nein«, dachte Pepe Rogalzky, »ich bin kein Killer. Ich gehöre zu diesen von der Truppe des Lebens Versprengten, die sich auf dieser Urlaubsinsel gerade noch über Wasser halten und dabei so tun, als ob sie die ganze Zeit Karneval feierten.«

Auf der Fahrt zurück nach Palma saß Pepe Rogalzky zusammengesunken auf dem Beifahrersitz neben Gloria, während sich Allan im Fond des Wagens unaufhörlich mit dem Chilenen stritt.

»Früher bin ich morgens aufgewacht und habe mich gefreut, dass ich noch lebe«, sagte er leise zu der kleinen, untersetzten Peruanerin, deren Gesicht so flach wie eine Linse war. »Dann bin ich morgens aufgewacht und habe mich gewundert, dass ich noch lebe. Heute wache ich auf und lebe nur noch. Und was kommt danach?«

Die untersetzte Peruanerin tätschelte seinen Arm mit einer Hand, deren Haut voller Risse und Fältchen war. »Danach kommt der große Urlaub, Pepe Rogalzky«, sagte sie, »die gute Zeit, in der sich deine Seele ihre Palme ausgeguckt hat und am langen Strand spazierengeht.«

Er ließ sich von Gloria in Palmanova auf dem Passeig del Mar absetzen und schlenderte über die mit Spaziergängern verstopfte Promenadenstraße. Autos parkten in der dritten Reihe, und vor den Restaurants stülpten die Schlepper ihre Saugnäpfe nach außen und warben mit starken Sprüchen, falschen Versprechungen und dem Charme hungriger Krokodile um Gäste.

Roger Schippengöt saß noch am Schreibtisch seiner Agentur und telefonierte. Er hatte die Jalousien vor seinem Fenster heruntergelassen, die Lamellen aber so schräg gestellt, dass die Strahlen der Abendsonne wie gelbe, leuchtende Scheiben hindurchfielen.

Er kaute nervös an einem Bleistift, den er auf den Schreibtisch warf, als Pepe eintrat.

»Na, Meisterdetektiv, was gibt es Neues?«, fragte er.

Pepe setzte sich auf die Kante des Schreibtischs. »Wir sind wieder an den Jungs dran!«, antwortete er. »Der Chilene hat sie aufgespürt. Sie haben bei einer Truppe bulgarischer Artisten Unterschlupf gefunden, die in einem Haus bei Valldemossa an der Schnellstraße nach Palma wohnen.«

»Die Bulgaren?«, fragte Roger. »Die habe ich mal auf einem meiner Ausflugsschiffe engagiert. Die bringen es, und zwar querbeet, gut für Kinder, gut für Rentner, gut für jede Art von Gästen.«

»Nett, dass du so eine gute Meinung von den Bulgaren hast«, sagte Pepe Rogalzky. »Sie spielen übrigens für unsere beiden Smarties die Kassierer.«

»Du meinst, sie kassieren Schutzgelder?«, fragte Roger, nahm den Bleistift wieder auf und ließ ihn von einer Hand in die andere fallen.

»Das meine ich«, sagte Pepe Rogalzky, »und dem Chilenen haben schon drei Leutchen gebeichtet, dass sie jeden Monat an unsere Smarties abdrücken.«

Roger Schippengöt stand auf, trat ans Fenster, bog mit dem Bleistift zwei Lamellen der Jalousie auseinander und spähte nach draußen. »Diese Insel hat zwei Gesichter«, sagte er und wandte sich zu Pepe um. »Das eine Gesicht ist so freundlich und fröhlich, dass du ihm pausenlos eins in die Fresse geben kannst, ohne dass es etwas von seinem Glanz verliert. Und das andere Gesicht erhebt sich nachts aus den beiden Stauseen in den Bergen, ein furchtbares und erschreckendes Gesicht, das über die Strände wandert, wenn auch der letzte Tourist schlafen gegangen ist.«

»Du bist ein hoffnungslos geschäftstüchtiger Romantiker!«, meinte Pepe Rogalzky, lachte und schlug Roger auf die Schulter.

Der schmale Mann mit den ersten grauen Haaren an den Schläfen wurde von vielen unterschätzt. Pepe wusste, aus welchem Holz Roger geschnitzt war. »Komm, lass uns ein Bier trinken gehen!«, sagte Roger, nahm seine Jeansjacke vom Schreibtischstuhl und warf sie über die Schulter. Pepe ließ ihm den Vortritt. Auf dem Rücken der Jeansjacke war das Abbild eines großen Seesterns aufgestickt.

Sie gingen in Geraldos Bar, die kaum hundert Schritt von Rogers Büro entfernt in einer Seitenstraße des Passeig del Mar lag. Es waren ein paar Leute da, die Roger begrüßten, nur wenige kannten Pepe Rogalzky. Mit fast allen wechselte Roger ein paar schnelle Worte, kaufte dann an der Bar zwei Bier und zog Pepe hinter den Zigarettenautomaten ans Fenster.

»Was machen wir also mit den beiden Smarties? Lass mich überlegen«, sagte er und nippte an seinem Bier. »Die Jungs schulden mir, ganz objektiv gesehen, mindestens hunderttausend Euro. Das ist der Schaden, den ich effektiv habe. Also ist es nur fair, wenn ihr die Kohle aus den Jungs herausholt.

Wenn's mehr ist, ist das deine Sache, ich will davon nichts ab. Wenn's sehr viel ist, das ihr aus den Jungs herausholt, dann sei so ehrlich und sag's mir, Pepe. Dann kann ich mir dein Honorar sparen.«

»Und dann?«, fragte Pepe.

Roger seufzte. »Toll wäre es, wenn ihr sie so gut verschnürt wie den Polen bei Jaume Vellerde abliefern könntet«, sagte er. »Den Rest werde ich schon mit ihm regeln.«

»Und dann?«, fragte Pepe.

»Wie, und dann?«, echote Roger Schippengöt. »Worauf willst du hinaus, Pepe?«

»Ich glaube nicht, dass unsere beiden Smarties ganz allein auf eigene Rechnung arbeiten«, sagte Pepe Rogalzky. »Die Leute, die sie nach Mallorca geschickt haben, werden neue Smarties in den Flieger stecken. Die haben einen langen Atem.«

Roger Schippengöt zuckte mit den Achseln. »Darüber solltest du dich bei Gelegenheit mal ernsthaft mit Jaume Vellerde unterhalten«, erwiderte er. »Ich meine, wenn diese Leute nicht dumm sind, werden sie merken, dass Mallorca nicht Prag oder Budapest ist. Auf einer Insel ist alles anders. Eine Insel ist wie ein Ei. Da kann auch nur herauskommen, was schon in irgendeiner Weise dringesteckt hat.«

Roger hob das Bierglas und prostete einigen Neuankömmlingen zu. »Vielleicht ist diese Insel auch eine Art Flugzeugträger im Meer«, meinte Pepe nachdenklich. »Wenn du ein großes Flugzeug mit vielen Waffen hast, landest du einfach und bleibst.«

»Dafür brauchst du aber schon eine Menge Startkapital, sehr viel sogar«, sagte Roger. »Im Grunde genommen ist der Kuchen hier auf Mallorca schon längst verteilt«, fuhr er fort. »Egal, was du hier machen willst, es gibt es doch schon! Freizeitparks? Vom Safarizoo bis Aquacity. Ausflugsprogramme? Mehr als auf jeder anderen Insel der Welt. Selbst um Schutzgelder oder so was durchzusetzen, brauchst du so viele Menschen und musst vorher so viel investieren, dass sich der Einsatz kaum noch lohnt.«

»Wie bist du eigentlich an dein Startkapital gekommen?«, fragte Pepe Rogalzky plötzlich.

Roger Schippengöt schüttelte den Kopf, ging an die Bar hinüber und holte noch zwei Bier.

»Pepe«, sagte er, »das war vor mehr als zehn Jahren! Da war der Kuchen noch nicht ganz verteilt! Da konntest du noch was reißen! Ich kenne Leute, die haben damals mit einer abbruchreifen Finca angefangen und haben heute ein tolles Hotel in Strandlage. Überleg doch mal, Pepe, du bist vor vier Jahren auf Mallorca aufgetaucht. Und was hast du hier gerissen? Du bist froh, wenn du einigermaßen heil über den Winter kommst. Und wenn dein klappriger Escort auseinanderfällt, weißt du auch nicht, wie du an einen neuen kommst. Weil der Kuchen verteilt ist, Pepe Rogalzky! Wärst du vor zehn Jahren auf die Insel gekommen, dann hättest du mit fast nichts in der Tasche einen Security-Dienst aufziehen können und hättest heute fünfzig Wachmänner und zwanzig Wagen am Laufen. Wie zum Beispiel der Horst, auch ein geschasster Bulle!«

Pepe Rogalzky wischte sich den Schaum vom Mund und klopfte Roger auf die Schulter. »Stimmt schon, was du sagst, Roger, aber nicht ganz. Nimm mal den Horst, den geschassten Bullen. Der war der Obermacker von der Bielefelder Sitte, und dabei hat er ganz schön die Hand aufgehalten. Also, mit ein paar Hunderttausendern ist der schon auf diesem Flugzeugträger gelandet.«

»Etwas musst du überall auf der Welt haben!«, gab Roger zu.

»Ich hatte achthundert Euro, als ich auf der Insel angekommen bin«, sagte Pepe Rogalzky. »Weil ich nicht bei der Sitte war, und weil ich, anstatt die Hand aufzuhalten, mich mit dem Bruder eines Ministers angelegt habe.«

»Deine Blödheit!«, erwiderte Roger, hob das Glas und stieß mit Pepe an. »Eins trinken wir noch!«

Er ging zur Bar, kaufte zwei Bier und stellte sie auf dem Zigarettenautomaten ab.

»Und jetzt willst du wissen, Pepe Rogalzky, mit wie viel Startkapital ich hier aufgetaucht bin?«, fragte Roger unvermittelt. »Mit siebenhunderttausend Mark.«

Pepe prostete ihm zu. »Eins muss man dir lassen, Roger«, sagte er, »du hast aus deinem Startkapital was gemacht!«

Roger tat Pepes Anerkennung mit einem Achselzucken ab.

»Und wie bist du an dein Startkapital gekommen?«, schob Pepe die eigentliche Frage nach.

Roger Schippengöt stützte den Ellenbogen auf den Zigarettenautomaten und legte das Kinn in die Hand. Dann schaute er Pepe eine Weile offen ins Gesicht. Es war der Blick, mit dem ein alter Olivenbaum aufs Meer schaut. »Halt' mich nicht für blöd, Pepe Rogalzky!«, sagte er. »Ich weiß, wann aus einem Gespräch zwischen Partnern ein Verhör wird. Aber es gibt nicht viele auf dieser Insel, die's interessieren würde, woher ich mein Startkapital habe. Deswegen verrat' ich's dir exklusiv und kann dir nur raten: mach was draus, Pepe Rogalzky. Ich bin damals an meine siebenhunderttausend Startkapital gekommen, weil ich Denis Deville so unter Druck gesetzt habe, dass er sie mir geliehen hat!«

Er klopfte Pepe Rogalzky lachend auf die Schulter, machte auf dem Absatz kehrt und verließ, mit dem einen oder anderen Scherzworte wechselnd, Geraldos Bar.

Als Pepe Rogalzky wenig später folgte, hörte er einen leisen Pfiff aus einem Hauseingang. Er nickte, ging an dem Haus vorbei und in Richtung Strand. Dort setzte er sich auf ein Mäuerchen. Es dauerte nicht lange, bis sich der kleine Carlos neben ihn setzte. Er nahm einen aufgeweichten Riegel aus der Tasche und presste die Schokoladenfüllung aus dem Papier direkt in den Mund.

»Ich muss gleich nach Hause«, sagte er. »Hast du übrigens an den Hustensaft für meinen Großvater gedacht? Dem

Alten geht's immer noch nicht besser.« Pepe nickte, holte seine Geldbörse aus der Hosentasche, nahm ein abgestempeltes Rezept hervor, legte einen Euroschein hinzu und gab es dem Jungen.

»Roger und die Frau mit den Streichholzhaaren haben sich am Nachmittag ganz schön gestritten!«, meinte der Junge. »Ich bin in die Pinie hinter seinem Büro geklettert, hab' aber fast nichts verstanden, weil sie auf Deutsch geredet haben. Und dann hat Roger auch noch die Fenster zugemacht.«

»Tja«, sagte Pepe Rogalzky, »wenn ich mal so richtig Knete habe, spendiere ich dir einen Deutschkurs.«

»Um Gottes willen!«, wehrte der kleine Carlos ab, holte ein zigarettenschachtelgroßes Diktiergerät, an das ein kleines Richtmikro angeschlossen war, aus der Hosentasche und drückte es dem verblüfften Pepe in die Hand. »Hier, alter Mann!«, sagte er. »Du findest dich im Zeitalter der Taschenrechner nicht mehr zurecht.«

Der kleine Carlos stand auf, klopfte sich den Staub von der Hose und trottete in Richtung Bushaltestelle davon. Pepe Rogalzky stellte das Diktiergerät an, spulte das Band der Minikassette zurück und lauschte. Zuerst vernahm er das Rascheln von Blättern, dann entrollte sich der ganze Klangteppich von Mallorca: Motorengeräusche, Autohupen, eine schrille Frauenstimme rief auf Englisch ein paar Wortfetzen, ganz leise war im Hintergrund Gelächter zu hören. Dann vernahm er die Stimme von Birgits Mutter. Zuerst konnte er sie nicht verstehen. Dann entstand eine Pause. Danach war die Stimme zwar sehr leise, aber deutlich zu verstehen.

»Ihr habt alle euer Geld gemacht«, sagte die Stimme. »Holger, Denis und auch du, Roger! Nur ich bin leer ausgegangen. Mich habt ihr mit dem Kind in der alten, renovierten Schule in Freiburg sitzenlassen.« Pepe vernahm undeutlich und weit entfernt Rogers Stimme, konnte aber seine Antwort nicht verstehen. »Wehren, ich sollte mich wehren? Ja, gegen wen denn? Mit welchen Waffen? Ich hatte doch nichts in der Hand! Du weißt selber, wie die Verträge gestrickt waren. Du warst schlau gewesen, du hattest die Unterlagen der Auslandskonten kopiert, du hattest was in der Hand, um zur Not den ganzen Schwindel auffliegen zu lassen. Du hast dein Wissen für siebenhunderttausend Mark verkauft und konntest dir etwas aufbauen. Ich saß mit dem schwierigen Kind alleine da und habe jeden Monat Angst gehabt, dass Holger den Scheck nicht schicken würde.« Wieder wurde sie von dem gedämpften Murmeln Rogers unterbrochen. Ihre Antwort konnte er nur bruchstückhaft verstehen. Sie schien sich vom offenen Fenster abgewandt zu haben. Ihre Stimme wurde jetzt vom Triller eines Vogels überlagert. »Ein unwürdiges Leben!«, sagte dann die Frauenstimme ganz deutlich, als hätte man Birgits Mutter das Mikro dicht unter die Nase gehalten. »Und dann hat mich auch noch meine Tochter unter Druck gesetzt. Seit ihrem fünfzehnten Lebensjahr hatte sie Stück für Stück die Wahrheit herausbekommen. Wie sie es herausgefunden hat? Roger, du kennst sie nicht! Sie hat es fertiggebracht und ist dreimal in Holgers Haus eingebrochen. Sie hat es mir selber haarklein erzählt.«

Eine ganze Weile gab das Band des Diktiergerätes nur noch die Hintergrundgeräusche der Insel wider. Dann vernahm er deutlich Rogers Stimme. »Jeder von uns hat sein Ding gehabt. Du hattest auch dein Ding. Du hast dein Kind gehabt und in deiner alten, umgebauten Schule gehockt und geglaubt, eines Tages würde Holger wie der Weihnachtsmann hereinkommen und alle Zimmer mit Geschenken vollstopfen. Du hast nie kapiert, dass Holger die Sache zwischen dir und Denis nie verwunden und auch nie verziehen hat. Birgit hat es kapiert. Sie hat es dir oft genug ins Gesicht geschrien.«

Dann vernahm Pepe ein dumpfes Geräusch. Roger hatte das Fenster geschlossen. Er horchte noch eine Weile in die

Hintergrundgeräusche der Insel, die das Band abspulte, schaltete das Diktiergerät aus und steckte es in die Hosentasche. Die Uferstraße von Palmanova war voller Menschen, die das Abenteuer der Nächte von Mallorca auf den Speisekarten der Restaurants zu suchen begannen.

8. KAPITEL

Die alte Roja hatte wortlos ihr in Packpapier eingewickeltes Paket von den Rücksitzen des himbeerfarbenen Rolls genommen und sich auf die Terrasse einer der Bars direkt am Hafen gesetzt. Der Mann hatte sich kaum länger als eine halbe Stunde auf seinem Motorschiff aufgehalten. Als er über das schmale Fallreep balancierte, hatte er verwaschene weite Jeans, und ein kariertes kurzärmliges Flanellhemd an und einen beigen Pullover um die breiten Schultern gelegt. Ali beobachtete, wie der Mann in Genovas Bar verschwand. Von seinem Sitz auf dem Kotflügel des himbeerfarbenen Rolls spähte Ali auf die Terrasse der Bar, auf der die alte Mörderin saß und sich nicht rührte. Aus der Distanz sah sie im Gegenlicht der untergehenden Sonne wie ein großer, gepunkteter Käfer aus.

Es mochten zehn Minuten vergangen sein, als der Mann Genovas Bar verließ und geradewegs auf den himbeerfarbenen Rolls zukam. Ali hatte wieder begonnen, mit der großen Machete ein Rautenmuster in den Schaft des angespitzten Stabes zu ritzen. Der Mann blieb vor dem himbeerfarbenen Rolls stehen. Ali blickte auf und sah in ein breites, verschlossenes Gesicht, das sich zum Mund hin wie die Spitze eines Faustkeils verjüngte und von einer hohen Stirn überwölbt wurde. Ali hatte noch nie eine so gewaltige Stirn gesehen.

»Ein verrücktes Auto hast du da«, sagte der Mann und tätschelte mit einer seiner großen behaarten Hände das Wagendach. Seine Stimme hatte einen harten Akzent.

»Vielleicht ein Baske«, dachte Ali. Er zuckte mit den Schultern.

Der Mann zog seine Hand so plötzlich von dem Wagendach zurück, als hätte er sich verbrannt. »Man hat mir in der Bar gesagt, dass man dein Auto und dich mieten kann«, fuhr der Mann fort.

»Da hat man Ihnen in der Bar eine korrekte Auskunft gegeben«, entgegnete Ali und wischte mit dem ausgestreckten Zeigefinger ein paar Holzfasern von der Schneide der Machete.

»Gut«, sagte der Mann. »Ich möchte, dass du mich in deinem Rolls nach Portocolom kutschierst.«

»Ich bin aber teurer als ein Taxi«, sagte Ali, »viel teurer, das müssen Sie verstehen, Señor.« Aus den Augenwinkeln hatte er beobachtet, wie die alte Mörderin die Terrasse der Bar verlassen hatte und zwischen den parkenden Wagen verschwand.

»Das verstehe ich«, sagte der Mann und lachte. Es war ein helles, freundliches Kinderlachen, das so gar nicht zu seiner gewaltigen Körpermasse passte. »Dafür ist es ja auch etwas Besonderes.«

Ali nickte. »Sie werden sich wie der König von Mallorca fühlen«, sagte er und nannte seinen Preis. Als er sah, wie der Mann zögerte, legte er nach: »Es ist der dreifache Preis, den Sie für eine Taxifahrt nach Portocolom bezahlen müssten.«

Der Mann hob seine langen Arme ein Stück, ließ sie dann wieder fallen und sagte: »In Ordnung. Für einen Kindheitstraum ist das wirklich nicht zu viel.«

Ali öffnete ihm die Fondtür, ging dann hinter den Wagen und legte die Machete und den Stock in den Kofferraum. Dann nahm er aus einem Werkzeugkasten ein flaches Schnappmesser und ließ es in die Hosentasche gleiten. Er faltete die Kapitänsjacke mit den goldenen Achselstücken auseinander, schüttelte sie aus, zog sie über und setzte sich dann die weißblaue Kapitänsmütze mit dem goldenen Anker auf dem schwarzen Schirm auf den Kopf. Dann schloss er den Kofferraum. Als er hinter dem Wagen hervortrat, klopfte er an das hintere Seitenfenster, trat ein paar Schritte zurück und legte salutierend die Hand an den Mützenschirm.

»Alles im Preis inbegriffen«, sagte er, als er hinter dem Steuer des Rolls Platz genommen und den Motor angelassen hatte.

»Du machst mir Spaß!«, sagte der Riese, der sich weit zurück in die Polster des Rücksitzes gelehnt hatte, und lachte mit der hellen Kinderstimme, die aus einem anderen Körper zu stammen schien.

Igor hatte ein paar Stunden auf dem alten Sofa gelegen und geschlafen. Als er erwachte, lagen die Büsche und Bäume des verwilderten Gartens schon im Schatten. Er schlief gerne auf alten Sofas, deren Federn bei jeder Bewegung knarrten. Damals in Moskau hatte er ein halbes Jahr im Keller eines abbruchreifen, unbewohnten Mietshauses auf einem alten Sofa geschlafen. Er erinnerte sich daran, dass er sich mit drei dicken, schwarzen Stoffmänteln, die nach Staub, Tabak und Schweiß rochen, zugedeckt hatte. Es war in jenem Winter gewesen, als er die richtigen Leute kennen gelernt hatte.

Er stand auf, ging ein paar Schritte im Zimmer auf und ab, setzte sich dann auf einen der Stühle und begann, den Verband von seiner Wade abzuwickeln. Am Morgen war er noch einmal bei dem alten Arzt in Valldemossa gewesen. Der hatte die Wunde gesäubert und ihm nochmals eine Spritze gegeben. Der Verband war trocken. Die Wunde hatte aufgehört zu eitern. Igor wickelte den Verband wieder um die Wade und befestigte ihn mit zwei großen Stücken Heftpflaster, die er von einer Rolle schnitt. Jetzt saß der Verband nicht mehr so stramm und scheuerte nicht mehr auf der Wunde.

Dimitri, der Chef der Bulgarentruppe, kam ins Zimmer. »Da ist ein Kerl am Telefon, der will dich sprechen«, sagte er.

»Mich?«, fragte Igor ungläubig und sprang auf.

Dimitri biss nervös auf seine Unterlippe. »Der Kerl hat gesagt, er wüsste, dass du hier bei uns in Valldemossa bist. Er hat gesagt, dass er dir einen Tip geben will.«

»Scheiße!«, flüsterte Igor. »Da gibt es Leute auf Mallorca, die mein Versteck kennen und in der Gegend herumtelefonieren.« Kopfschüttelnd begleitete er den Bulgaren auf den Flur zum Telefon. Er meldete sich mit einem Grunzen.

»Hola!«, sagte eine Stimme am anderen Ende der Leitung. Sie klang gedämpft und undefinierbar. »Ich will dir einen Tip geben, wie du Pepe Rogalzky, den Mann, der dich und deinen Kumpel in Port d'Alcúdia gejagt hat, schnappen kannst.«

Igor blies etwas Luft durch das Telefon. »Du sprichst durch ein paar Papiertaschentücher, die du vor den Mund hältst«, sagte er. »Du bist kein Spanier.«

»Hör zu!«, fuhr die Stimme fort. »Im Nachbarhaus, das mit dem Messingtürklopfer, gibt es im obersten Stock eine kleine Seitentür. Zumeist steckt der Schlüssel. Hinter der Tür führt eine Treppe auf den Dachboden. Auf dem Dachboden stehen an der Stirnseite zwei in Plastikfolien eingewickelte Matratzen. Wenn du sie zur Seite räumst, findest du eine schmale Tür, die auf den Dachboden des Nachbarhauses führt. Wenn du auf das Dach steigst, dann pass auf die Schnüre auf, die hier gespannt sind. Sie lösen einen primitiven Alarm aus, wenn du sie runterdrückst. Vom Dach aus kannst du ganz leicht das Schlafzimmerfenster öffnen. Es ist ein Schiebefenster und hat einen einfachen Bolzenmechanismus. Du drückst von oben einfach den Bolzen aus der Halterung. Dafür brauchst du nichts weiter als einen kleinen Schraubenzieher.«

»Und woher weiß ich, dass das keine Falle ist?«, fragte Igor.

»Wenn ich dich erledigen wollte, brauchte ich bloß die Bullen anzurufen. Sie würden bestimmt gerne deine Bekanntschaft machen«, antwortete die Stimme. Die Verbindung wurde unterbrochen.

Wanja kam aus dem Garten zurück, wo er ein paar Pfirsiche gepflückt hatte. Igor zog ihn am Arm und schloss die Tür hinter sich zu. Dann berichtete er ihm von dem Telefonanruf.

»Jedenfalls können wir hier nicht bleiben!«, entschied Wanja sofort. »Wir sollten besser zu Pjotr nach Arenal. Da sind wir für ein paar Tage sicher.«

»Zu Pjotr?«, fragte Igor und schüttelte den Kopf. »Zu viele Leute, die bei ihm ein- und ausgehen, zu viele Junkies, die herumschwätzen. Drei Tage bei Pjotr, und die ganze Drogenszene von Arenal weiß Bescheid. Da wären wir bei Stan besser aufgehoben. Er wohnt in Felanitx. Das ist ein bisschen weg vom Schuss. Sein Haus steht außerhalb der Stadt auf einem Hügel und ist von der Straße her nicht einzusehen.«

Wanja zuckte die Schultern. »Du weißt selber, ich hatte Streit mit Stan, damals in Prag, wegen des Mädchens. Stan ist nachtragend.«

»Es ist doch nur für ein paar Tage, Wanja«, widersprach Igor »Geh ihm aus dem Weg, Wanja. Und außerdem wird er es nicht wagen, uns in die Pfanne zu hauen. Er weiß, nach uns kommen andere. Außerdem ist Stan nicht der Mutigste.«

»Menschen können sich ändern«, sagte Wanja nachdenklich. Dann hellte sich sein Gesicht langsam wieder auf. »Bis jetzt ist alles gut gelaufen, da werden wir die letzten paar Tage auch noch hinter uns bringen. Und was machen wir mit diesem Pepe? Mich würde es schon reizen, ihm aufs Dach zu steigen.«

Igor trommelte mit den Fingerknöcheln auf den Tisch. »Und wenn es doch eine Falle ist? Ich weiß nicht, sitzt du erst mal auf dem Dach, hast du kaum eine Chance, da wieder lebend herunterzukommen, wenn es eine Falle ist.«

»Du bist zwar zwei Monate jünger als ich, Igor, aber du wirst alt!«, meinte Wanja, nahm zwei Pfirsiche, ging zum Waschbecken und spülte sie ab. »Womit haben wir Prag, womit haben wir Warschau und Budapest auf die Knie gezwungen?

Nicht, weil wir schnell und schmerzvoll getötet haben. Nein, das haben andere auch getan. Nein, weil jeder wusste, dass wir keine Angst vor dem Tod hatten. Wir haben die Furchtlosigkeit vor dem Sterben wie einen Schutzschild vor uns hergetragen. Und ich sage dir, wenn wir von dieser Insel abhauen, ohne diesem Pepe und dem Chilenen gezeigt zu haben, dass wir keine Angst vor dem Tod haben, werden sie jedem in die Suppe zu spucken versuchen, der nach uns kommt.«

Wanja wirbelte auf dem Absatz herum und warf den abgewaschenen Pfirsich Igor zu, der ihn lässig mit einer Hand in der Luft fing.

»Mit diesem Pepe Rogalzky magst du recht haben. Die Bulgaren haben mir erzählt, er war mal ein Bulle, und da bleibt immer was hängen. Mit dem Chilenen steht das aber anders. Er war mal der größte Dealer von Mallorca. Er hat nicht nur die kleinen Junkies beliefert, nein, er ist auch an die ganz Großen rangekommen. Bei einem Dealer bleibt immer was hängen. Dieser Chilene könnte für uns eine Menge wert sein, wenn wir ihn auf unsere Seite ziehen könnten.«

Wanja wischte sich den Pfirsichsaft vom Kinn und spuckte den Kern in hohem Bogen aus dem Fenster. »Gut«, sagte er gleichmütig. »Dann verteilen wir doch die Rollen. Du versuchst, an den Chilenen ranzukommen, und ich erledige die Sache mit diesem Pepe Rogalzky.«

»Einverstanden«, sagte Igor. »Nimm Dimitri mit. Der Junge ist schnell und gut.«

Pepe Rogalzky bummelte noch ein Stück über die Promenade, hielt dann eine Taxe an und ließ sich in den Hafen von Portals Nous bringen. Ihm fiel das Fehlen des himbeerroten Rolls sofort auf. Mittlerweile glänzte nur noch ein schmaler Streifen des Horizonts in einem grellen Orange. Darüber türmten sich ein paar schwarze Wolken. Vom Meer bliesen warme Böen und raschelten mit den staubigen Wedeln der Palmen.

Als er um die Hafenmole bog, bemerkte er die zerkratzte, alte Horex, die an der Schuppenwand lehnte. Ein Scheinwerfer war zerbrochen. Die alte Roja kam hinter einem Schuppen hervor und winkte ihm mit ihrer in Packpapier gewickelten abgesägten Schrotflinte zu.

»Der Kerl vom Schiff hat den Rolls und Ali als Chauffeur gemietet. Wenn er einen Verdacht hat, wird er Ali zerquetschen wie eine Laus«, sagte die alte Roja und kicherte vergnügt. Die Vorstellung, dass Ali wie eine Laus zerquetscht würde, schien ihr Spaß zu machen. »Der Kerl hat heute Nachmittag ein paar Stunden am Strand von Magaluf verbracht. Ihn scheint brennend zu interessieren, wie der Transferverkehr zwischen dem U-Boot und dem Ufer abläuft. Und unser Täubchen sitzt auf dem Dachgarten und spielt Zielscheibe«, fuhr sie fort und zeigte zu Genovas Bar.

Pepe Rogalzky sah den Liegestuhl und Birgit darin, deren Profil sich wie ein Scherenschnitt vom Abendhimmel abhob.

»Ich hol dir das Täubchen vom Dach«, sagte Pepe Rogalzky. »Am besten, du quartierst es bei mir ein. Du kannst dich endlich wieder im Flur in den Schaukelstuhl setzen.«

»Oh, vielen Dank, Pepe! Und mich würde es freuen, wenn du dich bei deiner Heimkehr nicht bemerkbar machtest, damit ich dir deinen Hochmut aus der Birne pusten kann«, zischte ihm die alte Roja nach.

Pepe Rogalzky wartete, bis jemand aus der Hintertür von Genovas Bar kam. Als die Tür aufschwang, konnte er Denis Deville erkennen, der sich so an der Bar platziert hatte, dass er beide Eingänge einsehen konnte. Pepe ging durch die Barstraße und lief durch einen Querweg zur Vorderfront. Fred aus Berlin führte seine beiden Rottweiler aus, die in Richtung Mole an den Leinen zogen, die Nasen tief auf dem Boden.

»Hi, Fred!«, grüßte Pepe ihn. »Ich stecke da mitten in einer blöden Sache drin, und ich habe gehört, dass du deine beiden Rottis auf Kommando bellen lassen kannst.«

»Und ob ich das kann!«, sagte Fred. »Aber nur, wenn ich das will!«

»Okay, nur wenn du es willst!«, bestätigte Pepe. »Aber könntest du wollen, dass deine beiden Rottis ein wenig Rambazamba vor Genovas Bar machen? Im Abstand von fünf Minuten. Du würdest mir damit echt helfen.«

Fred aus Berlin überlegte ein Weile.

»Okay, Pepe, jetzt will ich es!«, sagte er dann.

Pepe Rogalzky lief über den Querweg wieder zurück zur Hintertür von Genovas Bar. Als die tiefen Stimmen der Rottweiler sich wütend überschlugen, schlüpfte er durch die Hintertür, duckte sich und huschte durch die unverschlossene Seitentüre. Der Schlüssel steckte auf der Innenseite, und er drehte ihn im Schloss. Er lief die steile Treppen hinauf und öffnete die obere Wohnungstür. Auf dem ovalen, blauen Tisch war eine Kerze auf einem silbernen Kerzenhalter heruntergebrannt und flackerte. Er ging hinaus auf den kleinen Dachgarten. Birgit lag im Liegestuhl und hielt das Gesicht zum Himmel gerichtet, an dem die ersten Sterne blinkten. Als Pepe an den Liegestuhl herantrat, zog Birgit ein Küchenmesser unter der Decke hervor, die sie über sich gebreitet hatte.

»Lass den Quatsch!«, sagte Pepe Rogalzky. »Das Messer hilft dir auch nicht gegen jemanden, der mit einer Pistole hier irgendwo im Hafen herumläuft. Selbst ein schlechter Schütze kann dich von hier oben herunterputzen.«

»Wie denn? Es ist doch dunkel!«, entgegnete Birgit.

»Du hebst dich gegen den Nachthimmel besser ab als jede Zielscheibe im Sonnenschein!«, widersprach Pepe.

»Na, gut, ich möchte noch ein bisschen leben und gehe rein«, sagte Birgit, stand auf, raffte die Decke zusammen und warf sie im Apartment auf die Schlafcouch.

»Ein bisschen leben ist ein guter Plan. Du hast noch drei Minuten Zeit, dann werden die Hunde vor der Bar wieder etwas Krach machen. Genau das ist unsere Chance, ungesehen aus dem Hinterausgang zu türmen. Wenn wir die Chance verpassen, wird's schwer«, sagte Pepe und drängte das Mädchen zur Tür.

»He, Pepe, machst du jetzt einen auf Panik, oder ist da was dran?«, fragte Birgit und sträubte sich.

»Ich mache die ganze Zeit Witze«, erwiderte Pepe. »Aber totlachen wirst du dich!«

Birgit zuckte mit den Achseln. Sie machten auf der steilen Treppe kein Licht. Pepe schloss die Tür auf, dann warteten sie schweigend ab.

Sekunden später begannen Freds Rottweiler wieder ihr Konzert vor Genovas Bar. Pepe schob Birgit aus der Hintertür und lief mit ihr in Richtung Parkplatz. Am nächsten Querweg hielt er an. Die alte Roja, ihre in Packpapier eingewickelte Schrotflinte in der Armbeuge, trat aus dem Schatten.

»Das ist Roja!«, flüsterte Pepe. Birgit zuckte zusammen, als die alte Mörderin, das große eckige Kinn vorgestreckt, heranwatschelte. »Sie wird dich zu mir nach Palma bringen. Und erschreck dich nicht, sie wird mit ihrer abgesägten Schrotflinte im Flur Wache halten.«

Die alte Roja fasste Birgits Oberarm. »Komm schon, Täubchen!«, sagte sie und watschelte mit dem Mädchen auf die einzige Taxe zu, die hinter dem Parkplatz wartete.

Als Pepe durch den Querweg Richtung Genovas Bar ging, bog Fred mit seinen beiden Rottweilern um die Ecke. Sie zogen unternehmungslustig an den Leinen.

»Danke, Fred!«, sagte Pepe. »Deine Rottis waren großartig.«

Fred verkürzte die Leinen der beiden hechelnden Tiere und tätschelte ihnen die Köpfe. Pepe streckte langsam einen Arm aus und ließ die Hunde an seiner Hand schnuppern.

»Pepe, jetzt verrate ich dir ein Geheimnis!«, meinte Fred. »Meine Rottis sind die größten Feiglinge, die es auf Mallorca gibt. Gestern war ich mit ihnen auf einer Wiese bei S'Algaida.

Da haben sie vor einem Kaninchen Reißaus genommen. Ich hatte Mühe, sie wiederzufinden. Noch eine Stunde später waren sie völlig verstört und haben am ganzen Körper gezittert.«

Pepe streichelte den großen muskulösen Hunden über das Nackenfell. Dann ging er zum Vordereingang von Genovas Bar. Der Platz, an dem Denis Deville an der Bar gestanden hatte, war leer. Er winkte Genova zu, die hinter dem Tresen alle Hände voll zu tun hatte. Die Bar war gut besucht. Die Menschen trugen den Abglanz der Sonne, die in den letzten Tagen ihre volle Kraft entfaltet hatte, auf den gebräunten Gesichtern, und ein Gemisch aus Zigarettenqualm, Aftersunprodukten und Parfüms hing in der stickigen Luft. Pepe stellte sich an die Bar, und Genova schob ihm ein paar Augenblicke später ein Bier an seinen Platz. Aus den Augenwinkeln beobachtete er, wie Denis Deville aus der schmalen Seitentür hinkte, zum Zigarettenautomaten ging, der hinter einem Vorsprung neben den beiden Toilettentüren hing, und sich ein Päckchen Fortuna zog. Dann kam er herüber an die Bar.

»He, das ist mein Platz, Pepe!«, sagte er und knuffte ihn in die Seite. Denis hatte weite Seglerhosen aus einem weichen fließenden Stoff an. Pepe bemerkte, dass eine der Taschen von einem schweren Gegenstand ziemlich ausgebeult war. Ein Pärchen aus Düsseldorf, dessen Yacht im Hafen lag, erhob sich von einem Ecktisch. Denis sprach ein paar Worte mit dem Mann und winkte Pepe dann zu sich.

»Setzen wir uns ein paar Minuten«, sagte er, bestellte zwei Bier und erzählte Pepe, wen er heute in Deutschland alles angerufen hatte, um die nötigen Ersatzteile für seine Horex zu besorgen.

»Und wie läuft das Geschäft mit dem U-Boot?«, fragte Pepe, als Denis seine Ersatzteil-Arie zu Ende gesungen hatte.

»Wir sind drei Tage im Voraus ausgebucht«, erwiderte Denis. »Heute haben wir acht Tauchfahrten geschafft. Wenn das Wetter mitspielt, wird es eine gute Saison.«

Denis hatte sich so gesetzt, dass der Hintereingang der Bar in seinem Blickfeld lag, und er ließ ihn nicht aus den Augen. »Und, gibt's Neuigkeiten von Birgits Mutter?«, fragte er.

Pepe zuckte die Achseln. »Mallorca geht diese Woche auf wie ein Hefeteig«, erwiderte Pepe. »In einer Woche wird die Insel überlaufen. Da brauche ich Zeit und Glück, um jemanden zu finden.«

»Und wo ist Birgit?«, fragte Denis. »Hast du das Mädchen gut untergebracht?«

Pepe Rogalzky nickte. »Sie war die letzte Nacht und den Tag hier bei Genova. Heute Nacht habe ich sie bei Freunden in Palma untergebracht.«

Denis hob den Kopf und starrte Pepe aus den Augenwinkeln an. Seine Kieferknochen malmten. Er konnte seine Wut nicht ganz verbergen.

»Und ich glaube, du hast da noch ein Problem«, fuhr Pepe fort. »Ein Killer aus San Sebastián interessiert sich mächtig für dein U-Boot. Der Junge hat schon einige Aufträge für die ETA abgewickelt, arbeitet aber auf eigene Rechnung. Frag Henri, ob in den letzten beiden Tagen jemand versucht hat, eine Tauchfahrt mit ein bisschen Schmu zu kaufen. Und wenn er selber nichts weiß, soll er bei seinen Leuten auf den Busch klopfen.«

Denis Deville fuhr sich nervös über seine Haarstoppeln. »So was hat mir gerade noch gefehlt!«, seufzte er.

Ali hatte den himbeerfarbenen Rolls über die Autobahn gelenkt, hatte dann die Abzweigung zum Passeig Maritim genommen und den Rolls über Palmas Prachtboulevard rollen lassen. Hier herrschte reger Verkehr, und viele neugierige und bewundernde Blicke folgten der aufgedonnerten Nobelkarosse. An einer Fußgängerampel kurbelte Ali das Seitenfenster herunter und wechselte ein paar Worte mit einem Taxifahrer, dem er, wie beiläufig, sein Fahrtziel verriet. Im Rückspiegel bemerkte er, dass sein Fahrgast keine Miene verzog. Bei Can Pastilla bog er von der PM-19 ab und nahm die Landstraße nach Llucmajor.

Sein Fahrgast war nicht besonders gesprächig. Er hatte sich in den weichen Polstern des Rücksitzes zurückgelehnt und ließ sich den warmen Fahrtwind um die breite Stirn wehen.

An einem Kreisverkehr vor Llucmajor hielt neben ihnen eine Harley. Simon, ein französischer Filmproduzent, der eine große Nummer im Pornogeschäft war, fragte Ali, ob er den Rolls nächste Woche für zwei Tage mieten könne.

»Ich bringe einen Gast nach Portocolom«, sagte Ali und deutete auf die Rückbank. Simon beugte sich vor und warf einen neugierigen Blick in den Fond. »Wenn du mir sagst, wo ich dich erreichen kann, komme ich vorbei, und wir machen unseren Deal.«

Simon war ab zehn Uhr im Don Quixote in Arenal zu erreichen. Ali tippte zufrieden gegen seine Kapitänsmütze. Jetzt wusste die halbe Welt, dass er unterwegs nach Portocolom war. Wenn sein Fahrgast Verdacht geschöpft hatte, würde er es nicht wagen, etwas gegen Ali zu unternehmen.

Hinter Campos wurde sein Fahrgast wieder gesprächiger. Sie unterhielten sich über die Häfen von Mallorca, die sein Fahrgast recht gut zu kennen schien. Dann lenkte der Mann das Gespräch auf das U-Boot, mit dem Ali schon einmal gefahren war. Ein verrückter Engländer hatte ihm voriges Jahr die Tauchfahrt spendiert und darauf bestanden, dass er ihn mit dem Rolls über den Strand bis vor den Anlegesteg des Transferbootes fuhr.

Als sie Portocolom erreichten, hatte sein Fahrgast keine Frage ausgelassen, die man jemandem stellen konnte, der eine Tauchfahrt mit dem U-Boot gemacht hatte. Kurz vor der Altstadt setzte er seinen Fahrgast ab. Ali parkte den Rolls in der Nähe des Celler Sa Sinia, lief durch die Straße, die parallel zur

Hafenmole Richtung Altstadt führte, und sah, als er ziemlich außer Atem wieder auf die Hafenstraße bog, seinen Fahrgast gemächlich auf die Altstadt zu bummeln. Der Mann hielt sich dicht am Wasser und war selbst in der einsetzenden Dunkelheit gut auszumachen. Vor einem der Altstadthäuser, die einen direkten Zugang zu den in der Mole eingelassenen Bootsschuppen hatten, blieb der Mann eine Weile stehen, und Ali verschwand im Schatten einer Toreinfahrt. Er beobachtete, wie der Mann sich auf einen Poller setzte und offenbar die schöne Abendstimmung am schmalen Nordostarm der inneren Bucht genoss. Ali entging aber nicht, dass sein Fahrgast sich Zeit ließ, seine Umgebung genau zu mustern. Dann stand er plötzlich auf, ging schnellen Schrittes zu dem Haus, klingelte und verschwand hinter der Tür, die hinter ihm hastig zugezogen wurde.

Ali wartete ein paar Minuten in der dunklen Toreinfahrt. Im oberen Stock des schmalen Hauses gingen die Lichter an. Ali bemerkte den unverkennbaren Schatten seines Fahrgastes, der sich mit einer zweiten Person an einen Tisch setzte. Eine dritte Person, die ein Tablett in den Händen trug, betrat das Zimmer. Wenig später wurden die Vorhänge zugezogen. Ali lief zurück zum Celler Sa Sinia, manövrierte den Rolls aus der Seitenstraße, umfuhr die Altstadt und bog am Ende des Nordostarms der Hafenbucht auf die schmale Küstenstraße, die an der Steilküste entlang zum Villenviertel Sa Punta hinaufführte. In mittlerer Höhe, genau gegenüber der Altstadt, stellte er den Rolls in einem Seitenweg ab, holte aus dem Kofferraum ein Fernglas und setzte sich am Steilufer, von niedrigem Buschwerk geschützt, auf einen Felsbrocken.

Es dauerte eine gute Stunde, dann wurden die Lichter im oberen Stockwerk gelöscht, und wenig später gingen auch die Lichter im Parterre aus. Ali behielt die Haustür im Auge, doch sie wurde nicht geöffnet. Eine knappe Minute später fiel ein Lichtschimmer aus dem Bootsschuppen, der unterhalb des Hauses in der Kaimauer eingelassen und nur durch ein Brettertor vom Wasser getrennt war.

Es verging eine weitere Stunde, in der nichts geschah. Ali hatte gerade auf das Leuchtzifferblatt seiner Armbanduhr geschaut. Es war mittlerweile dreiundzwanzig Uhr. Dann wurde der Lichtschimmer im Bootsschuppen plötzlich schwächer. Aus einem der anderen Bootsschuppen manövrierte ein kleiner Fischerkahn, der mit Netzen überhäuft war, hervor und tuckerte Richtung Punta de Ses Crestes, von dem der Leuchtturm seine Lichtbahnen über die Hafenausfahrt warf. Dann wurde das Brettertor geöffnet. Ali erkannte in dem schwachen Lichtschimmer, den eine kleine Lampe an der Wand in den Bootsschuppen warf, ein merkwürdiges Boot. Es war flach wie eine Linse, in deren Mitte eine Kuppel angebracht war, die jetzt an ihren Scharnieren aufgeklappt nach hinten hing. Er erkannte die Silhouette seines Fahrgasts, der in dem Boot saß. Der linsenförmige Rumpf endete in zwei großen Haifischflossen. Vor einigen Jahren, als Ali zur Beerdigung seiner Mutter für ein paar Wochen in Tunesien gewesen war, hatte er solche Boote in Port el Kantaoui in der Nähe von Sousse gesehen. Man nannte sie dort Aquascope. Sie konnten, je nach Bauart, bis zu acht Passagiere aufnehmen, und für kurze Zeit ein paar Meter tief tauchen. Im Schiffsrumpf war ein Glasfenster eingelassen, durch das die Fahrgäste den Meeresuntergrund beobachten konnten.

Dieses Aquascope war eins von der kleinen Sorte. Ali beobachtete, wie ein Mann in einem Overall seinem Fahrgast Sauerstoffflaschen anreichte, die er im Rumpf des Aquascopes verstaute. Zwei der Sauerstoffflaschen, die durch Schläuche mit einer Tauchermaske verbunden waren, schnallte sich sein Fahrgast um die Schultern. Die Atemmaske ließ er vor der Brust baumeln. Er entfaltete eine Karte, legte sie vor den schwach beleuchteten Instrumententafeln zurecht und reichte dem Mann auf dem Steg im Bootsschuppen die Hand. Dann schloss er die Kuppel.

Das Aquascope glitt ein paar Meter aus dem Bootsschuppen hervor und versank dann in der Tiefe. Ein paar Luftblasen stiegen an die Oberfläche, so dass Ali die langsame Fahrt des Aquascopes verfolgen konnte. Es steuerte Richtung Hafenausfahrt.

Ali rannte zu seinem Rolls, setzte ihn aus dem Seitenweg rückwärts auf die Straße und steuerte ihn in schneller Fahrt zum Leuchtturm von Punta de Ses Crestes hinauf. Von der Aussichtsplattform des Leuchtturms starrte er aufs Meer. Er hatte eine halbe Stunde lang das Wasser mit dem Fernglas abgesucht, als er plötzlich einen linsenförmigen dunklen Fleck auf dem Wasser ein Stück vor der Hafeneinfahrt entdeckte, der sich zwei Meilen vor der Küste langsam in Richtung Südosten voranbewegte. Ein paar Sekunden später wurde der linsenförmige Fleck von der Dunkelheit verschluckt.

Um acht Uhr hatte ihn Pedro auf dem Handy angerufen. »Die Bulgaren haben ihre Kostüme in die Lieferwagen geladen. Sie verlassen jetzt das Haus. Die beiden Männer, die du jagst, sind bei ihnen. Ich folge ihnen auf dem Motorrad und melde mich wieder.«

Der Chilene war den ganzen Abend unruhig zwischen der Terrasse und seinem Arbeitszimmer hin und her gewandert. Obwohl in der Cala Marmassen etwas Wind das Wasser bewegte, war die Luft an den Hängen von Sa Mola stickig und ungewöhnlich schwül. Draußen am Horizont türmten sich schwarze Wolken aufeinander, kamen aber nicht näher. Es war einer jener Abende, an denen früher sein Geschäft wie verrückt lief. Die Junkies führten sich wie ein Schwarm hungriger Moskitos auf und kauften alles, von dem sie sich den Kick erhofften. Die Freier standen bei den Mädchen Schlange. In einer solchen Nacht blieben seine Handys nie lange still, und jedes Telefonat brachte ihm bares Geld. Wenn er dann im Morgengrauen in seinem silbernen Mercedes in sein Haus auf Sa Mola zurückgekehrt war, hatte er sich stets noch ein paar Minuten auf die Terrasse gesetzt und das Gefühl genossen, auf Mallorca eine große Nummer zu sein.

Und jetzt? Jetzt hatte er diese Sperre im Kopf. Er fühlte, wie die Lähmung, die ihn sein Bein nachziehen ließ, von seiner ganzen Person Besitz ergriffen hatte. Und diese Lähmung hatte einen Namen. Sie hieß Pepe Rogalzky. Er musste diesen Mann und seinen Schatten abschütteln. Nein, er war kein Menschenjäger wie dieser Pepe. Wie jeder andere, der im Geschäft war, hatte er manchmal sein Revier verteidigt, aber nur, um sein Geschäft zu schützen. Er war ein Mann des Geschäfts, ein Mann des Geldes. Es machte ihm Spaß, mit einem 150.000-Euro-Mercedes herumzufahren. Dieser Pepe Rogalzky zwang ihm etwas auf, das nicht sein Ding war. Seit dem Tag, als er in der Kirche des Fischerdorfs an der Küste Chiles im Alter von elf Jahren das letzte Mal im Beichtstuhl gekniet hatte, war ihm der Gedanke nie wieder in den Sinn gekommen, dass es einen Unterschied zwischen Recht und Unrecht geben könne. Er hatte keinen einzigen Gedanken daran verschwendet, dass es so etwas wie Schuld gab. Und jetzt lähmten ihn solche Gedanken und machten ihn zu einem einsamen Mann.

Der Chilene schüttelte sich. Er nahm eines der Handys und rief seine Peruaner an. »Die Vögel sind ausgeflogen«, sagte er. »Ich weiß, ihr habt heute einen Auftritt im Celler Balear. Dann schickt die beiden Jungen in das Haus. Sie sollen alles filzen. Klar, sie sollen alles Bargeld, alle Bankunterlagen, jede Art von Waffen mitgehen lassen.«

Nach dem Telefonat fühlte er sich schon etwas besser. Er hatte einen Entschluss gefasst. Diese Sache würde er mit Pepe Rogalzky noch durchziehen. Dann würde er sich wieder seinem Geschäft widmen. Er erreichte Pepe Rogalzky in Genovas Bar. »Deine beiden Smarties haben mit den Bulgaren ihr Nest verlassen«, informierte er ihn. »Pedro hängt an ihnen dran. Er meldet sich bei mir, sobald er etwas Genaueres weiß. Bleib in der Bar, ich bin in einer halben Stunde bei dir.«

Er rief nach Gloria und sagte ihr, dass sie den Mercedes aus der Garage setzen solle. Dann schaute er nach dem Mädchen. Es saß im Wohnzimmer auf der Couch und sah im Fernsehen eine Musikshow an. Der Chilene schaltete die Alarmanlage ein, die sein Haus sicherte. Dann zeigte er dem Mädchen im Flur den Schrank, in dem zwei geladene Gewehre standen. »Wenn wir zurückkommen, blendet Gloria die Scheinwerfer auf und hupt dreimal vor dem Eingangstor, dann weißt du, dass wir es sind. Hast du das verstanden?«, fragte er. Das Mädchen nickte.

Als Gloria hinter dem Steuer saß, begann sie, leise vor sich hinzusummen. Es war ein altes Wiegenlied, dessen Melodie ihm aus fernen Kindheitstagen bekannt war. Der Park der Villa Italia war hell erleuchtet. Irgendein prominenter Reicher gab eine Party für reiche Prominente. Fernsehkameras waren aufgebaut. Dann fuhren sie über die Uferstraße von Port d'Andratx. Hier wimmelte es von Schickimickis. Unter ihnen entdeckte er die beiden österreichischen Speditionsunternehmer mit ihren goldbehangenen Frauen, die ihm schon mal eine Ladung Koks in ihrer Piper nach Mallorca eingeflogen hatten. Er winkte ihnen zu.

Auf der Autobahn Richtung Palma summte Gloria immer noch das Wiegenlied. Pedro rief ihn vom Motorrad auf dem Handy an. Er hörte die knatternden Motorengeräusche. »Sie haben Arenal passiert und fahren Richtung Cap Blanc«, hörte er Pedros singende Stimme. »Ich schätze, sie haben einen Auftritt im Delta, weil das Cap Blanc heute Abend schon Arturo mit seiner Steelband und den Limbotänzern gebucht hat. Ich wüsste nicht, wo sie in dieser Gegend sonst noch auftreten könnten.«

»Hast wahrscheinlich recht!«, erwiderte der Chilene. »Melde dich sicherheitshalber noch mal.«

Als Gloria den Mercedes auf den Parkplatz von Porto Portals lenkte, bestätigte Pedro, dass die Bulgaren und die beiden Smarties ihre Requisiten in das Delta trugen. »Ich komme zu dir raus«, sagte der Chilene.

Als er Genovas Bar betrat, verabschiedete sich Pepe Rogalzky gerade von Denis Deville. Der Mann machte einen nervösen Eindruck. Der Chilene bemerkte auf den ersten Blick, dass Denis eine Waffe in der rechten Tasche seiner Hose trug.

»Warum schleppt Denis eine Kanone mit sich herum?«, fragte der Chilene, als er sich zu Pepe an den Ecktisch gesetzt hatte.

»Er wird schon seine Gründe haben«, gab ihm Pepe eine ausweichende Antwort.

Ein paar Barbesucher hatten aufgeschaut, als der Chilene die Bar betreten hatte. Dem Chilenen waren ihre hungrigen, bettelnden Blicke nicht entgangen. Ein hagerer, dürrer Mann, der seine Strumpffabriken in Portugal vor ein paar Jahren noch rechtzeitig verkauft hatte und der im Sommer auf seiner Yacht im Hafen von Portals Nous wohnte, machte ihm verzweifelt Zeichen. Was für eine Nacht, um schnelle Geschäfte zu machen.

»Ich sehe, es juckt dich in den Fingern«, sagte Pepe und grinste.

»Pepe Rogalzky, diese Nacht kostet mich mindestens zehntausend Dollar«, sagte der Chilene, »und ich möchte dich nicht fragen, wie viele Nächte es in deinem Leben gegeben hat, in denen du auf zehntausend Dollar verzichtet hast.«

Pepe dachte eine Weile nach. »Spontan fallen mir drei ein«, sagte er. »Damals war ich noch bei der Drogenabteilung der Kölner Kripo. Erinnerst du dich noch an den Albaner?«

Der Chilene nickte. »Ja!« sagte er. »Es gab mal ein Jahr, da hatte er das Geschäft in Köln fest in der Hand. Aber er war eine Ratte, und er wurde in den Kanal gespült.«

»Er war eine Ratte«, bestätigte Pepe, »sogar eine ziemlich bissige! Dieser Albaner hat mich dreimal zu bestechen versucht. Zum Schluss waren mehr als hunderttausend im Topf.«

»Das zählt nicht«, sagte der Chilene. »Es wäre dumm von dir gewesen, dich von so einer Ratte bestechen zu lassen.«

Den Fabrikanten, der seine portugiesischen Strumpffabriken noch rechtzeitig genug zu Geld gemacht hatte, hielt es nicht mehr an seinem Platz. Er kam herüber, beugte sich zu dem Chilenen hinab und flüsterte mit ihm. Dann stand der Chilene auf, ging mit dem dürren Mann durch die Hintertür und blieb ein paar Minuten verschwunden. Pepe blickte auf die Uhr. Es war mittlerweile kurz vor elf. Er ging hinüber zum Telefon und rief Cristina an, die sich im Hotel Born in der Carrer Sant Jaume einquartiert hatte. Sie war nicht auf ihrem Zimmer, hatte aber eine Nachricht für Pepe hinterlassen, dass sie mit Parteifreunden im Caballito del Mar an der Plaça Llotja zu Abend speiste. Cristina hatte überall auf der Welt, wo man ein Kreuzzeichen schlug, ihre Parteifreunde.

Als der Chilene sich wieder an den Ecktisch setzte, hatten seine dunklen Augen ihre melancholischen Schatten verloren und glänzten. »Fünftausend Dollar für ein paar Restbestände«, sagte er und schüttelte den Kopf. »Was ist bloß los? Ganz Mallorca ist ausgetrocknet und sucht einen Dealer, der liefern kann.«

Sie wollten gerade nach Cap Blanc zum Delta aufbrechen, als Ali anrief. »Wo bist du?«, fragte Pepe.

»In einer stinkenden Telefonzelle oben beim Leuchtturm von Portocolom«, hörte er Alis Stimme. »Hör zu, Pepe, meine Telefonkarte hat nicht mehr viele Einheiten, also unterbrich mich nicht.«

Dann rasselte Ali herunter, was er beobachtet hatte. Er schaffte seinen Bericht bis zu der Stelle, an der das Aquascope auf dem offenen Meer in Richtung Südosten davongeschwommen war, als die Verbindung mitten im Satz abbrach.

9. KAPITEL

Sie standen erst ein paar Minuten auf dem großen Parkplatz des Delta, als Gloria ihre Hand auf die des Chilenen legte und mit dem Kinn zum Foyer des Hotels wies. »Der Mann, den die Katze gebissen hat«, flüsterte sie. Igor trat aus der großen Glastür und hinkte auf ein Taxi zu, das sich der Auffahrt näherte.

»Übernimm du ihn«, sagte Pepe Rogalzky, stieg aus dem Mercedes und schlenderte zu den Büschen hin, in denen Pedro seine Geländemaschine und sich selbst versteckt hatte. Wenig später beobachtete er, wie der Mercedes mit abgeblendeten Scheinwerfern dem Taxi folgte.

Pedro war ein schweigsamer Mann. Manchmal wehte der warme Nachtwind Gelächter oder Applaus vom Hotel herüber. Pedro zündete sich pünktlich, ohne auf die Uhr zu schauen, alle halbe Stunde eine Zigarette an. Er hatte drei Zigaretten geraucht, als Wanja das Delta verließ und einen der Lieferwagen zu einem Seiteneingang des Hotels fuhr. Wenig später kehrte er auf den Parkplatz zurück und holte den zweiten Lieferwagen. Zehn Minuten später luden die Bulgaren ihre Requisiten in die Lieferwagen. Wanja stieg in den ersten Lieferwagen ein.

Pedro ließ den beiden Wagen zweihundert Meter Vorsprung und folgte ihnen dann mit der Crossmaschine, deren Scheinwerfer er nicht eingeschaltet hatte. Nach drei Kilometern, als sie sich Arenal näherten, belebte sich die Straße. In Arenal zogen die Touristen um die Häuser. Vom Meer hatte der warme Wind aufgefrischt und die dunklen Wolken näher an die Küste geschoben. Böen wirbelten von Imbissständen Servietten durch die Luft, die wie kleine, weiße Gespenster durch die Straßen tanzten.

Unterhalb der Kathedrale von Palma fuhr der vordere Lieferwagen rechts heran und ließ den hinteren passieren. Dann wurde kurz die Warnblinkanlage eingeschaltet. Wanja und ein hoch aufgeschossener muskulöser Bulgare schlüpften aus dem Lieferwagen und mischten sich unter den Strom der Passanten. Solange die beiden Männer auf dem Passeig Maritim blieben, folgten sie ihnen Stück für Stück mit dem Geländemotorrad. In Höhe der alten Börse setzten sich die beiden Männer an den Tisch eines Straßencafés.

Pedro bockte die Maschine auf und schloss sie mit einer Kette an einem Pfahl an. Er sah müde aus. Pepe wusste, dass Pedro mit seinen Jungs morgen ab zehn Uhr wieder auf der Plaça Major Musik machen musste.

»Ich klemme mich hinter die beiden Jungs«, sagte Pepe. »Das kann eine lange Nacht werden, Pedro, und die Musik mag keine müden Musikanten.«

Pedro grinste, verriet ihm die Kombination des Zahlenschlosses an seiner Geländemaschine und gab ihm den Schlüssel. »Vielleicht fahren die beiden ja noch ein bisschen auf der Insel herum«, meinte er. »Du kannst mir ja die Schlüssel morgen auf der Plaza Major vorbeibringen.«

Pepe Rogalzky setzte sich in eine Bar, von der aus er den Tisch des Straßencafés gut im Blick hatte. In der Bar herrschte eine Beerdigungsstimmung, die kurz von dem betrunkenen Gelächter einer französischen Reisegruppe fortgeschwemmt wurde, die hier ihren Absacker trank. Ab und zu schaute mal eine Nutte herein, die nach Kunden fischte. Die schwarze Wolkenfront lag nur noch hundert Meter vor der Küste. Die Luft hatte etwas abgekühlt und roch nach Regen.

Gloria folgte der Taxe in einigem Abstand. Hinter Cala Blava bog sie auf die PM-19 und von dort auf den äußeren Autobahnring von Palma. Zuerst vermutete der Chilene, dass die Taxe Richtung Valldemossa abbiegen würde, sie fuhr aber an allen Ausfahrten vorbei Richtung Andratx. Spätestens jetzt ahnte der Chilene Igors Ziel. Der Taxifahrer wählte die Uferstraße, die dicht am Wasser der Bucht von Port d'Andratx entlangführte. Hier hatte der Regen noch nicht eingesetzt, und die letzten Nachtschwärmer wechselten noch einmal die Lokale. Der Taxifahrer konnte manchmal nur Schritt fahren und musste einmal sogar halten, weil eine Gruppe junger Engländer sich an die Hände gefasst hatte und im Kreis um die Taxe tanzte.

Gloria hatte die obere Straße gewählt. Sie beschleunigte und raste mit hoher Geschwindigkeit durch die enge Straße. Ein Paar, das aus einer der Bars kam und die Straße überqueren wollte, konnte sich nur durch einen Hechtsprung retten.

Als sie auf die Straße bog, die auf die lang gestreckte Halbinsel hinanführte, hatte sie die Taxe überholt und ihr mehr als zweihundert Meter abgenommen. Gloria kannte jeden Meter der kurvenreichen Straße. Als sie die Villa Italia passiert hatten, schaltete Gloria auf den nächsten fünfhundert Metern das Licht aus.

Als der Mercedes mit kreischenden Bremsen vor dem Gittertor hielt, blendete Gloria die Scheinwerfer auf und hupte dreimal kurz. Der Chilene schloss das Tor auf, ließ den Mercedes passieren, der rückwärts in die Garage setzte. Der Chilene hinkte auf das Eingangsportal des Hauses zu, Gloria rannte von der Garage herbei. Dann wurde das Eingangsportal geöffnet. Valeria erschien im hellen Lichtkegel. Der Chilene drängte sie zurück. Gloria schlüpfte hinein und warf die hohe Eichentür ins Schloss. Dann lief sie weiter zum Wandschrank, riss ihn auf und löste die beiden Gewehre aus den Halterungen.

Der Chilene zog das Mädchen am Arm Richtung Kellertreppe und winkte Gloria zu sich. Er nahm ihr eines der Gewehre aus der Hand, lud es durch und schob den Sicherungshebel hoch.

»Jetzt brauchst du nur noch abzudrücken!«, sagte er ruhig. »Geh nach unten in den Fitnesskeller. Er hat einen Ausgang, der in den Park führt. Hau ab, wenn hier oben etwas schiefläuft. Wir bekommen Besuch.«

Valeria nahm das Gewehr und lief die Treppe zum Fitnesskeller hinab. Gloria riss die Schublade einer Kommode auf, klemmte sich zwei Ersatzmagazine unter den Arm und zeigte auf die Küche. Der Chilene nickte und hinkte in sein Arbeitszimmer. Es hatte einen Zugang zur Terrasse und auf der anderen Seite ein Fenster, von dem aus das Eingangstor in seinem Blickfeld lag.

Er hatte angenommen, dass Igor das Taxi spätestens an der Schotterkreuzung verlassen, einen weiten Bogen schlagen und das Haus von der mit Buschwerk und niedrigen Sandelkiefern dicht bewachsenen Steilküste anschleichen würde. Um so überraschter war er, als das Taxi mit voll aufgeblendeten Scheinwerfern bis vor die Auffahrt zu seinem Haus fuhr und hielt. Er sah, wie Igor den Taxifahrer bezahlte und ein paar Worte mit ihm wechselte. Der Taxista stellte Scheinwerfer und Motor ab und machte keine Anstalten wegzufahren. Igor stieg aus und ging langsam auf das große Gittertor zu. Dann hörte er den Türsummer und ging auf den Flur. Gloria kam aus der Küche, das Gewehr in der Hand, und sah ihn fragend an. »Wenn er mich sprechen will, lass ihn herein«, sagte der Chilene. »Aber durchsuche ihn nach Waffen.«

Gloria nickte, ging zur Gegensprechanlage, betätigte den Sender und fragte: »Was wollen Sie?«

»Ich will deinen Chef sprechen!«, schallte die Stimme Igors aus dem Lautsprecher.

»Gut!«, sagte Gloria. »Drücken Sie gegen das Tor. Es wird aufspringen, wenn Sie einen Summton hören. Dann spazieren Sie schön langsam durch die Tür und heben die Hände über den Kopf, wenn sie hinter Ihnen ins Schloss fällt. Sollten Sie vergessen, die Arme über den Kopf zu heben, werden Sie es das letzte Mal in Ihrem Leben vergessen haben.«

»Ich werde es nicht vergessen, Sie haben mein Wort«, gab Igor gelassen Antwort.

Der Chilene schob einen Sessel im Wohnzimmer nahe an die Tür zum Flur und setzte sich so hinein, dass die Haustür in seinem Blickfeld lag, zog seine Pistole aus dem Schulterhalfter und nickte Gloria zu. Sie drückte den Knopf, der die Gittertür an der Zufahrt öffnete, klinkte die Haustür auf und presste sich mit dem Rücken gegen die Stirnseite des Flurs. Dann knirschten Schritte im Kies der Auffahrt, kamen näher und ohne Zögern die drei Stufen zur Eingangstür hinauf.

Igor pochte einmal kurz gegen die Tür, öffnete sie und trat in den Flur. Gloria stieß den Gewehrlauf in seinen Rücken und mit dem Fuß die Tür zu. Igor hob langsam die Hände über den Kopf.

»Die Hände schön oben lassen und das Gesicht zur Wand!«, kommandierte Gloria.

Igor drehte das Gesicht zur Wand und sagte: »Meine Waffe steckt hinten rechts im Hosenbund.«

Glorias Hand zuckte vor und riss die Pistole hinten rechts aus dem Hosenbund.

»Ich bin nämlich Linkshänder«, fügte Igor hinzu und kicherte. Es war ein unangenehmes, nervöses Kichern.

»Gut, Junge!«, sagte Gloria. »Dann dreh dich herum und geh jetzt mit erhobenen Händen vor mir her und durch die erste Türe rechts. Dort setzt du dich an den Glastisch und legst beide Arme schön langsam und ausgestreckt darauf. Und ich rate dir, bleib die ganze Zeit so sitzen, sonst ist es das letzte Mal, dass du an einem Tisch gesessen hast.«

»In Ordnung, Mütterchen!«, sagte Igor spöttisch, durchquerte mit erhobenen Armen das Wohnzimmer, schob mit dem Fuß einen der niedrigen Stühle von dem kleinen Glastisch weg und setzte sich. Dann legte er langsam beide ausgestreckten Arme auf die Tischplatte. Selbst wenn er gewollt hätte, ohne die Arme an den Körper zu ziehen, hätte er aus dieser Position nicht aufstehen können.

Gloria ging, das Gewehr auf ihn gerichtet, zur Wand und drückte mit dem Ellenbogen einen Schalter herunter. Eine starke Halogenlampe blendete ihn.

»Guten Abend, Igor!«, sagte der Chilene und rückte den Sessel neben der Tür in Richtung des Glastischs. »Ich nehme an, du bist gekommen, um mir ein Angebot zu machen.«

»Das ist richtig!«, bestätigte Igor.

»Dann höre zuerst meine Forderungen und überlege, ob du mir ein entsprechendes Angebot machen willst«, fuhr der Chilene fort.

»Gut!«, erwiderte Igor. »Du kannst, wie jeder unter der Sonne, Forderungen stellen.«

»Ihr verschwindet von der Insel. Die Leute, für die Wanja und du arbeiten, lassen zwei Jahre lang ihre Finger von Mallorca, keine Drogen, keine Mädchen, keine Schutzgelder, keine Killer. Nach zwei Jahren kommst du alleine zurück, Igor, und ich übergebe dir den Laden. Zwei Wochen lang zeige ich dir, wie der Hase hier läuft. Dann setze ich mich in eine Maschine nach Südamerika, und ihr könnt machen, was ihr wollt.«

»Deine Forderung ist unerfüllbar«, sagte Igor. »Ich könnte jetzt lügen und darauf eingehen. Aber die Leute, für die Wanja und ich arbeiten, würden mir ins Gesicht lachen.«

»Gut!«, sagte der Chilene. »Dann geh! Gloria wird dir deine Pistole, aber nicht das Magazin wiedergeben.«

»Sei nicht dumm«, meinte Igor, »hör dir erst mein Angebot an. Wenn du mit uns zusammenarbeitest, beteiligen wir dich am Geschäft.«

»Du hast meine Forderung gehört. Du hast zugegeben, dass du nicht der Mann bist, mit mir darüber verhandeln zu können. Also verlass mein Haus. Ich habe dich nicht hergebeten.«

»Nun heb langsam wieder die Hände über den Kopf, Junge«, sagte Gloria.

Der Passeig Maritim leerte sich. Der Kellner des Straßencafés stellte die Stühle auf die Tische, und Wanja und der lange Bulgare brachen auf. Pepe Rogalzky folgte ihnen durch die engen Gassen der Altstadt, die sie scheinbar ziellos durchwanderten, mal in die eine oder andere Kneipe schauten, die noch geöffnet hatte.

Plötzlich hatten die Wolken die letzten hundert Meter wie im Sprung zurückgelegt, und ein Platzregen ging über Palma nieder. Pepe Rogalzky konnte sich gerade noch in eine Toreinfahrt retten. Die beiden Männer liefen ein paar Schritte durch den Regen und verschwanden in einer Bar. Die Luft kühlte sich schlagartig ab. Aus dem Osten der Insel rollte Donner heran, Blitze zuckten über dem Meer. Pepe Rogalzky rauchte seine letzte Zigarette. Eine halbe Stunde später hörte der Regen auf. Die ganze Stadt war in warmen Dunst gehüllt.

Kurz darauf verließen die beiden Männer die Bar und schlugen die Richtung Plaça Major ein.

An ihnen dranzubleiben, war schwer, weil kaum noch Menschen unterwegs waren. Manchmal blieb Pepe Rogalzky, in einen Hauseingang gepresst, stehen und lauschte auf das Geräusch ihrer Schritte.

Die beiden Männer waren plötzlich nach links abgebogen, und Pepe Rogalzky wurde mit einem Schlag klar, was ihr Ziel war: seine Wohnung! Als er vorsichtig um die Ecke spähte, sah er, dass sie vor dem blassgrün getünchten Nachbarhaus Halt gemacht hatten. Der lange Bulgare lehnte an der Hauswand und zündete sich eine Zigarette an, während Wanja im Hauseingang stand und sich an der Tür zu schaffen machte.

»Sie haben sich in der Hausnummer vertan«, dachte Pepe. Aber sein zweiter Gedanke war schon: »So blöd können sie doch nicht sein!« Sein dritter Gedanke elektrisierte jede Faser seines Körpers. »Großer Gott, jemand hat ihnen den Weg über den Dachboden verraten!«

Pepe zog sich die Schuhe von den Füßen und steckte sie unter den Arm. Dreißig Sekunden später waren die beiden Männer im Nachbarhaus verschwunden, und Pepe spurtete los. Er hatte die hundert Meter vom Anfang der Gasse bis zur Haustür noch nie zuvor so schnell zurückgelegt. Er schloss auf und hastete die Treppen hinauf.

»Ich bin's, der Pepe!«, flüsterte er vor der Wohnungstür und betete zu Gott, dass ihn die verrückte Mörderin gehört hatte. Er schloss auf und warf sich zur Seite.

Die alte Roja hatte sich in ihrem Schaukelstuhl halb aufgerichtet und stieß ihm die Mündung der abgesägten Schrotflinte in die Rippen. Dann öffnete sie ihr breites Froschmaul, um einen ihrer wüsten Flüche auszustoßen, als Pepe mit einer blitzschnellen Handbewegung den kurzen Lauf der Flinte zur Seite drückte und der alten Roja die Hand auf den Mund presste. Er neigte seinen Mund an ihr großes Ohr, das wie das welke Blatt einer Ranke aus dem Drahtverhau ihrer Haare baumelte. »Sie kommen über den Dachboden!«, flüsterte er und zeigte mit dem Daumen der anderen Hand zur Decke. Dann löste er seine Hand vom Mund der alten Mörderin und lief ins Wohnzimmer.

Birgit lag auf dem durchgesessenen Sofa und hatte eine Decke über sich gebreitet. Ihr rechter Arm war von der Couch gesunken und hing schlaff zu Boden. Pepe verschloss ihr den Mund mit einer Hand und rüttelte mit der anderen an ihrer Schulter. Das Mädchen zuckte im Schlaf zusammen, riss dann die Augen auf und begann, wie verrückt zu strampeln. Dann erkannte es Pepe und sah, wie er einen Finger auf die Lippen legte und nach oben zum Dach zeigte. Deutlich konnte man nun auf dem Dach ein Quietschen hören. Jemand hatte die Luke auf dem Dach des Nachbarhauses geöffnet. Pepe zog das verstörte Mädchen in den Flur.

»Auf dem zweiten Treppenabsatz ist rechts eine Tür. Dahinter liegt eine Abstellkammer. Schließ dich dort ein! Lauf nicht auf die Straße!«, flüsterte er und schob das Mädchen aus der Wohnungstür.

Dann rannte er ins Schlafzimmer, warf sich flach auf den Boden, robbte zu dem großen kastlilischen Bett, rollte in fliegender Hast eine der Bettdecken zu einer großen Wurst zusammen und schob sie unter die andere Bettdecke. Über dem Bett klapperte auf dem Dach eine lose Pfanne. Dann huschte er aus dem Schlafzimmer, dessen Tür weit geöffnet war. Die alte Roja hatte sich hinter das durchgesessene Sofa gekniet und hielt die Schrotflinte im Anschlag. Pepe hockte sich neben das dunkelgebeizte Sideboard hinter dem großen Wohnzimmertisch, hob zwei Finger der einen Hand und deutete mit dem Zeigefinger der anderen auf das Schlafzimmer. Die alte Mörderin nickte. Sie hatte verstanden.

Aus dem Schlafzimmer drang ein leises Knirschen. Dann bauschte sich die weiße Leinengardine vor dem Fenster auf und wurde zur Seite gezogen. Wanja schwang sich am Fensterrahmen hinein und landete unhörbar auf dem Boden. Er glitt zur Seite, wo das Bett stand. Sofort folgte der lange Bulgare. Er duckte sich, zog eine Pistole mit aufgeschraubtem Schalldämpferaufsatz aus dem Hosenbund und schlich auf die Tür zu. Die alte Roja hob einen Finger. Pepe nickte. Sie würde den Ersten übernehmen.

Die Federung des alten Bettes quietschte auf, als Wanja sich auf es warf. Der Bulgare huschte ins Wohnzimmer und lief auf das Sofa zu, hinter dem die alte Roja hervorschoss und ihm den Kolben der abgesägten Schrotflinte so gegen das Kinn hämmerte, dass er wie ein Schnappmesser zusammenklappte und im Fallen die Decke des Wohnzimmertisches nach unten zog. Eine Vase mit einem Strauß vertrockneter, staubiger Rosen klatschte gegen das Sideboard und zerbrach klirrend.

Pepe Rogalzky wusste, daß Wanja nicht versuchen würde, übers Dach zu entkommen. Dafür hätte er auf das Fensterbrett steigen, auf das Dach greifen und sich nach oben ziehen müssen. Sie hätten ihn mit einem gezielten Schuss aus dem Fenster pflücken können. Er hatte vielmehr erwartet, dass Wanja dicht über dem Fußboden ins Zimmer hechten würde.

Die Bettfederung kreischte auf. Dann sah Pepe den verwischten Schatten eines lang gestreckten Körpers dicht unter dem oberen Querbalken der Türöffnung einen knappen halben Meter unter der Decke ins Zimmer hineinfliegen. Pepe konnte sich gerade noch zur Seite werfen, als zwei Kugeln dicht neben ihm in das Sideboard klatschten. Noch im Flug hatte Wanja auf ihn geschossen. Ein langer Holzsplitter bohrte sich in Pepes Bein. Wanja war quer durch das fast fünf Meter lange Wohnzimmer geflogen und bei der Tür zum Flur auf beiden Füßen in der Hocke gelandet. Mit dem Schwung der Landung warf er sich zur Seite und feuerte in Richtung des Sideboards, von dem Pepe aber schon weggehechtet war.

Da krachte die abgesägte Schrotflinte der alten Mörderin los, die sich kichernd hinter dem durchgesessenen Sofa vorgeschoben hatte.

Die erste Ladung riss Wanja das Hemd an der Seite in Höhe der Rippen auf. Blut klatschte an die Wand. Der zweite Schuss streute in den Flur und traf Wanjas rechten Oberschenkel. Dann hörten sie die Wohnungstür gegen die Wand schlagen und Schritte auf der Treppe.

»Ich hab' ihn erwischt, ich hab' ihn erwischt!«, kreischte die alte Mörderin und watschelte zum Fenster, während sie ihre Schrotflinte nachlud.

Pepe Rogalzky zog mit einem Ruck den handlangen Holzsplitter aus dem Bein und spurtete in den Flur. Er machte im Treppenhaus kein Licht und sprang die Treppe bis zum ersten Absatz in einem Sprung hinab. Als er den zweiten Treppenabsatz erreicht hatte, hörte er die Haustür klappen. Durch den Hausflur zog sich eine dünne Blutspur.

Als er auf die schmale Gasse kam, lag sie wie ausgestorben vor ihm. Der Mond hatte sich zwischen den Wolken hervorgewagt und warf sein silbernes Licht auf die nassen, dampfenden Steinplatten. Pepe schielte hinauf zum Wohnzimmerfenster. Der Lauf der abgesägten Schrotflinte zeigte auf die Toreinfahrt des Tischlers, die linker Hand fünfzig Meter weiter etwas zurückversetzt in einer hohen Mauer eingelassen war, und wippte zweimal. Pepe hatte verstanden. Er wechselte die Straßenseite und spurtete auf die Toreinfahrt zu. Hinter der Toreinfahrt lag ein kleiner Innenhof, in dem der Tischler Bretter und Balken lagerte. Von den Holzstapeln aus konnte man über eine Mauer leicht in den nächsten Innenhof wechseln. Der zweite Innenhof hatte einen Ausgang, der in die nächste Quergasse mündete, die geradewegs zum Passeig Maritim herabführte. Würde Wanja nicht diesen Weg über die Innenhöfe wählen, musste er wieder aus der Toreinfahrt heraus, und da konnte ihn die alte Mörderin mit ihrer Schrotflinte erwischen und ihn mit zwei Ladungen so zusammenschießen, dass er es nur noch durch ein Wunder bis zum Ende der Gasse schaffen könnte.

Pepe Rogalzky rannte an der Toreinfahrt vorüber und bog dann scharf nach links in Richtung Passeig Maritim ab. Auf dem feuchten Pflaster bemerkte er Blutspritzer. Wanja musste trotz seiner Verletzung schnell wie ein Windhund sein. Im Laufen steckte Pepe die Beretta in den Schulterhalfter. Auf seinem Weg hinunter zum Passeig Maritim begegnete ihm keine Menschenseele.

Als er um die weit gezogene Krümmung der Gasse rannte, sah er Wanja vor sich. Er hatte einen Betrunkenen niedergeschlagen und zog sich im Laufen dessen Jackett über die Schultern.

Die Gasse mündete auf der Plaça Drassana. Wanja hatte seinen Verfolger schon längst bemerkt. Auf der Plaza hatte ein Junge seine Vespa im Schatten einer Toreinfahrt aufgebockt. Sein Mädchen hatte sich über den Sitz der Vespa gebeugt und den Rock hochgehoben. Als der Junge sich in sie hineindrängen wollte, flog er plötzlich zwei Meter zur Seite und prallte mit dem Kopf gegen einen Pfeiler der Toreinfahrt. Das Mädchen spürte die Handkante wie einen scharfen Messerschnitt im Nacken. Dann sank es lautlos an der Vespa herab aufs Pflaster.

Wanja wirbelte herum, in einer Hand seine Pistole mit dem aufgeschraubten Schalldämpfer. Er suchte die Plaza und ihre Schatten mit Blicken ab, konnte aber keine Spur seines Verfolgers entdecken.

Pepe Rogalzky war bei der Plaça Drassana scharf nach links abgebogen, spurtete bis zur Plaça Llotja und von dort zum Passeig Maritim. In fliegender Hast schob er die Zahlenkombination des Kettenschlosses in die richtige Reihenfolge. Dann zog er die geöffnete Kette durch das Hinterrad und schob die Crossmaschine hinter den Stapel aufeinander getürmter Stühle des nächsten Straßencafés. Wenig später sah er die Vespa mit Wanja darauf aus der Avenida d`A. Maura auf den Passeig Maritim biegen und in Richtung Arenal davonfahren. Er startete die Crossmaschine, schoss hinter dem Stapel Stühle hervor, überquerte die Fahrbahnen des Passeig Maritim und riss vor dem Grünstreifen zur Gegenfahrbahn das Vorderrad der Maschine hoch und drehte das Gas so weit auf, dass die Maschine abhob und über den Grünstreifen hinwegflog. Auf der Gegenfahrbahn ließ er das Hinterrad nach links wegrutschen, fing die Maschine ab und preschte in Fahrtrichtung davon.

Wanja hatte sich das Jackett zugeknöpft. Der Fahrtwind, der ihm unter die Jacke wehte, ließ das Blut langsamer aus seinem Körper fließen. Er beobachtete im Rückspiegel der Vespa den Passeig Maritim und konnte keinen Verfolger entdecken. Auf der Autopista de Llevant näherte sich ihm ein Rudel Taxen. Wanja drosselte die Geschwindigkeit, und alle Taxen zogen an ihm vorbei.

Zu seinem Glück hatte das Jackett, das er erbeutet hatte, eine dunkelrote Farbe, so dass man den großen Blutfleck, der sich nun auf der Seite abzeichnote, auch für einen Wasserfleck halten konnte. In Arenal bog er in Höhe des Balneario 11 von der Carretera del Arenal nach links ab, schlängelte sich durch ein paar Seitenstraßen und erreichte in Höhe des Balneario 1 wieder die Uferstraße. Jetzt war sich Wanja sicher, dass ihm niemand gefolgt war. Der Schmerz in seiner Seite war stärker geworden und schwoll jedes Mal, wenn er Atem holte, bis zur Unerträglichkeit an. Dennoch war Wanja voller Zuversicht. Auf der Überlandstraße nach Llucmajor kannte er eine Scheune, die am Rande eines Feldwegs nahe der Straße lag. Wenn er die erreichte, konnte er ein paar Stunden ausruhen. Er bog von der Uferstraße Avenida Miramar nach links in die Calle San Cristobal ab und fuhr auf den Kreisverkehr zu. Einige Minuten hatte er den Rückspiegel nicht kontrolliert. Als er nun hineinblickte, sah er in hundert Metern Abstand die Motocrossmaschine. Beim ersten Blick schöpfte er noch keinen Verdacht, aber irgendetwas irritierte ihn an dem verschwommenen Abbild des Mannes, der auf der Maschine saß. Er wischte mit dem Ärmel des Jacketts über den Spiegel, auf dem der warme Nachtdunst kondensiert war. Als er in den Kreisverkehr am Ende der Calle San Cristobal einbog, lag die Motocrossmaschine kaum noch fünfzig Meter hinter ihm. Deutlich erkannte er Pepe Rogalzky, der in dem Augenblick eine Hand vom Lenker löste und zum Gruß erhob.

In einer Reflexbewegung bog Wanja rechts aus dem Kreisverkehr und gab Gas. Aber die schnellere Crossmaschine schob sich immer näher an ihn heran. Wanja zog die Pistole aus dem Hosenbund, aber er schaffte es nicht, seinen Körper weit genug nach hinten zu verdrehen, um einen gezielten Schuss abzugeben. Offensichtlich hatten ein paar Schrotkugeln eine Rippe angebrochen, die unerträglich in seinem Fleisch bohrte, wenn er den Körper zu drehen versuchte. Er schielte mit einem Auge in den Rückspiegel, legte den Lauf der Pistole auf die Schulter und drückte auf gut Glück ab. Das Geschoss flog mehrere

Meter an der Crossmaschine vorbei, die jetzt nicht mehr als dreißig Meter hinter ihm lag. Auf der langen, schnurgeraden Straße würde ihn Pepe Rogalzky bald eingeholt haben.

Wanja steckte die Pistole zurück in den Hosenbund, schaltete das Gas herunter und lenkte in einer scharfen Kurve auf den Parkplatz vor dem Aquacity-Wasserpark. Sofort schaltete er den Scheinwerfer aus und drehte das Gas bis zum Anschlag auf. Dann duckte er sich hinter den Lenker und steuerte den hohen Maschendrahtzaun an. Er durchschlug ihn mit voller Wucht. Die Vespa bäumte sich auf dem glitschigen Rasen auf und hob ab. Im Scheitelpunkt ihres Fluges stieß sich Wanja von der Maschine ab, breitete die Arme aus und segelte auf einen großen blühenden Oleanderbusch zu. Als er die Äste des Buschs durchschlug, raubte ihm der Schmerz für ein paar Sekunden die Besinnung. Ein Ast hatte sich in seinen Oberarm gebohrt. Er riss den Arm frei und ließ sich auf den feuchten, kurz geschorenen Rasen gleiten. Er sah, wie die Motocrossmaschine durch das große Loch im Maschendrahtzaun schoss.

Wanja kam auf die Beine und rannte zwischen den Büschen hindurch auf die Wasserbassins zu. Pepe Rogalzky bemerkte die Bewegung im Astwerk der Büsche, gab Gas und folgte Wanja in Richtung der Wasserbassins. Die erste Kugel pfiff dicht über Pepes Kopf hinweg. Er duckte sich hinter dem Lenker und schlitterte zwischen den Büschen hindurch. Die zweite Kugel fetzte gegen das Schutzblech des Hinterrads, und Pepe verriss den Lenker der Crossmaschine, die sich wie ein bockendes Pferd aufbäumte und ihn abwarf. Im Fallen zog Pepe die Beretta aus dem Schulterhalfter und schoss zweimal auf Wanja, der nach rechts in Richtung Eingang ein freies Stück Wiese überqueren wollte. Wanja schlug einen Haken und lief auf den Weg zu, auf dessen linker Seite die Aufgänge zu zwei Fun-Rutschen lagen. Wenn es ihm gelingen würde, das unübersichtliche Gelände am Ende des betonierten Weges zu erreichen, hätte er gute Chancen, ein Versteck zu finden. Pepe Rogalzky nahm hinter einer Bank Deckung und gab ein paar Schüsse ab. Wanja drehte ab und lief auf eine eiserne Wendeltreppe zu, die sich in engen Kurven zu einer Plattform hinaufwand. Am Ende der Plattform gähnten die schwarzen Schlünde eines halben Dutzend Röhren, die steil abwärts führten und in halber Höhe über dem Wasserbecken in verwirrenden Knoten ineinander verschlungen waren.

Pepe Rogalzky spurtete im Zickzack auf die Wendeltreppe zu. Links und rechts von ihm klatschten Kugeln auf den Beton. Als er die Wendeltreppe erreicht hatte, bot er dem Schützen, der irgendwo über ihm die Treppe erklomm, kein Ziel mehr. Geduckt hastete Pepe die Stufen hinauf. Er hörte über sich den dumpfen Klang von Schritten. Wanja musste nun die Plattform erreicht haben. Der Klang der Schritte erstarb.

Als die Plattform nur noch einen Meter über Pepe lag, presste er sich zwischen zwei Stufen und schnallte das Schulterhalfter ab. Auf der Plattform würde er wie auf dem Präsentierteller sein. Wenn Wanja in einer der Röhren lauerte, könnte er ihn abknallen. Wenn er aber einen Fehlschuss abgab, dann würde Pepe wissen, in welcher Röhre Wanja steckte. Er brauchte sie nur unter Feuer zu nehmen. Die Querschläger in den engen Röhren würden Wanja keine Chance lassen.

Pepe Rogalzky warf das Schulterhalfter auf die Plattform. Es klatschte mit einem dumpfen Geräusch auf das Metall. Nichts geschah. Dann robbte er über die Plattform und lauschte. Aus den Röhren drang kein Laut. Er ließ seine Blicke über die dunkel klaffenden Schlünde der Röhren gleiten. Am Rand einer der Öffnungen bemerkte er feucht glänzende Flecke, die den Abdruck von fünf Fingern bildeten. Pepe kroch näher. Es war der Abdruck einer blutigen Hand, ein deutliches Zeichen. Zu deutlich für Pepe Rogalzky.

Pepe kroch bis zur letzten Röhre links außen. Hier fand er, was er suchte, ein paar Blutstropfen, die in der steil abwärtsführenden Röhre nach unten gerollt waren.

Pepe kroch zurück zu der Röhre mit dem Abdruck der blutigen Finger. Er nahm das Schulterhalfter, legte es in die steil abwärtsführende Röhre und gab ihm einen Stoß. Dann lauschte er einen Moment auf das leise schabende Geräusch in der Röhre, als das Schulterhalfter in die Tiefe glitt.

Pepe huschte zu der Röhre rechts außen, nahm Anlauf und sprang mit einem Hechtsprung kopfüber in den Schlund hinein. Während der rasendschnellen Fahrt in die Tiefe verlor er ein paar Sekunden in der Schwärze die Orientierung, wo oben und wo unten war. Dann vernahm er ein leises Klatschen. Das Schulterhalfter war aus der Röhre geflutscht und auf das Wasser aufgeschlagen. Vor sich hörte er ein leises Schaben, dem er schnell näher kam. Wenn Wanja in der Mitte der Röhre, wo die spiralförmige Verknotung mit den anderen Röhren begann, gewartet hatte, bis die Rutschgeräusche des Schulterhalfters in der mittleren Röhre erklangen, würde er ein Stück in der Röhre herabrutschen und die letzten Meter abbremsen. Dann hätte er Pepe im Wasserbecken vor sich, eine Zielscheibe ohne jede Deckung. Von dem Zeitpunkt, als Pepes Schulterhalfter in das Wasser geklatscht war, bis jetzt waren kaum mehr als drei Sekunden vergangen. Mit einer ungeheuren Geschwindigkeit rutschte Pepe durch die letzte Krümmung der Röhre und sah vor sich eine zusammengekrümmte Gestalt, die aus dem Röhrenende auf das Wasserbecken hinausschaute. Da, jetzt hatte Wanja ihn gehört, drehte den Kopf und versuchte, die Pistole in Pepes Richtung zu bringen. Aber ehe er abdrücken konnte, hatte Pepe beide Arme hochgerissen, und seine Fäuste trafen Wanjas Kopf. Mit der Wucht zweier Torpedos flogen Pepes und Wanjas Körper aus der Röhre und klatschten dicht nebeneinander ins Wasser.

Pepe tauchte zur Seite hin weg. Als er wieder an die Oberfläche kam, fanden seine Beine auf dem Boden des Beckens Halt. Er wischte sich mit einer Hand das Wasser aus den Augen. Ein paar Meter rechts von ihm drehte sich Wanjas Körper langsam im Kreis. Er starrte aus leeren Augen in den Nachthimmel von Mallorca. Dann sank sein Leichnam in einer Blutwolke langsam unter Wasser.

Pepe Rogalzky watete aus dem Becken. Aus Richtung der Verwaltungsgebäude wehte Hundegebell herüber. Eine Taschenlampe blinkte auf. Geduckt rannte Pepe auf die Büsche zu, fand die Motocrossmaschine und richtete sie auf. Er schob sie mit Anlauf ein paar Meter über die Liegewiese, startete im Laufen den Motor und schwang sich in den Sattel. Dann jagte die Maschine durch das Loch im Maschendrahtzaun und verschwand im Dunkel der Nacht.

10. KAPITEL

Igor wusste, wo er Stanislaw um diese Zeit finden konnte. Er ließ sich von dem Taxi vor einer kleinen Bar in der Avinguda Joan de Miró absetzen. In der Eingangstür wurde eine kleine Klappe geöffnet. Der Türsteher zögerte, ihn hereinzulassen, Igors Gesicht war hier nicht bekannt. Er wechselte ein paar Worte auf Russisch mit dem Mann, dann ging die Tür auf. Der Türsteher, ein muskelbepackter Mann von knapp dreißig Jahren, führte ihn an der Bar vorbei zu einem kleinen Büro, klopfte an und schob ihn hinein. Dann kreuzte er die Arme über dem gewaltigen Brustkasten und lehnte sich mit dem Rücken an die Wand.

»Der Typ hier will dich sprechen, Stan«, sagte der Türsteher zu einem Mann, der hinter dem Schreibtisch vor einem Stapel Papiere saß und flüchtig aufblickte. Er hatte ein rundes, rosiges Gesicht, eine Halbglatze und eine fleischige Nase. Seine Augen waren von einem intensiven Hellblau und blickten mit einem milden, abgeklärten Glanz in die Welt. Der Mann sah so aus, dass jedes Kind ihn gern zum Onkel gehabt hätte.

»Igor!«, rief Stan, erhob sich halb aus seinem Bürostuhl, ließ die Arme einen halben Meter über den Papieren flattern und dann wieder auf die Schreibtischplatte zurückfallen. »Schön, dich zu sehen!« Dann plumpste er wieder auf seinen Schreibtischstuhl zurück.

Der Türsteher blickte Stan fragend an. Stan wedelte mit der Hand, als wolle er eine lästige Fliege verscheuchen, und der Türsteher verließ schweigend das kleine Büro.

»Setz dich!«, sagte Stan freundlich und wies auf ein Ledersofa, das in einigem Abstand an der Stirnseite des Büros stand und für den kleinen Raum viel zu groß war. Igor setzte sich und blickte auf die schmucklose, billige Plastikuhr, die hinter dem Schreibtisch an der Wand hing. Es war drei Uhr nachts. Wanja müsste jeden Moment eintreffen.

»Was führt dich zu mir, Igor?«, fragte Stan. »Warte, lass mich raten! Du willst mir ein Geschäft vorschlagen. Du bist schlau, du weißt, dass ich ein guter Partner für gute Geschäfte bin!«

Igor lauschte einen Moment auf die Musikfetzen, die aus der Bar herüberschallten, schwieg und konzentrierte sich dann auf den Sekundenzeiger, der das Zifferblatt der billigen Plastikuhr an der Wand umkreiste.

»Oder ist die Zeit für Geschäfte momentan nicht gut?«, fragte Stan. »Ihr Jungs habt ja in der letzten Zeit für mächtig viel Wirbel gesorgt. Ein Dutzend abgeschnittener Ohren und Nasen, ein Haufen zerdepperter Autos, hier ein toter Dealer, da ein toter Dealer, ein paar Leichen in Santanyí, ein Ballon, der aus dem Himmel fällt, das alles, würde ich sagen, trägt eure Handschrift.«

Igor zuckte gleichmütig die Achseln. »Denk, was du willst«, sagte er. »Du kennst die Tour. Es war nicht anders in Prag, es war nicht anders in Warschau, es war nicht anders in Budapest.«

Stan klatschte begeistert in die Hände. »Bravo!«, rief er. »Immer die gleiche Aufführung, wenn auch in wechselnder Besetzung. Aber immer beliebt, immer erfolgreich. Ich kann es beurteilen, denn schließlich saß ich schon ein paar Mal in der ersten Reihe und habe nach Ende der Vorstellung Blumensträuße auf die Bühne geworfen. Ziemlich große Blumensträuße sogar, sehr teure Blumensträuße.«

Igor nickte. »Du wusstest immer, wann es Zeit war, sich zu arrangieren. Du bist ein guter Diplomat, Stan.«

Stan beugte sich über den Schreibtisch vor, seine Augen hatten ihren milden Glanz verloren.

»Das ist nur die halbe Wahrheit, Igor«, sagte er. »Ich wusste auch immer, wann es Zeit war, das Feld zu räumen.« Mit einem Ruck lehnte er sich zurück und lachte, als hätte er einen guten Witz gehört. Dann beugte er sich plötzlich wieder vor. »Aber meine Nase sagt mir, dass es noch nicht an der Zeit ist, hier meine Koffer zu packen. Meine Nase sagt mir, dass ich noch ein Weilchen bleiben und meinem Geschäft nachgehen kann.«

Stan rieb sich fröhlich die Hände. Sein rosiges Gesicht erstrahlte in mildem Glanz.

»Du wirst schon das Richtige tun, da bin ich mir sicher«, meinte Igor. »Und nun zu dem Geschäft, das ich dir vorschlage, Stan. Du bringst Wanja und mich die nächsten zehn Tage bei dir unter. Dann fliegen wir für ein paar Wochen zurück. Aber unsere Plätze bleiben nicht frei. Man wird andere Jungs schicken. Ich arrangiere, dass man dich diese Saison in Ruhe deine Geschäfte machen lässt.«

Stan hatte sich in seinem Schreibtischstuhl wieder zurückgelehnt und trommelte mit den Fingern auf eine Armlehne.

»Mit dir habe ich kein Problem«, sagte er dann. »Du hast dein Wort stets gehalten, Igor. Mein Problem ist Wanja, und das weißt du genau. Die Sache mit dem Mädchen damals in Warschau hat mich tief gekränkt. Sie war gegen jede Absprache.«

»Das weiß er«, erwiderte Igor. »Und es tut ihm leid. Er wird sich bei dir entschuldigen.«

Stan schüttelte den Kopf. »Das genügt mir nicht!«, sagte er. »Er soll dafür zahlen.«

»Handle den Preis mit ihm selber aus. Er muss jeden Moment hier sein«, entgegnete Igor gleichmütig.

Doch Wanja kam nicht.

Pepe Rogalzky hatte die Kette mit dem Zahlenschloss am Pfahl noch vorgefunden und die Motocrossmaschine angeschlossen. Er warf einen Blick über den Passeig Maritim. Ein paar Taxen waren unterwegs. Die dunklen Wolkentürme waren zusammengebrochen. Ein paar Trümmer trieben am Himmel und stauten sich vor den Bergen der Tramuntana. Die Fleischwunde in seinem Bein pochte, und seine Handwurzelknochen schmerzten. Barfuß trottete Pepe durch die Gassen der Altstadt. Als er um die Ecke bog, sah er den Streifenwagen der Policia Local, der die enge Durchfahrt versperrte. Er kannte den Mann hinter dem Steuer. Er hieß Esteban Enriquez, und sein Sohn war ein Schulkamerad des kleinen Carlos'.

»Bei dir in der Wohnung ist geschossen worden, Pepe!«, sagte der Beamte und lehnte sich aus dem Fenster. »Señor Vellerde ist im Haus, aber die alte Roja will ihn nicht in die Wohnung lassen.«

Pepe klopfte mit der flachen Hand auf das Wagendach und schloss die Haustür auf. Im Treppenhaus brannte Licht. Jaume Vellerde saß auf dem obersten Treppenpodest, den Rücken an die fleckige Wand gelehnt, und drehte ein Handy wie ein Spielzeug in der Hand.

»Das wird die alte Roja ein paar Jahre kosten«, sagte er und zeigte mit dem Daumen auf die Wohnungstür.

»Das wird es nicht!«, widersprach Pepe Rogalzky, reichte Jaume die Hand und zog ihn auf die Beine.

»Bist du es, Pepe?«, schrie die alte Mörderin aus der Wohnung.

»Ja«, antwortete Pepe Rogalzky. »Ich komme jetzt rein und bringe meinen Freund Jaume Vellerde mit.«

Die alte Roja hockte in ihrem Schaukelstuhl und hatte eine Decke über Schoß und Beine gelegt. Der abgesägte Lauf der Schrotflinte ragte unter der Decke ein Stück hervor.

»Wenn du einen Waffenschein für das Ding hast, werde ich auf der Stelle evangelisch!«, sagte Jaume, als er sich an dem Schaukelstuhl vorbeizwängte. Dann folgte er Pepe ins Wohnzimmer. Das Mädchen, das auf dem durchgesessenen Sofa lag, zuckte aus dem Schlaf hoch, rieb sich die Augen, raffte wortlos das Laken zusammen und ging ins Schlafzimmer.

»Ein Gast«, sagte Pepe Rogalzky. Jaume ging hinüber zum Sideboard und betrachtete die Einschusslöcher. Dann ließ er die Blicke über den Türrahmen gleiten, auf dem die Schrotladungen ihre Spuren hinterlassen hatten.

»Sie sind ins Nachbarhaus und von dort übers Dach und durchs Schlafzimmerfenster hereinspaziert«, erklärte Pepe Rogalzky, gähnte, warf sich auf das durchgesessene Sofa, dessen Federn gequält aufschrien, und legte die Füße hoch. »Wo hast du den Bulgaren, Roja?« rief er und drehte den Kopf Richtung Flur.

»Er sitzt in der Dusche«, rief die alte Roja aus dem Flur.

»Bitte!«, sagte Pepe und zeigte auf die Badezimmertür.

Jaume Vellerde ging ins Badezimmer und zog den Duschvorhang zur Seite. In der Dusche saß ein hochgewachsener muskulöser Mann, dessen Körper mit breitem Teppichklebeband wie eine Mumie umwickelt war. Auf seinem Mund klebte ein großes Heftpflaster. Um seinem Hals war eine Schlinge aus fester Paketschnur zugezogen. Das straffgezogene Ende der Paketschnur war am Duschgestänge verknotet.

»Polizei!«, sagte Jaume Vellerde und hielt dem Mann seinen Ausweis vor die Nase. »Ich verhafte Sie, weil sie in diese Wohnung eingebrochen sind.«

Dann löste er kopfschüttelnd die Schlinge vom Hals des Mannes, zog den Duschvorhang zu und kam aus dem Badezimmer heraus.

»Seine Waffe liegt auf dem Tisch«, sagte Pepe, der die Augen geschlossen und sich auf dem durchgesessenen Sofa auf die Seite gerollt hatte.

»Jetzt will ich deine Story hören, Pepe!«, sagte Jaume Vellerde und setzte sich an den Tisch.

Pepe begann mit dem Besuch, den die beiden Smarties Roger Schippengöt vor drei Tagen abgestattet hatten, kam zu den demolierten Vans, erwähnte kurz das Treffen im Menta in Port d'Alcúdia, ließ die nächtliche Szene am Strand aus und wechselte sofort zu den Ereignissen der heutigen Nacht. Er hatte nicht mehr als fünf Minuten für seine Story benötigt.

Jaume Vellerde versuchte, jemanden im Aquacity zu erreichen. Nach einigem Hin und Her gelang es ihm, den Wachmann ans Telefon zu bekommen. Der hatte mit seinem Hund das Loch im Maschendrahtzaun entdeckt und die Vespa auf der Wiese gefunden und beides der Polizei in Palma gemeldet, die versprochen hatte, am Morgen einen Beamten vorbeizuschicken. Dann hatte der Wachmann seine Zeit damit verbracht, das Loch im Zaun notdürftig zu flicken. Eine Leiche im Wasserbecken der Knotenröhre war ihm nicht aufgefallen. Diesen Teil des Wasserparks ging er nur einmal in der Nacht ab.

Jaume Vellerde sagte ihm, er solle beim Eingang bleiben und die Beamten hereinlassen, die er in ein paar Minuten vorbeischicken werde. Dann telefonierte er mit der Polizeipräfektur und schickte einen Streifenwagen nach Aquacity. Als Esteban Enriquez dem Bulgaren Handschellen angelegt und ihn aus dem Klebeband gewickelt hatte, war Pepe Rogalzky auf dem durchgesessenen Sofa schon eingeschlafen.

Obwohl Denis Deville erst weit nach Mitternacht zu Bett gegangen war, schlief er unruhig und wachte lange vor Morgengrauen auf. Er wusste, dass er nicht mehr einschlafen und den ganzen Tag schlechte Laune haben würde. Er goss sich ein Glas Fruchtsaft ein und ging im großen Wohnraum auf und ab, ohne Licht zu machen.

Nein, er traute Irene keinen Mord zu, nicht der schreckhaften Irene, die bei jedem ihr fremden Geräusch zusammenzuckte und ständig wegen irgendetwas ein schlechtes Gewissen hatte.

»Aber zehn Jahre sind eine lange Zeit«, dachte Denis. »Da können sich Menschen schon verändern.«

Vor zehn Jahren war er Irene das letzte Mal begegnet. Er erinnerte sich noch genau an diesen Tag. Er hatte sich mit dem leitenden Ingenieur der finnischen Werft im Holiday Inn in Frankfurt getroffen. Sie hatten die letzten Änderungen der U-Boot-Baupläne durchgesprochen. Der Ingenieur war gegen Mittag zum Flughafen gefahren, er hatte am späten Nachmittag noch einen Termin in London.

Zum ersten Mal, seit er die Idee mit dem U-Boot auf Mallorca gehabt hatte, war er sich völlig sicher, dass der Bau gelingen würde. Die meeresgeologischen Untersuchungen waren abgeschlossen, die Strömungsverhältnisse im Tauchgebiet waren optimal, und seitdem er den Admiral im spanischen Marinekommando näher kennengelernt hatte, waren auch von der Seite keine Einwände mehr zu erwarten.

Er hatte das Holiday Inn mit einem seltenen Hochgefühl verlassen und spazierte zum Mainufer hinunter. Es war ein schöner, klarer Herbsttag. Die Luft war frisch und angenehm. Und plötzlich kam ihm Irene entgegen. Sie war ganz in Schwarz gekleidet. Ihr schönes, schwarzes Haar war auf Streichholzlänge abgeschnitten. Sie sah dünn und zerbrechlich aus, und als ein Windstoß in ihren weiten, schwarzen Umhang fuhr, fürchtete er, Irene würde vor ihm in die Luft gerissen und auf den Fluß hinausgeweht.

Irene hatte ihn erkannt, machte jedoch keine Anstalten, ihn zu begrüßen, sondern blieb einfach stehen und hob eine Hand, die in einem schwarzen Seidenhandschuh steckte, an die Wange. Er konnte sie doch nicht einfach so stehen lassen, hatte sie untergehakt und war mit ihr am Mainufer entlangspaziert. Irene kam gerade von der Beerdigung ihrer Mutter, die in Frankfurt völlig vereinsamt in einem kleinen Apartment gelebt hatte und über Nacht an einem Schlaganfall gestorben war. Nein, Birgit hatte sie nicht zur Beerdigung mit nach Frankfurt genommen. Sie war mit ihrer Schulklasse für eine Woche in einem Landschulheim, und sie wollte dem Kind die schöne Zeit nicht verderben. Nein, zu Holger hatte sie keinen

Kontakt mehr. Er schickte jeden Monat einen Scheck, wie sie es vereinbart hatten, aber manchmal ließ er sich etwas Zeit damit, dann wurde es ziemlich knapp, besonders, wenn an dem Haus etwas zu reparieren war.

Er hatte nach der Höhe des monatlichen Schecks gefragt, und Irene hatte keine Sekunde mit der Antwort gezögert. Das war wirklich hart von Holger. »Warum hast du dich mit dem Taschengeld zufrieden gegeben und dir keinen Rechtsanwalt genommen?«, hatte er verblüfft gefragt.

»Er hatte mir so viel vorzuwerfen!«, hatte sie geantwortet.

»Dann musst du das Haus verkaufen!«, hatte er ihr geraten. »Das Haus wird dich auffressen. Auf Dauer wirst du es nicht halten können!«

Sie hatte sich von seinem Arm losgerissen und beide Hände an die Wangen gelegt. »Nicht das Haus!«, hatte sie gesagt. »Das Kind und das Haus sind alles, was ich habe. Ich will das Haus zumindest so lange halten, bis das Kind groß ist und eigene Wege geht.«

Denis Deville öffnete die Terrassentür. In der Nacht hatte es geregnet, die Fliesen glänzten noch vor Nässe. Er klappte einen Liegestuhl auseinander, der unter dem Vordach nicht nass geworden war, und legte sich hinein. Hätte Irene ihm damals doch bloß gesagt, dass Birgit sein Kind war, bestimmt hätte sich eine tragfähige Lösung finden lassen. Und er war sich damals toll vorgekommen, weil er noch im Hotel einen Scheck über fünftausend Mark in einen Briefumschlag gesteckt und ihn an Irene abgeschickt hatte.

Am Horizont zog der erste Silberstreif des erwachenden Morgens auf. Die Luft war angenehm frisch, und Denis gähnte herzhaft. Zugegeben, er hatte Holger damals ganz schön ausgepresst. Schließlich hatte er Holger ja auch in der Hand. Wer hatte denn damals die Dinger mit den Lebensmittelkontingenten aus den Ostblockländern gedreht? Holger, ganz allein Holger. Zwar waren sie Partner gewesen, aber bei diesen

Geschäften hatte sich Holger nie in die Karten gucken lassen. Als er dann für den Verkauf der Firma gewesen war, wer hatte sich denn gesperrt? Holger, der die Zeichen der Zeit nicht sehen wollte. Die Großen schluckten die Kleinen, das war das Gesetz der Branche. Hatten sie es nicht selbst so praktiziert? Und wäre da nicht Roger gewesen, der eines Tages mit den Unterlagen, die den ganzen Subventionsschwindel belegten, bei ihm auftauchte, hätten sie ein paar Jahre später den Gang zum Konkursrichter antreten müssen.

Denis Deville spürte, wie eine wohlige Müdigkeit ihn träge machte. In ein paar Minuten würde er einschlafen. Die Vergangenheit war nicht mehr zu ändern. Man trug sie mit sich herum, und wenn man den Mut hatte, sie gelegentlich aus ihrem staubigen Karton zu nehmen und vor sich auszubreiten, verlor sie ihre Schrecken.

Damals hatte er Holger die Einwilligung in den Verkauf der Firma mit den Unterlagen über den Subventionsschwindel abgepresst. Zehn Millionen hatten sie damals für ihre angeschlagene Firma noch bekommen. Sechs Millionen hatte er für das U-Boot gebraucht. Roger war anständig gewesen und hatte sich mit siebenhunderttausend begnügt. Er mochte Roger. Er war ihm in den Jahren auf Mallorca ein guter Freund geworden. Damals hatte sich Holger mit zwei Millionen begnügen müssen. Er hatte gehört, dass Holger mit seiner neuen Firma eine Million in den Sand gesetzt hatte. Wahrscheinlich war es Holger in den letzten Jahren nicht besonders gut gegangen.

Die Sache mit Birgit musste geregelt werden. Er war sich völlig sicher, dass sie den Mord an Holger begangen hatte. Warum bloß?

Denis Deville zuckte zusammen. Ein Eisenkrampen, der an einem fingerdicken Nylonseil befestigt war, flog über die Brüstung der Veranda. Das Nylonseil straffte sich, der Krampen grub sich mit seinen nach innen gebogenen Stahlspitzen tief in das harte Sandelholz der Brüstung.

Rogers erster Gedanke war, den Eisenkrampen aus seiner Verankerung zu reißen. Er wohnte im obersten Stock des viergeschossigen Apartmenthauses. Oder blieb ihm noch Zeit genug, die Pistole zu holen, die entsichert auf seinem Nachttisch lag?

Denis Deville sprang aus dem Liegestuhl auf und wollte in sein Apartment laufen, als er auf den nassen Fliesen ausrutschte und zu Boden fiel. Als er sich zur Seite drehte, sah er die Gestalt, die sich über die Brüstung schwang. Den Eisenkrampen hatte sie wohl von der Terrasse ein Stockwerk tiefer hinaufgeworfen. Seit dem Auftreffen des Krampen und dem Auftauchen der Gestalt war in etwa die Zeit vergangen, die ein geübter Kletterer brauchte, die vier Meter von einer Terrasse zur anderen zu überwinden.

Zuerst war das unangenehme Bimmeln in Pepe Rogalzkys Schlaf gedrungen, dann ein Rasseln, das auf- und abschwoll. Pepe Rogalzky taumelte zum schwarzen Telefon. Das Rasseln drang aus dem Flur. Dort hatte die alte Roja wohl endgültig vor dem Schlaf kapituliert.

Ali war am anderen Ende der Leitung. »Um Gottes willen, Ali, weißt du, wie viel Uhr es ist?«, fragte Pepe benommen.

»Und ob ich das weiß, du Penner!«, zischte Ali böse. »Schließlich habe ich die ganze Nacht nichts anderes getan, als durch das Fernrohr aufs Meer zu starren und alle fünf Minuten auf die Uhr zu schauen! Falls es dich interessieren sollte, unser Freund ist gerade in einem winzigen Schlauchboot in den Hafen von Portals Nous gepaddelt. Mit der Nussschale schaffst du es nicht, vom offenen Meer bis ans Ufer zu kommen. Er muss sein Aquascope ziemlich in der Nähe geparkt haben.«

»Gut!«, sagte Pepe Rogalzky. »Besorg dir ein Boot, Ali. Einen schnellen Flitzer! Und sollte unser Freund mit dem Schlauchboot noch mal raus und ich bin noch nicht bei dir, tu mir den Gefallen und pflüg ihn einfach unter!«

»Der wird sich erst mal aufs Ohr hauen«, sagte Ali. »Das habe ich übrigens auch vor. Ab acht Uhr kannst du wieder mit mir rechnen. Wenn du dafür bürgst, besorge ich Henris Rennboot.«

»In Ordnung!«, sagte Pepe. »Wenn ich zum Hafen komme, halte ich nach Henris Rennboot Ausschau.«

Pepe Rogalzky trottete zur Küche und nahm sich eine Tüte Milch aus dem Kühlschrank. Die Tür zur Abstellkammer stand weit offen. Auf dem Küchenboden lag der Seesack, in dem er seine Kletterausrüstung verstaut hatte. Er war geöffnet, Seile, Pickel und Steigeisen waren über den Boden verstreut.

Pepe war plötzlich hellwach. Er rannte hinüber ins Schlafzimmer. Das große, kastilische Bett war leer. Pepe wirbelte in der Schlafzimmertür herum. Er hatte seine Beretta vor dem Kopfende des alten Sofas griffbereit auf den Teppich gelegt. Die Waffe war verschwunden.

Pepe rannte zurück ins Schlafzimmer, griff sich aus dem Kleiderschrank ein frisches T-Shirt, flitzte ins Badezimmer, ließ sich kaltes Wasser übers Gesicht laufen und wollte sich das frische T-Shirt über den Kopf streifen. Er hielt plötzlich inne, rannte zurück ins Wohnzimmer und wählte in fliegender Hast Denis Devilles Telefonnummer. Er ließ das Telefon zwei Minuten bimmeln, warf dann den Hörer auf die Gabel, riss von einem Bücherbord den Band eines Naturlexikons, dessen Seiten in der Mitte ausgeschnitten waren, und nahm aus der Höhlung eine Mauserpistole. Auf dem Weg in den Flur steckte er sie unter das T-Shirt in den Hosenbund.

Die alte Roja schreckte aus dem Schlaf und blickte ihn verständnislos aus ihren rotgeränderten, entzündeten Augen an. »Wenn der Chilene anruft, sag ihm, er soll zum Hafen von Portal Nous kommen. Er wird Ali auf Henris Rennboot finden und soll sich alles von ihm berichten lassen!«, sagte Pepe Rogalzky. Als die alte Roja den Mund öffnete, um einen ihrer gotteslästerlichen Flüche auszustoßen, tätschelte er ihr die Wange und fügte hinzu: »Schlaf schön weiter, altes Walross!«

Igor hatte sich mit einer halben Flasche Wodka in eine Ecke der Bar gehockt und wartete. Aber Wanja kam nicht. Eines der Mädchen hatte sich eine Weile zu ihm gesetzt und versucht, ihn in ein Gespräch zu verwickeln, aber als Igor seine schweren Augenlider hob und ihm ins Gesicht starrte, war es schnell aufgestanden und hatte sich wieder zu den betrunkenen Belgiern an den Tisch gesetzt. Stan hatte im Büro noch einige Geschäfte abzuwickeln.

Um vier Uhr ging Igor zum Münzautomaten in den Flur und rief die Bulgaren in ihrem Haus in Valldemossa an. Sie waren in heller Aufregung. Als sie von ihrem Auftritt im Delta zurückgekommen waren, hatten sie das Haus in einem totalen Chaos vorgefunden. Alle Schränke waren aufgebrochen, der Inhalt in den Zimmern verstreut. An manchen Stellen waren sogar die Dielen aus dem Fußboden gebrochen worden.

»Die Diebe haben die ganze Ladung Amphetamine mitgehen lassen, die wir in dem Karton mit den Putzmitteln versteckt hatten!«, berichtete der Mann empört. »Und den Koks, den wir im Küchenschrank im Mehlfach aufbewahrt haben, haben sie auch entdeckt. Nur die Sachen, die wir im Garten vergraben haben, sind noch da!«

»Schreibt alles auf eine Liste und meldet es der Polizei!«, sagte Igor sarkastisch.

»Du machst auch noch Witze!«, schrie der Bulgare erbost. Dann schwieg er eine Weile. »Und was sollen wir nun tun?«, fragte er schließlich kleinlaut.

»Räumt das Haus auf!« erwiderte Igor. »Ihr macht eure Auftritte und haltet euch ansonsten zurück. Diese Woche wird niemand abkassiert. Ich melde mich bei euch. Ist übrigens Dimitri schon zurück?«

»Nein!«, sagte der Mann am anderen Ende der Leitung. »Auch das macht uns Sorgen.«

Igor hängte ein. Er wusste, dass irgendetwas entsetzlich schief gelaufen war. Er und Wanja waren schon in der Moskauer Kindergang ein unzertrennliches Gespann gewesen. Sie hatten alles geteilt, was zwei Freunde im Leben so teilen konnten: Arbeit, Weiber, Essen und Geld. Igor wusste, dass Wanja nicht mehr kommen würde. Und dafür würde dieser Pepe Rogalzky mit seinem Leben bezahlen müssen.

Als Stan die Bar betrat, hatten sich die betrunkenen Belgier schon auf den Heimweg gemacht. Er trank mit Igor noch ein Glas Wodka, und sie sprachen von vergangenen Zeiten.

»Wanja kommt nicht mehr«, sagte Igor dann, als Stan das Licht gelöscht und die Türen abgeschlossen hatte. »Er hat dich noch nie gemocht, Stan, und ich glaube nicht, dass er gern in deinem Haus geschlafen hätte.«

»Da magst du Recht haben«, meinte Stan und ließ den Motor seines Jaguars an. »Die Sache mit dem Mädchen damals in Warschau stand zwischen uns. Er hätte es nicht nur so aus Spaß umbringen sollen. Es gab keinen vernünftigen Grund, es zu töten.«

Igor zuckte die Achseln. »Vergiss die alten Sachen«, sagte er.

»Das kann ich nicht«, widersprach Stan. Im Dämmerlicht des frühen Morgens sah er alt und verbraucht aus. »Das Mädchen war die einzige Frau, die ich je in meinem Leben wirklich geliebt habe.«

»Das ist Pech!«, meinte Igor, schraubte die Wodkaflasche auf, die er aus der Bar mitgenommen hatte, und trank einen Schluck. »Da hast du wirklich Pech gehabt, Stan!«

11. KAPITEL

Pepe Rogalzky rannte über den Born, aber zu dieser frühen Stunde wartete kein Taxi auf den Standplätzen. Er lief in Richtung Passeig Maritim, als ein Mann von sechzig Jahren in grellbunter Joggingkleidung aus einer Seitenstraße lief und locker sein Tempo mithielt.

»Wo läufst du hin, Sportsfreund?«, fragte ihn der Mann.

»Wenn ich es schaffe und nicht vorher zusammenbreche, bis zum Consolat de Mar«, keuchte Pepe.

»Ich trainiere jeden Morgen zehn Kilometer«, sagte der Mann, der neben ihm schön locker die Arme im Laufrhythmus schwang. »Für den New York Marathon. Ein Erlebnis, junger Freund, wirklich ein Erlebnis, das ich Ihnen nur empfehlen kann!«

Als auch auf dem Passeig Maritim kein Taxi in Sicht war, löste Pepe Rogalzky die Kette von der Motocrossmaschine und preschte in Richtung Magaluf davon. Zwanzig Minuten später bockte er die Maschine vor dem Apartmenthaus auf und hielt den Finger geschlagene zwei Minuten auf den Klingelknopf des Hausmeisters. Dann meldete sich Annas verschlafene Stimme aus der Sprechanlage. Es dauerte weitere zwei Minuten, bis er Anna überzeugt hatte, ihn hereinzulassen und weitere fünf Minuten, bis er sie herumgekriegt hatte, ihm den Zweitschlüssel für Denis Devilles Wohnung auszuhändigen.

»Wenn ich oder Denis nicht in den nächsten fünf Minuten bei Ihnen anrufen, alarmieren Sie die Polizei!«, sagte er, zog die Schuhe aus, rannte barfuß die Treppen zum vierten Stock hinauf und legte das Ohr an Denis Devilles Wohnungstür. Zunächst vernahm er nur das dumpfe Pochen seines Herzens und seine eigenen heftigen Atemstöße. Dann drang eine Stimme an sein Ohr. Sie schien aus Denis' Wohnzimmer zu kommen. Vom Wohnzimmer aus konnte man die Wohnungstür nicht einsehen.

Pepe schloss unendlich langsam die Wohnungstür auf. Zu seinem Glück hatte sich ein Taubenpaar auf der Brüstung der Terrasse niedergelassen und machte sich gegenseitig schwere Vorwürfe über die Körnermisere dieses Jahres. Pepe schloss die Wohnungstüre ebenso lautlos, wie er sie geöffnet hatte. Jetzt hörte er Denis Devilles Stimme, die ruhig und besonnen klang. Einen Moment lang stellte er sich vor, wie Denis auf der Kommandobrücke eines untergehenden Passagierdampfers ruhig und gelassen mit dem Steuermann über das Wetter diskutierte.

Pepe robbte über den hochflorigen Teppich im Flur Richtung Wohnzimmer. Er musste versuchen, so nahe wie möglich an das Mädchen heranzukommen.

»Bingo!«, dachte er, als er einen Blick durch die geöffnete Tür ins Wohnzimmer warf. Birgit saß mit dem Rücken zu ihm in einem der Sessel, hatte die Beine angehockt und hielt den Griff der Pistole mit beiden Händen umklammert. Die Mündung zeigte auf Denis' Brust, der ihr schräg gegenüber auf dem Sofa saß.

»Blick nur ja nicht zur Seite, Denis Deville«, dachte Pepe Rogalzky, »und wenn doch, dann runzle einmal in deinem Leben nicht die Augenbrauen, wie es deine Art ist!«

»Er wollte ihr auch noch das Haus nehmen, verstehst du, Denis?«, sagte Birgit. »Er hatte sogar das Recht dazu. Mutter standen nur zwanzig Prozent der Summe zu, die über fünfhunderttausend hinausging. Er wollte das Haus für fünfhundertfünfzig verkaufen und Mutter mit zehntausend abfinden, verstehst du, Denis? Mutter hätte mit so gut wie nichts dagestanden, ohne Beruf, ohne Geld, ohne Wohnung, verstehst du, Denis?«

Denis hob die Hände. »Was willst du mir damit verkaufen, Birgit?«, fragte er in seinem ruhigen, besonnenen Ton. »Die Rechtfertigung für einen Mord?«

Birgit schnappte nach Luft. »Ihr seid ja alle so cool, so richtig cool!«, schrie sie und legte den Finger fester um den Abzug. »Weißt du eigentlich, was das für ein Kind bedeutet, mit einem traurigen Gespenst zusammenzuleben, das sich immer tiefer in seine Depressionen hinein verkriecht? Das Angst vor dem Briefträger hat, Angst vor der Katze, die durch den Garten streunt, und sich unter dem Bett versteckt, wenn ein Vogel im Garten singt?«

»Beruhige dich!«, schrie Denis, der trotz seines aufflammenden Jähzorns einen ziemlich hilflosen Eindruck machte. »Aber nun erklär mir mal, was du an dem Morgen, als Holger seine letzte Fahrt in dem Aufzug gemacht hat, in der Tiefgarage zu suchen hattest.«

»Die gleiche Frage könnte ich dir stellen, Denis Deville!«, schrie das Mädchen erbost. »Denn du warst der Mann, der hinter dem Pfeiler stand und tatenlos zugeschaut hat, wie der Auffangschacht voll Wasser lief! Und vielleicht kannst du mir auch die Frage beantworten, warum Roger, als ich aus dem Tunnel rannte, wenig später mit seinem schwarzen Golf aus der Tiefgarage gebraust ist?«

»Weil Roger und ich an diesem Morgen zu Holger wollten, um die Angelegenheiten von damals, die zwischen uns dreien standen, endlich aus der Welt zu schaffen!«, antwortete Denis.

»Das habt ihr dann ja auch wohl!«, rief Birgit höhnisch.

Denis runzelte überrascht die Augenbrauen, wie immer, wenn in seiner Gegenwart etwas Unerwartetes geschah. Birgit sah die Hand zu spät, die über ihre Schulter griff, den Lauf der Pistole packte und sie aus ihrer Hand riss.

»Schön, dass ihr euch so gut versteht«, sagte Pepe, sicherte die Pistole und nahm das Magazin heraus. Dann verstaute er beides voneinander getrennt in seinen Hosentaschen. »Sagt mal, habt ihr vielleicht einen Kaffee für mich?«, fragte er, ging zur Küche und warf einen Blick hinein. »Du solltest vielleicht besser noch Anna anrufen, bevor ich Kaffee koche, Denis«, fuhr er fort, »sonst können wir gleich mit der Polizei frühstücken!«

Denis nahm das Telefon, wählte Annas Nummer und beruhigte sie.

»Wo hast du denn Filtertüten?«, fragte Pepe und steckte den Kopf aus der Küchentür.

Birgit hatte den Kopf auf die Knie sinken lassen und weinte hemmungslos. Denis runzelte wie immer, wenn etwas Unerwartetes eintrat, die Augenbrauen, ging zu dem Mädchen hinüber und streichelte ihm vorsichtig übers Haar.

Pepe nickte ihm aufmunternd zu. »Für den ersten Versuch war das doch schon ganz brauchbar«, sagte er. »Möchte jemand Toast?« Als er keine Antwort erhielt, wandte er sich achselzuckend um und ging in die Küche zurück.

Jaume Vellerde trank den letzten Schluck heißen Kaffees aus dem Becher und setzte ihn schnalzend auf dem Schreibtisch ab. Obwohl er die ganze Nacht kein Auge zugetan hatte, fühlte er sich frisch und unternehmungslustig. Die Dinge waren in Bewegung geraten. Das Geschwür, das sich schon so lange unsichtbar unter der Haut immer tiefer in den Leib Mallorcas gefressen hatte, war endlich aufgebrochen. Jetzt konnte man es sehen und alles zur Operation vorbereiten.

Die Jungs von der Spurensicherung hatten ein paar Polaroids von der Leiche geschossen, die sie in Aquacity aus dem Becken gefischt hatten. Ein paar Meter von der Leiche entfernt, lag die Waffe des Mannes auf dem Grund, ein hier auf Mallorca recht seltenes tschechisches Fabrikat mit einem charakteristisch gezogenen Lauf. Als die Jungs von der Spurensicherung ihn aus Aquacity anriefen, hatte er sofort geschaltet. Mit einer Waffe des gleichen Fabrikats waren eine Frau und ein Mann in dem Haus in Santanyí erschossen worden. Er schickte sofort einen Wagen nach Aquacity hinaus und ließ eines der Polaroids nach Santanyí bringen. Dort zeigte man es der alten Frau, die in jener Mordnacht nachts die Fenster geöffnet und die beiden Männer schräg gegenüber ihrem Haus in den Lieferwagen hatte einsteigen sehen. Der Kollege hatte ihn vor einer halben Stunde angerufen. Er hatte die Frau in einem Bäckerladen aufgetrieben. Er hatte ihr zunächst die Bilder seiner beiden Neffen gezeigt und erst dann das Bild der Leiche. Die alte Frau hatte den Mann auf dem Polaroid sofort als den identifiziert, der sich in der Mordnacht hinter das Steuer des Lieferwagens gesetzt hatte.

Die Dinge fügten sich zusammen, und mit ein bisschen Glück konnte er den anderen Mörder heute in dem Haus in Valldemossa festnehmen. Pepe Rogalzky hatte ihm die Lage des Hauses, in dem die Bulgaren wohnten, genau beschrieben, und man hatte ihm soeben gemeldet, dass man dort fünf Männer im Schlaf überrascht habe, die sich ohne Gegenwehr hatten festnehmen lassen. Mal sehen, wem ihm die Kollegen da ins Haus bringen würden. Jaume Vellerde rieb sich unternehmungslustig die Hände. Es würde ein erfolgreicher Tag werden ...

Der Chilene fand das rote Schnellboot ganz hinten an einem der Außenstege. Im Hafen von Portals Nous herrschte ein ziemliches Gedränge. Ein halbes Dutzend Busse hatte seine Menschenfracht ausgeladen, die zwischen den Boutiquen, Cafés und Anlegestegen flanierte. Ali saß im Heck des Schnellbootes und hatte scheinbar nur Augen für den Schwimmer der Angel, die er im Hafenbecken ausgeworfen hatte. Der Chilene setzte sich zu ihm ans Heck des Schnellbootes.

»Ich bin Pepes Partner in dieser Sache«, sagte er.

Ali grunzte etwas Unverständliches, spulte die Angelschnur auf, befestigte einen neuen Wurm am Haken und warf sie wieder aus. Dann hatte er nur noch Augen für den Schwimmer, der langsam von den Anlegestegen wegtrieb.

»Es sind zwei auf dem Schiff«, sagte Ali unvermittelt. »Außer dem Riesenaffen, den ich gestern Abend nach Portocolom gefahren habe, ist da noch ein kleinerer Mann. Es könnte auch ein Kind sein. Ich habe die Schatten hinter dem vorderen Bullauge gesehen.«

Der Chilene beobachtete, wie der Schwimmer sich in Richtung des Motorschiffs drehte. Dann tauchte der Schwimmer ganz langsam unter die Wasseroberfläche und stieg wieder hoch. »Ein Schwarm Köderfische beknabbert den Wurm«, sagte Ali. Wieder verschwand der Schwimmer unter Wasser. Diesmal ruckte Ali die Angelrute hoch. Der Schwimmer blieb unter Wasser, die Schnur lief sirrend von der Spule ab.

»Ein Biss!«, sagte Ali. »Jetzt siehst du den kleineren Schatten hinter dem vorderen Bullauge.«

Der Chilene drehte sich um und griff nach dem Kescher. In der Drehbewegung konnte er deutlich den Schatten sehen. Dann wurde das ganze Bullauge durch einen zweiten Schatten verdunkelt, der sich vor den ersten schob.

»Du hast recht«, meinte der Chilene. »Es sind zwei Leute an Bord. Das macht die Sache nicht einfacher.«

Der Schwimmer tanzte mal über, mal unter Wasser. Ali hatte aufgehört, Schnur nachzugeben.

»Pass auf!«, sagte der Chilene. »Gleich wird der Fisch auf dich zu schwimmen. Dann musst du schnell sein!«

»Woher willst du das wissen?«, schnaubte Ali. »Er wird versuchen, ins tiefe Wasser zu entkommen!«

In dem Moment schoss der Schwimmer in Richtung des roten Schnellbootes zurück. Ali hatte einen Moment gezögert und kurbelte dann wie wild Schnur auf. Als der Fisch dann plötzlich die Richtung änderte, hatte die Schnur noch so viel Spiel, dass es dem Fisch gelang, sie zu zerreißen. Samt Schwimmer schwamm der Fisch ins tiefe Wasser und aus der Hafeneinfahrt hinaus.

»Wie konntest du wissen, was der Fisch machen würde?«, fragte Ali, als er die abgerissene Schnur einholte.

»Weil ich es als Fisch genauso gemacht hätte«, antwortete der Chilene. Er drehte sich langsam um und legte den Kescher auf die Rückbank. »Gleich taucht der große Fisch auf«, fügte er hinzu.

Der merkwürdig unproportionierte Mann kam Augenblicke später aus der Kajüte, schloss sie hinter sich ab, ließ das kleine Schlauchboot zu Wasser und ruderte durch das Hafenbecken auf die Ausfahrt zu. Ali hatte die Angel in ein Futteral gesteckt. Der Chilene stand auf, reckte sich und klopfte Ali auf die Schulter.

»Gönn ihm noch ein paar Minuten Vorsprung«, sagte er und kletterte aus dem roten Schnellboot. »Ich bleibe hier und warte ab, ob sich das Kind blicken lässt.«

Als das rote Schnellboot mit hoher Bugwelle aus dem Hafenbecken donnerte, saß der Chilene schon auf der Terrasse eines der Cafés und stippte eine Ensaimada, von der er den Puderzucker gepustet hatte, in den Café con Leche.

Igor hatte schlecht geschlafen. Er wurde von einem gewaltigen Lärm wach, den eine Vogelschar in der Steineiche veranstaltete, deren weitausladendes Geäst bis dicht vor sein Schlafzimmerfenster im ersten Stock der alten Finca reichte. Er richtete sich auf und betastete sein Bein. Die Wunde juckte, was ein gutes Zeichen war. Dann trat er ans Fenster und schaute in den Garten. Eine rotbraun getigerte Katze hatte sich einen Meter vor dem Stamm der Steineiche im Gras niedergelassen und starrte hinauf ins Geäst des Baumes, wobei ihr Schwanz unternehmungslustig das Gras peitschte.

Igor mochte keine Katzen. Er griff hinter sich und nahm den eiförmigen Kristallaschenbecher von dem kleinen Beistelltisch. Jetzt hatte ihn die Katze dort unten im Gras bemerkt. Als er zum Wurf ausholte, sprang die Katze plötzlich auf und jagte im hohen Gras davon.

»Und ich krieg' dich doch«, sagte Igor.

Er ging ins Badezimmer, rasierte sich und duschte. Auf dem Flur horchte er kurz auf die schnaufenden Schlafgeräusche, die Stan ausstieß, und ging dann leise hinab in die Küche. Er kochte Kaffee, trank eine Tasse und aß etwas Brot, das er mit Käse belegte. Als er das Brot gegessen hatte, öffnete er das Fenster. Die Vögel in der Steineiche hatten sich wieder beruhigt. Ein Schmetterling taumelte herein und setzte sich auf die Lampe. Dann ging Igor in den Wohnraum, fand ein Telefon und wählte die Nummer der Bulgaren. Es meldete sich niemand. Er blickte auf die Uhr. Es war Punkt neun Uhr. Zu dieser Zeit war zumindest einer der Jungs stets im Haus gewesen. Als sich der Anrufbeantworter meldete, hängte Igor ein.

Der Pole war verschollen. Wanja war nicht gekommen. Bei den Bulgaren musste etwas Ungewöhnliches passiert sein. Alles, was so gut begonnen hatte, schien sich seit ein paar Tagen zum Schlechten zu wenden. Igor zuckte die Achseln. So war das Leben nun einmal. »Plötzlich steht man auf dem Moskauer Zentralbahnhof mit einer Handvoll verkohlter Kastanien alleine da«, dachte er.

Er riss das oberste Blatt des Tageskalenders ab, der in der Küche über dem Bord mit den Messern hing, und kritzelte eine Nachricht für Stan auf das Blatt. Aus den Augenwinkeln beobachtete er, wie die getigerte Katze auf das Fensterbrett sprang und begann, sich das Fell zu lecken. Langsam glitt seine Hand zu dem Bord mit den Küchenmessern. Als er eine Hand um den Griff des langen Tranchiermessers legte, hielt die Katze plötzlich in ihrer Morgenwäsche inne und äugte misstrauisch zu ihm herüber. Dann machte sie einen Satz und war vom Fensterbrett verschwunden.

Igor hatte gelernt, dass man Geduld haben musste. Jetzt kannte er schon zwei Plätze, zu denen die Katze zurückkehren würde. Wenn er darauf vorbereitet war, konnte er sie an beiden erwischen. Dann machte er sich auf, einen der Orte kennenzulernen, an den Pepe Rogalzky zurückzukehren pflegte: seine Wohnung.

Pepe Rogalzky hatte sich neben den Chilenen an den Tisch gesetzt und ein Bier bestellt. An einem der Nachbartische beugten sich drei sonnenrote Skandinavierinnen, die gemeinsam eine Mittschiffskabine auf einem Kreuzfahrtschiff gebucht hatten, über eine Plastiktüte, aus denen zwei mit Sommersprossen übersäte Hände eine Bluse zogen.

»Eine zweite Person ist an Bord«, sagte der Chilene. »Ali und ich haben beide einen zweiten, viel kleineren Schatten hinter dem vorderen Bullauge gesehen.«

Nun war es an Pepe Rogalzky, erstaunt seine Augenbrauen zu heben. »Ich habe das Schiff einen Tag und eine Nacht draußen in Sant Elm beobachtet«, sagte er. »Eine zweite Person hätte mir auffallen müssen.«

»Vielleicht ist sie erst hier im Hafen an Bord gegangen«, meinte der Chilene.

Ein Touristentrupp schwärmte über die vorderen Landungsstege aus. Fotoapparate klickten, und Camcorder surrten.

Pepe Rogalzky berichtete dem Chilenen von den Ereignissen der letzten Nacht. Der Chilene überlegte kurz, ob er seinem Partner etwas von Igors nächtlichem Besuch erzählen sollte, kam aber zu dem Schluss, diese Angelegenheit als persönliches Geschäftsgeheimnis zu behandeln.

Am Ende des Steges hatten sich die Touristen zu einem Gruppenfoto aufgestellt. Eine hohe Frauenstimme gab Kommandos, und die Mitglieder der Gruppe wechselten mehrmals die Positionen. Als alles für das Foto bereitstand, musste der Fotograf, ein beleibter Mann in einem viel zu engen T-Shirt, erst einmal den Film in seiner Kamera wechseln.

Das rote Schnellboot schoss durch die Hafeneinfahrt, warf einen weiten Schaumbogen und glitt dann langsam auf die Anlegestelle eines der hinteren Stege zu.

»Und was war mit Igor? Was hat der letzte Nacht so getrieben?«, fragte Pepe.

Der Chilene zuckte die Achseln. »Wir haben ihn aus den Augen verloren«, sagte er. »Er hatte wahrscheinlich mitbekommen, dass wir uns hinter ihn geklemmt haben.«

Das Gruppenfoto war mehrfach auf Film gebannt, und die Touristen strömten, aufgeregt schnatternd wie eine Gänseschar, auf dem Anlegesteg zurück.

»Es ist einer mehr«, sagte der Chilene und wies mit dem Kinn auf die Touristen.

Pepe Rogalzky suchte die Touristengruppe mit den Blicken ab, und erst, als sie Denis Devilles Katamaran passiert hatte, entdeckte er die schmale, kindliche Gestalt mit der verkehrt herum aufgesetzten Baseballkappe und dem grellgelben Rucksack auf dem Rücken. Er stieß einen leisen Pfiff aus. »Der zweite Schatten!« sagte er. »Der Junge ist höchstens sechzehn.«

Der Junge mit dem grellgelben Rucksack auf dem Rücken wechselte ständig die Position, tauchte am Ende des Pulks und im nächsten Moment an seiner Spitze auf. Er schlängelte und wand sich so geschickt zwischen ihnen durch, dass ihn keiner der Touristen richtig wahrnahm. Als die Touristen dann in Richtung der wartenden Busse einschwenkten, scherte der Junge aus und spurtete die Hafenstraße hinauf.

Pepe Rogalzky war aufgesprungen und blickte sich um. Er bemerkte das Klappfahrrad, das der Hafenmeister an die Rückwand seines Büros gelehnt hatte, und spurtete darauf zu. Als er die Steigung der Hafenstraße hinauffuhr, musste er sich tief über den niedrigen Lenker beugen, um einigermaßen Fahrt beizubehalten. Einige der Touristen lachten.

»Die Mallorquiner sind schon ein lustiges Völkchen!«, sagte der beleibte Tourist in dem viel zu engen T-Shirt, als Pepe Rogalzky an ihm vorüberradelte.

Um ein Haar hätte Pepe den Jungen mit dem grellgelben Rucksack aus den Augen verloren. An der nächsten Haltestelle glaubte er, etwas wie ein gelbes Huschen und Flirren gesehen zu haben, das im Bus verschwand. Er lehnte das Klappfahrrad neben einen Hauseingang an die Wand, winkte einem Taxi und ließ es dem Bus folgen. Der Junge stieg in Palma am Born aus und bummelte an den Läden vorüber. In einem Eiscafé trank er eine Cola, wechselte dann die Straßenseite, bog plötzlich in eine Seitenstraße ab und rannte ein Stück. Da Pepe Palma mittlerweile wie seine Hosentasche kannte, kürzte er durch die übernächste Querstraße ab. Der Junge wanderte eine halbe Stunde scheinbar ziellos durch die Stadt, bis er in der Nähe der Plaça Sant Antoni das große Kaufhaus El Corte Inglés betrat. Pepe folgte ihm inmitten einer Hundertschaft spanischer Touristen, die sich in einer Lawine aus purer Kauflust in das Kaufhaus wälzte. Er beobachtete, wie der Junge in der Elektronikabteilung zwei Funksprechgeräte kaufte. Er schien genau zu wissen, was er wollte, und vergaß auch nicht, die dazugehörenden Batterien gleich in doppelter Menge mitzunehmen. An der Kasse bezahlte er bar, und niemand schien sich zu wundern, dass ein Junge von knapp sechzehn Jahren so viel Geld mit sich herumtrug. Der Junge steckte die Funksprechgeräte in seinen gelben Rucksack und bummelte bis zur Bushaltestelle zurück. Wieder folgte Pepe Rogalzky dem Bus in einem Taxi. Der Junge stieg an der steil bergabführenden Carrer Sotelo aus, ließ aber die Apartmentanlagen von Bendinat links liegen, ging hinunter bis zu der kleinen Kapelle und bog von der Pje Almar, der Straße hinter der Kapelle, auf den Strand ab. Pepe, der ihm in einigem Abstand gefolgt war, beobachtete, wie er dem großen, unproportionierten Mann winkte, der das kleine rote Schlauchboot an den Strand ruderte. Der Junge stieg ein, und als das rote Schlauchboot mehr als hundert Meter vom Strand entfernt war, verschwand der Junge plötzlich. Der Ruderer hielt nach einer Weile inne und breitete ein Stück Plastikplane über den vorderen Teil des kleinen roten Schlauchbootes aus.

Igor ließ sich in Palma Zeit. Er hatte die letzten Jahre in Großstädten verbracht, und er liebte das schnelle Leben, das Wechselspiel der Ampeln, den Verkehrslärm und Menschen, die es eilig hatten. In der Carrer Sindicat schaute er sich die Auslagen eines Uhrengeschäfts an, betrat schließlich den Laden und ließ sich einige Uhren zeigen, konnte sich aber nicht zum Kauf entschließen. Dann schlenderte er Richtung Altstadt zurück und schien ziellos durch die engen Gassen zu wandern. Er blieb vor einigen schönen Innenhöfen stehen und warf einen kurzen Blick hinein. Vor dem Haus mit dem hellgrünen Anstrich bückte er sich und band sich den Schnürriemen am Schuh, der sich gelockert hatte. Dann schlenderte er an den beiden Frauen vorüber, die nach gemeinsamem Einkauf noch ein Schwätzchen auf der Straße hielten. Als sie in ihren Häusern verschwunden waren, machte er kehrt, den Blick auf die kleinen Schilder mit den Hausnummern gerichtet, wie Leute es tun, die in einer ihnen fremden Gegend ein bestimmtes Haus suchen. Vor dem Haus, das neben dem grün getünchten stand, nickte er leicht, trat, wie kurzsichtige Menschen es zu tun pflegen, dicht an die Klingelknopftafel mit den Namen der Hausbewohner heran und schien sie zu studieren. Niemand, der ihn aus den gegenüberliegenden Häusern beobachtete, hätte bemerkt, dass er ein paar flache Stahlstifte in das Schloss der Haustüre gesteckt hatte und sie in einem bestimmten Rhythmus geräuschlos drehte. Dann legte er einen Finger auf den mittleren Klingelknopf, wartete eine Weile und stieß die Tür auf.

Wahrscheinlich war noch nie zuvor jemand so geräuschlos und schnell in dem alten Haus die Treppen ins oberste Stockwerk hinaufgerannt wie Igor an diesem Morgen. Auf dem obersten Treppenabsatz duckte er sich und näherte sich langsam der großen braunen Wohnungstür. Zuerst vernahm er keinen Laut aus der Wohnung. Dann hörte er ein leises Knarren aus dem Flur. Jemand gähnte, dann wieder das leise Knarren. Nach einer Viertelstunde hörte er eine heisere Stimme aus dem Flur, die auf Spanisch einen gotteslästerlichen Fluch ausstieß. Dann wieder mit der Regelmäßigkeit eines Uhrwerks dieses Knarren.

Igor huschte die Treppen hinab und stand ein paar Augenblicke später wieder auf der Straße. Da war jemand im Flur gewesen, wahrscheinlich in einem Schaukelstuhl, jemand, der ihn erwartete. Dieser Pepe Rogalzky war nicht dumm. Igor ging langsam wie jemand, der tief in Gedanken war, durch die enge Gasse. Das unansehnliche Haus ganz am Anfang der Gasse schien es ihm angetan zu haben. Ein Junge saß auf der durchgetretenen Hausschwelle. Er sah aufgeweckt aus und grinste ihn freundlich an.

»Wohnt hier eine Frau Garcia?«, fragte Igor ihn. Der Junge schüttelte den Kopf. »Kennst du denn jemanden in dieser Straße, der Garcia heißt? Sie ist sechzig Jahre alt, klein, ziemlich dünn und trägt die Haare dunkelbraun gefärbt.«

Der Junge überlegte ein Weile. »In der übernächsten Querstraße kenne ich eine Señora Garcia«, sagte er dann. »Aber die ist so groß wie Sie, vielleicht dreißig Jahre und färbt sich die Haare blond. Sonst gibt es hier keine Señora Garcia.«

»Du musst es wissen, du wohnst ja hier«, sagte Igor. »Und wieso bist du nicht in der Schule?«

»Durchfall!«, sagte der Junge. »Einer von der heimtückischen Art, bei dem man die ganze Zeit nicht vom Topf herunterkommt!«

»Das sehe ich!«, meinte Igor und begann zu lachen.

»Ja, das ist ein Geschäft, das einem für andere Geschäfte wenig Zeit übrig lässt«, sagte der Junge. »Zufällig habe ich eine gute Uhr anzubieten. Wenn sie Ihnen gefällt, sollten Sie sich schnell entscheiden und Ihren Preis nennen. Sie verstehen, der Durchfall ...»

Der Junge zog eine Armbanduhr aus der Tasche. Igor verstand etwas von Uhren. Es war ein Schweizer Fabrikat, gut gearbeitet und eine Menge Geld wert, wenn sie echt war. Er kannte die Schwachstellen, an denen man billige Imitate erkennen konnte, und checkte sie alle ab.

»Sie ist echt!«, sagte der Junge.

»Woher hast du sie?«, fragte Igor.

»Von einem Freund«, sagte der Junge. »Sein Vater ist Polizist. Er hat sie einem betrunkenen Touristen abgenommen, der sich in einer Bar mit einer Nutte geprügelt hat. Wir teilen durch drei.«

»Findest du es nicht etwas unvorsichtig, mir das zu erzählen?«, fragte Igor.

»Nein!«, widersprach der Junge. »Es ist eine gute Story. Sie ist viel besser als Ihre Story von der sechzigjährigen Garcia. Aber nun spüre ich es wieder in den Därmen, und ich muss gleich hinein.«

Igor nannte seinen Preis. Der Junge war einverstanden. Igor zählte ihm das Geld vor. Der Junge nahm es, rannte ins Haus und schlug ihm die Tür vor der Nase zu.

Igor war sich sicher, dass er von jemandem eine Uhr gekauft hatte, der mit fünfundzwanzig Jahren entweder seine erste Million Dollar verdient haben oder tot sein würde.

Igor zog die Uhr über das Handgelenk. Das Armband saß etwas locker. Wenn er in Budapest zurück war, würde er sich eines der Kettenglieder kürzen lassen. Igor hatte außer der Uhr die Gewissheit gewonnen, dass er vor diesem Eingang Pepe Rogalzky erwischen konnte, wenn er aus seinem Haus trat.

12. KAPITEL

Als Pepe Rogalzky in den Hafen von Portals Nous zurückkehrte, saßen der Chilene und Ali auf dem roten Schnellboot. Sie hatten die Angel ausgeworfen und sahen dem Schwimmer zu, der in der leichten Dünung auf und nieder dippte. In den Palmen raschelte die leichte Brise, die vom Meer und weiter bis in die Ebene von Albufera wehte, wo sie die Räder der alten Windmühlen in Bewegung hielt. Nach einer Weile ruderte der Skipper das Schlauchboot in den Hafen, befestigte zwei Leinen an den Ruderösen und zog es hinter der Kajüte an Bord des Motorschiffs.

Der Chilene und Ali schienen wegen der Position des Schwimmers in Streit geraten zu sein, und wenig später hinkte der Chilene, schwer auf den silbernen Knauf seines Stockes gestützt, über die Hafenmole und setzte sich zu Pepe auf die Kaimauer.

»Der Junge hat in Palma zwei Funksprechgeräte gekauft«, berichtete Pepe Rogalzky. »Sie werden also getrennt operieren.«

Der Chilene zuckte gleichmütig mit den Schultern. »Ich bin froh, wenn es vorüber ist, Pepe«, sagte er dann und folgte mit den Blicken einer Möwe, die geschäftig auf der Mole hin und her trippelte. »Die Menschenjagd ist nicht mein Geschäft. Ich habe viel von meiner Mutter, die auf dem Markt zu Hause war, Fisch verkaufte, mit den Leuten sprach und ihre Geschäfte machte.«

»Du willst also wieder in dein Gewerbe einsteigen?«, fragte Pepe.

»Ich habe da eine Idee«, sagte der Chilene. »Vielleicht ist sie verrückt und hier gar nicht zu realisieren. Vielleicht sollte ich mich mal mit Denis Deville darüber unterhalten.«

Pepe nickte und stand auf. »Ich bin sicher, dass es am Ende ein gutes Geschäft ist«, sagte er. »Ich fahre jetzt hinaus nach Sant Elm. Da gibt es noch eine Sache, die ich regeln muss.«

»Gut!«, sagte der Chilene. »Ali hält hier die Stellung. Ich glaube nicht, dass sich heute noch etwas Entscheidendes tut. Ich werde mich einmal umhören, wo Igor steckt.« Er griff in eine seiner Jackentaschen. »Hier, nimm ein Handy mit, damit man dich erreichen kann.«

Pepe hob abwehrend die Arme, als hätte man ihm eine Giftschlange hingehalten. »Nimm es mir nicht übel, aber es würde mich nur belasten!«

»Was hast du eigentlich gegen Telefone?«, fragte der Chilene.

»Eine alte Sache aus meiner Kindheit«, erwiderte Pepe.

Er fuhr mit dem Bus nach Palma zurück und stieg auf dem Passeig Maritim aus. Er überquerte die Straße und ging auf die Parkbucht zu, in der sein verbeulter Escort stand, als er eine Bewegung neben seinem Auto wahrnahm. Sofort tauchte er ab und nahm Deckung hinter einem Toyota-Geländewagen. Als er vorsichtig hinter dem Wagen hervorlugte, machte es: »Peng!« Der kleine Carlos stand vor ihm und hatte langsam seinen Zeigefinger gekrümmt.

»Wieso bist du nicht in der Schule?«, fragte Pepe, stand auf und klopfte sich den Staub von den Jeans.

»Die Frage hat mir heute schon jemand gestellt«, sagte der Junge. »Und der Frager war zuerst in deinem Haus, dann hat er von mir eine Uhr gekauft und dabei abgecheckt, ob er dich von meiner Türschwelle aus umlegen kann, wenn du das Haus verlässt. Jedenfalls vermute ich das.«

»Er war zuerst in meinem Haus? Mein Gott, die alte Roja!«, sagte Pepe.

»Als er verduftet ist, bin ich schnell zu dir rüber! Die alte Hexe wollte mich durch die Tür hindurch erschießen, wenn ich nicht sofort verschwinden würde.«

Pepe Rogalzky sah man die Erleichterung an. Dann erzählte ihm der kleine Carlos ausführlich von der Begegnung. »Der Mann ist ein Genie. Für ihn sind abgeschlossene Türen kein ernsthaftes Problem«, beendete er seinen Bericht. »Und er kann falsche Uhren von echten unterscheiden.«

»Wenn du mit deiner Vermutung richtig liegst, wird er nur Augen und Ohren für das haben, was auf der Straße geschieht«, meinte Pepe Rogalzky. »Vielleicht kann ihn jemand überrumpeln, der im Haus ist.«

»Einen Versuch ist es wert«, stimmte der kleine Carlos zu.

»Gut! Ich bin um zehn Uhr bei dir. Dann lässt du mich ins Haus und wir sehen weiter«, sagte Pepe, setzte sich in seinen verbeulten Escort, scherte aus der Parklücke aus und fuhr in Richtung Sant Elm.

Antonio, der Hausmeister des Apartmentgebäudes, schnitt die Buchsbaumhecke, die das Gelände zur Straße hin begrenzte.

»Alles in Ordnung mit deinem Auto?«, fragte er, als Pepe über den kiesbestreuten Weg auf ihn zu kam.

Pepe bot ihm eine Zigarette an, und sie setzten sich auf eine der Bänke. Antonio drehte ihm das Ohr zu, auf dem er noch einigermaßen hören konnte.

»Wenn es nicht dein Auto ist, dann willst du mich sicher über Señor Weißberger ausfragen. Aber es gibt keine Fragen, die ich nicht schon der Polizei beantwortet hätte. Sie kommen mindestens einmal pro Tag aus Palma her und fragen das Blaue vom Himmel herunter.« Antonio zeigte auf den Dunst, der sich vom Meer heranschob. »Bald ist alles Himmelblau vom Dunst abgegrast, und dann wird das Wetter umschlagen.«

»Die Jungs aus Palma tun ihren Job und stellen ihre Fragen. Ich tue meinen Job und stelle meine Fragen«, erwiderte Pepe Rogalzky. Dann beschrieb er Antonio Birgit und fragte ihn, ob er sie schon einmal im Haus gesehen habe.

Antonio überlegte. »Einen Tag vor dem Mord ist sie morgens über die Straße gejoggt. Ich habe gerade die Post aussortiert, da ist sie in die Halle und hat mir zugewunken, als wäre sie hier zu Hause. Ich wollte sie gerade fragen, zu wem sie wolle, als das Telefon klingelte. Sie ist dann zum Aufzug rüber und ist hochgefahren. In welches Stockwerk? Nein, daran erinnere ich mich nicht mehr. Ich weiß nur noch, dass sie eine halbe Stunde später schon wieder aus dem Haus gelaufen ist und dann die Straße Richtung Sant Elm eingeschlagen hat.«

Dann beschrieb er Antonio Birgits Mutter. Doch der Hausmeister schüttelte den Kopf. »Es wohnen mindestens zwanzig Frauen dieses Alters hier im Haus«, sagte er. »Und jede bekommt mindestens fünfmal am Tag Besuch von einer guten Freundin. Ich schaue schon gar nicht mehr richtig hin!«

Pepe Rogalzky bat Antonio um einen Gefallen, ging in die Halle, setzte sich in die Pförtnerloge und benutzte das Telefon. Er erreichte Birgit bei Denis Deville. »Na, wie lebt es sich so mit deinem Erzeuger?«

»Er muss sich erst noch daran gewöhnen«, antwortete Birgit am anderen Ende der Leitung. »Noch vertut er seine Zeit damit, mit allem vor mir anzugeben. Er hat mir heute Morgen sein weißes U-Boot gezeigt, auf das er mächtig stolz zu sein scheint.«

»Der eine gibt an, der andere hat vor etwas Angst«, meinte Pepe Rogalzky. »Und wovor hatte Holger Angst, als du ihn morgens besucht hast? Der Hausmeister kann bezeugen, dass du mit dem Aufzug zu ihm hinaufgefahren bist.«

»Du bist ein ekeliger Schnüffler, Pepe Rogalzky«, sagte das Mädchen. »Aber wenn du nicht auf den Kopf gefallen bist, wirst du nicht ernsthaft glauben, dass ich ihn umgebracht habe. Mit dem Aufzug und dem Wasserrohr, das wäre viel zu kompliziert für mich. Ich hätte ihn ganz einfach erschossen oder erstochen.«

»Und wovor hatte Holger Angst?«, wiederholte Pepe seine Frage.

»Das Übliche«, erwiderte Birgit. »Dass man ihm alles nehmen würde, dass er ohne seinen geliebten Jaguar dastünde, dass er sein Apartment auf Mallorca verkaufen müsse. Holger hatte, seit ich mich erinnern kann, immer solche Ängste. Er hatte Angst, dass Denis Deville ihn ausplündern und er zum Schluss mit gar nichts dastehen werde. Und diesmal waren es die Leute, mit denen er schon vor vielen Jahren diesen Osthandel aufgezogen hatte. Er tischte mir da eine wirre Story auf, dass sie ihn erpressten und er für sie hier auf Mallorca etwas aufziehen sollte. Dafür brauchte er auch angeblich das Geld aus dem Verkauf von Mutters Haus.«

»Hat er irgendwelche Namen genannt?«, fragte Pepe.

»Namen? Pepe Rogalzky, du misst doch hoffentlich dieser Story keine Bedeutung zu? Ich habe dich für klüger gehalten. Jedes Mal, wenn er mit Mutter telefonierte, hatte er eine andere Story drauf, und alle handelten von irgendwelchen Typen, die an sein Geld wollten. Diesmal waren es irgendwelche obskuren Bulgaren, die ihn angeblich abkassieren wollten.«

»Bingo!«, dachte Pepe Rogalzky. »Danke, Birgit. Du hast mir echt weitergeholfen«, sagte er und hängte ein. Dann schaute er sich die Namensschilder auf den Briefkästen an, nickte zufrieden, winkte Antonio zu und drückte den Klingelknopf neben dem Namen eines Dr. Wolfram Müller.

»Ja, bitte?«, ertönte eine salbungsvolle Stimme aus der Gegensprechanlage.

»Ich komme wegen eines Engagements!«, sagte Pepe.

»Künstler?« Die Stimme aus der Gegensprechanlage klang schon weniger salbungsvoll.

»Nein, eher umgekehrt. Ich benötige für einen bunten Abend ein Programm, und man hat sie mir empfohlen.«

»Bunte Abende sind meine Spezialität. Bitte bemühen Sie sich doch herauf zu mir!«, tönte es aus der Gegensprechanlage, und Pepe Rogalzky befürchtete, dass ihn ein Schleimklumpen aus dem Mikrofon anspringen würde. »Sechster Stock, ganz oben direkt neben dem Wartungskasten des Aufzugs.«

Pepe Rogalzky fuhr zum sechsten Stockwerk hinauf und schaute sich den Wartungskasten des Aufzugs an. Man konnte ihn mit einem einfachen Vierkantschlüssel öffnen.

Dann klingelte er an der Apartmenttür gleich neben dem Aufzugskasten. Ein rundlicher Mann Mitte sechzig mit dem Aussehen eines Malzbonbons öffnete, grabschte nach Pepes Hand, umschloss sie mit seinen beiden feuchten Händen und bearbeitete sie wie ein Stück schmutzige Wäsche im Zuber.

»Bitte, treten Sie doch ein in mein bescheidenes Büro!«, sagte der Mann. Da war er, der Schleimklumpen, der Mensch geworden und eine Berufung gefunden hatte.

»Woran haben Sie denn gedacht?«, fragte er Pepe Rogalzky, als er seine Story von dem Betriebsfest der großen deutschen Firma losgeworden war und sich als spanischer Repräsentant dieser Firma geoutet hatte.

»Ein bunter Abend halt«, antwortete Pepe Rogalzky, der einen hilflosen Eindruck machte und sich an diesen Begriff zu klammern schien wie ein Ertrinkender an den berühmten Strohhalm. »Etwas Akrobatisches sollte dabei sein. Der Firmenbesitzer war in seiner Jugend ein begeisterter Turner und sponsort noch heute den Turnverein seiner Heimatstadt.«

Ein inneres Leuchten hatte von Dr. Wolfram Müller Besitz ergriffen, als sei ihm soeben der Erzengel Gabriel persönlich erschienen und habe ihn mit dem Programm für das Jüngste Gericht beauftragt. »Da haben wir doch einen hervorragenden Ansatzpunkt!«, säuselte der Künstleragent von den Höhen seines geistigen Überblicks zu Pepe hinab. »Mir steht eine der besten Akrobatentruppen der Welt zu Verfügung, die der große Kassenmagnet des Bulgarischen Staatszirkus' sind.«

Als Pepe Rogalzky den Künstleragenten Dr. Wolfram Müller, mit Betonung auf dem ›e‹, verließ, hatte er in Erfahrung gebracht, dass zwei der ›ganz reizenden Künstler der Truppe die Nacht vor dem entsetzlichen Unfall mit dem Aufzug‹ in seinem Apartment verbracht hatten, das sie am nächsten Morgen zu einer ›völlig unchristlichen Zeit‹ wieder verlassen hatten, um als Clowns die morgendliche Geburtstagsüberraschung für den Jüngsten eines Hotelbesitzers in Sant Elm zu mimen.

Aus Antonios Pförtnerloge rief er sicherheitshalber im Sekretariat des Hoteliers an. Der Mann hatte keinen Sohn, sondern nur eine Tochter, die in den USA verheiratet war.

»Du solltest mal wieder zum Angeln herauskommen«, sagte der alte Antonio.

»Das sollte ich!«, stimmte Pepe zu. »In einer Nacht, in der die Zikaden singen und die Mückenschwärme den Mond verdunkeln.«

In Palma schaute er auf einen Sprung bei Jaume Vellerde in der Polizeipräfektur vorbei. »Na, was machen denn unsere Bulgaren?«, fragte Pepe.

Jaume verzog schmerzvoll das Gesicht, als hätte er auf einen faulen Zahn gebissen. »Ich hatte ein äußerst unangenehmes Gespräch mit ihrem Anwalt!«, erwiderte Jaume. »Dieser Hernandez, den sie abkassiert haben, hat eine eidesstattliche Versicherung abgegeben, dass er die Männer überhaupt nicht kennt. Wie es aussieht, kann ich nur den behalten, der mit dem Russen in deine Wohnung eingestiegen ist. Die anderen vier muss ich laufen lassen.«

»Schick noch mal die Spurensicherung in ihr Haus in Valldemossa. Sie sollen nach einem Bolzenschneider und nach einer Bohrmaschine suchen. Wenn sie dann im Labor an dem Werkzeug Spuren des Aufzugkabels und der Hauptwasserleitung finden, kannst du sie wegen des Mordes in Sant Elm drankriegen.«

Dann berichtete Pepe Rogalzky kurz von seiner Unterredung mit dem Schleimklumpen aus dem sechsten Stock der Apartmentanlage.

Jaume Vellerde rieb sich die Hände. »Pepe, wenn das die richtige Fährte ist, habe ich ein Problem weniger«, sagte er und warf gierige Blicke auf seine Telefonanlage.

Roger Schippengöt ging in seinem Büro in Palmanova ruhelos hin und her. Ab und zu blieb er stehen und horchte offenbar auf irgendwelche Klopfzeichen aus der Wohnung über dem Büro. Wenn er nichts vernahm, seufzte er schwer und setzte seinen Marsch fort. Er hatte dieses Problem mit Irene, und er musste es lösen. Sie war felsenfest davon überzeugt, dass ihre Tochter Holger umgebracht hatte. Nein, nicht allein. Sie hatte die Hilfe von zwei Männern gehabt, die Irene angeblich am Morgen des Attentats aus der Tiefgarage hatte kommen sehen, als sie zum dritten Mal an der Apartmentanlage vorbeigejoggt war, aber wieder nicht den Mut aufgebracht hatte, mit Holger über den Verkauf des Hauses zu sprechen.

Irene hockte wie ein verängstigtes Tier in seiner Wohnung, völlig kopflos, und zuckte beim kleinsten Geräusch zusammen. Gestern Abend hatte sie sich wie ein verschrecktes Gespenst in den Kleiderschrank gesetzt. Das musste man sich einmal vorstellen, eine erwachsene Frau!

Oder spielte Irene ihm nur Theater vor? Jedenfalls war sie an dem Morgen des Mordes in der Nähe des Tatorts gewesen. Vielleicht war sie ja gar nicht das verängstigte, hilflose Wesen, als das sie sich darstellte? Eines war auch klar: Sie hatte Holger abgrundtief gehasst. Von wem hatte er denn damals die Unterlagen über Holgers Subventionsschwindel im Ostgeschäft bekommen? Wer hatte ihn denn damit zu Denis Deville geschickt? Klar hing der auch in der Sache mit drin, aber nur am Rande, die Initiative und die Durchführung der ganzen Betrügereien gingen eindeutig auf Holgers Kappe.

Und dann dieser krankhafte Hass auf Denis Deville, der sie angeblich mit dem Kind habe sitzen lassen, dem sie schon vor der Geburt von Birgit angeblich gebeichtet habe, dass das

Kind von ihm und nicht von Holger sei! Warum hatte ihm Denis dann die ganzen Jahre nichts davon erzählt? Die vielen Jahre, in denen sie oft von der Vergangenheit gesprochen hatten!

Roger Schippengöt wollte sich die Haare raufen, aber ihm fiel im letzten Moment ein, dass sie dafür zu kurz geschnitten waren. Dann rang er sich zu einer Entscheidung durch und wählte Pepe Rogalzkys Nummer. Am besten würde es sein, die ganze verfahrene Kiste mit ihm durchzusprechen. Er ließ das Telefon mehr als zwei Minuten schellen. Dann wurde am anderen Ende der Leitung der Hörer abgenommen. »Hä?«, fragte eine Stimme, die gut zu einem Schrottplatz gepasst hätte.

»Ist Pepe da?«, fragte er.

»Nein!«, grunzte die Stimme.

»Könnten Sie ihm bitte ausrichten, dass er dringend Roger anrufen möchte?«

Die furchterregende Stimme am anderen Ende der Leitung stieß ein Geräusch aus, das so ähnlich klang wie der Brunftschrei eines Nashorns, dann wurde aufgelegt.

Diesmal raufte sich Roger Schippengöt tatsächlich die Haare, auch wenn es eher ein wildes Gezupfe war.

Als er aus Palma zum Haus auf dem Hügel bei Felanitx zurückkehrte, lag die Katze auf einem der gemauerten Türpfosten und leckte sich das Fell. Sie bemerkte Igor, sprang mit einem weiten Satz herab und verschwand zwischen den Büschen im Garten.

Am Nachmittag schloss sich Stanislaw zweimal für jeweils eine halbe Stunde in seinem Arbeitszimmer ein. Die übrige Zeit umschwirrte er ihn wie eine Schmeißfliege. Mal erkundigte er sich nach seinem Bein, das immer stärker juckte und in dem der pochende Schmerz wieder eingesetzt hatte. Dann fragte er ihn, für wann er seinen Rückflug nach Budapest geplant habe und ob er schon wisse, wie es dann auf der Insel weitergehen solle.

Als Stan dann am späten Nachmittag zum dritten Mal den Kopf in sein Zimmer steckte und ehrlich enttäuscht schien, dass er noch lebte, zog Igor ihn an der Schulter zu sich hinein.

»Nun werd's schon los, Stan«, sagte Igor, »sonst platzt du noch wie eine Seifenblase!«

Stan setzte sich auf die Kante des Schlafsofas. »Ich habe meine Drähte in die Polizeipräfektur von Palma«, sagte Stan und schwieg bedeutungsschwer.

»Und was meinen deine Drähte?«

»Sie sagen, dass deine Bulgaren alle im Polizeigefängnis sitzen!«, erwiderte Stan und hockte da wie ein ausgetrockneter Schwamm, der begierig jede Regung Igors aufsaugte.

Igor nickte gleichmütig.

»Und Wanja hat man gestern Nacht mit gebrochenem Genick in einem Wasserbecken von Aquacity gefunden!«, schob Stan hinterher.

Igor trat ans Fenster und blickte in den Garten. Die Katze hockte vor dem Stamm der Steineiche und schielte in die weitausladende Krone hinauf.

»Jetzt stehst du ziemlich alleine da!«, meinte Stan, und was mitfühlend klingen sollte, bekam einen lauernden, drohenden Unterton.

»Aber ich stehe noch«, sagte Igor, »auch wenn mein rechtes Bein schon anfängt zu stinken.« Als er zu dem Schlafsofa herumwirbelte, blitzte eine Pistole mit aufgeschraubtem Schalldämpfer in seiner Hand. »Also komm ja nicht auf dumme Gedanken, Stan!«, sagte er und steckte die Waffe zurück in den Hosenbund.

Stan war bleich geworden, und Igor war sich nicht sicher, ob die Ursache für die plötzliche Blutleere in Stans Gesicht die Furcht vor der Pistole oder einfach kalte Wut auf ihn war. Als Stan wortlos das Zimmer verlassen hatte, kam Igor zu dem Entschluss, nach der Abrechnung mit Pepe Rogalzky im Morgengrauen Stanislaw zu töten und mit dem Spielgeld aus dessen Wandtresor, der im Wohnraum hinter dem großen Blumenbild versteckt war, morgen den Heimflug nach Budapest anzutreten.

Als Pepe Rogalzky den Kopf in Henris' Büro steckte, saß Denis Deville auf der Schreibtischkante und schaute verträumt auf den Sonnenuntergang, der eigentlich nur ein fahler Klecks im immer dichter werdenden Dunst war. »Sag mal, Henri, hattest du in den letzten Tagen irgendwelche Privatbuchungen?«, fragte Pepe.

Henri schaute von den Faxen der Reisegesellschaften und den danebenliegenden Listen auf. »Das hat mich Denis auch schon gefragt«, sagte er. »Da war eine Privatbuchung für morgen früh um zehn. Ein Onkel für seinen Neffen, ein Geburtstagsgeschenk. Ich hab' ihm den Notsitz gegeben.«

»Dann hast du ein Problem!«, sagte Pepe. »Ich brauche nämlich für morgen um zehn zwei Plätze direkt neben dem Notsitz.«

»Wie stellst du dir das vor, Pepe?«, fragte Henri bekümmert. »Dann müsste ich ja zwei Leute ausladen! Ausgerechnet zwei von Thomas Cook. Also eines sag' ich dir, ich lege mich nicht mit denen an.«

Denis Deville beugte sich vor, hob einen der Hörer von der Telefonanlage ab. »Muss aber sein, Henri!«, sagte er. »Und die von Thomas Cook haben bestimmt Verständnis dafür, wenn ich ihnen klarmache, dass wir aus Sicherheitsgründen morgen zwei Securityleute mit an Bord nehmen.«

»Was wird hier eigentlich gespielt?«, fragte Henri ratlos. »Und warum erfahre ich so was immer als Letzter?«

»Weil wir alle noch nicht wissen, was letztendlich gespielt wird!«, erwiderte Pepe Rogalzky. »Ich schaue dann morgen so gegen neun Uhr mit dem Chilenen bei dir herein.«

Pepe Rogalzky fuhr von Magaluf nach Palma. Er hatte Cristina versprochen, bei ihr im Hotel vorbeizukommen. Cristina hatte hektische rote Flecken im Gesicht. »Es gibt Schwierigkeiten mit meinen Parteifreunden in Valencia!«, sagte sie. »Ausgerechnet in Valencia! Sie wollen gegen den Gesetzentwurf stimmen. Ausgerechnet die Parteifreunde in Valencia! Kannst du mir auch nur einen stichhaltigen Grund dafür nennen?«

Pepe Rogalzky wusste keinen stichhaltigen Grund. »Bist du sehr traurig, dass ich noch heute Abend eine Maschine zum Festland nehme?«, fragte Cristina und legte hektisch einen Stapel himmelblauer Kleidungsstücke in ihren himmelblauen Reisekoffer. Sie war so beschäftigt, dass sie Pepes Achselzucken geflissentlich übersah.

»Cristina, jetzt hast du so oft angefangen, mir die Story zu erzählen, wie dieser Terrorist, der jetzt hier auf Mallorca aufgetaucht ist und den ich morgen, so Gott es will, zur Strecke bringen werde, deinen Bruder umgebracht hat, bist damit aber nie zu Ende gekommen. Dein Bruder kam also die große Treppe des Bürgermeisteramtes herunter. Es war schon spät am Abend. Du hattest zwischen den Säulen auf deinen Bruder gewartet und wolltest gerade aus ihrem Schatten hervortreten, als dieser Terrorist langsam die Treppe hinauf auf deinen Bruder zu kam. Und weiter?«

»Nicht langsam!«, widersprach Cristina und faltete ein himmelblaues Seidennachthemd zusammen, auf das eine weiße Lilie gestickt war. »Es sah nur so aus, als wäre er langsam die Treppe hinaufgegangen, weil er zwei Stufen auf einmal nahm. Und dann geschah das Entsetzliche.«

Cristina ging ins Badezimmer, und er hörte sie mit Cremedöschen und Parfümflakons klappern, die sie in einen Schminkkoffer räumte. Dann kam sie wieder zu Pepe zurück, setzte den himmelblauen Schminkkoffer neben den himmelblauen Reisekoffer und ließ die Schlösser zuschnappen.

»Sei so gut, Pepe, und trag die Koffer in die Halle. Meine Maschine geht in einer knappen Stunde, und ich muss noch aus dem Hotel auschecken.«

Als Pepe auf der Treppe gerade nach dem Entsetzlichen fragen wollte, kam ein Hotelboy auf sie zu und nahm Pepe die himmelblauen Gepäckstücke aus der Hand. Und als hätte sich alle Welt gegen Pepe verschworen, strömten plötzlich aus den Fluren Gäste und Hotelangestellte auf die Treppe.

»Das Entsetzliche, bitte, Cristina!«, flüsterte Pepe.

Cristina funkelte Pepe zornig an und legte einen Finger auf die Lippen. Unten in der Halle entwand sie sich seinem Arm und war mit ein paar schnellen Schritten an der Rezeption. Sie beglich ihre Rechnung, winkte dem Hotelboy, gab ihm ein Trinkgeld mit einer Miene, als erfülle sie das vierte Gebot, und bat ihn, ihre Koffer zum Taxi zu bringen. Ein paar Leute verließen mit ihnen zusammen das Hotel.

Als Cristina im Fond der Taxe Platz genommen hatte, bedeutete sie dem Taxifahrer, einen Moment zu warten, und kurbelte das Seitenfenster herunter. Pepe beugte sich hinab.

»Das Entsetzliche, Pepe Rogalzky, war, dass dieser Terrorist meinem Bruder, als er an ihm vorbeikam, einfach ein Bein stellte. Pepe, ich kann beschwören, dass er ihm einfach ein Bein gestellt hat, und dann noch, als er schon halb an ihm vorüber war, mit einem Ellenbogenstoß seines gewaltigen Affenarms nachgeholfen hat. Mein Bruder geriet ins Straucheln und fiel. Er fiel und hörte erst auf zu fallen, als er die ganze, lange Treppe heruntergefallen war. Dort lag er mit gebrochenem Genick und gebrochenen Augen. Keine Bombe, Pepe, kein Pistolenattentat, Pepe, der Terrorist hat ihm einfach ein Bein gestellt. Verstehst du nun, Pepe, warum mich kein Staatsanwalt, kein Kommissar so richtig ernst genommen hat?«

Cristina gab dem Taxifahrer zu verstehen, dass er losfahren könne, und als die Taxe aus der Parkbucht scherte, kurbelte sie das Fenster hoch.

Als Pepe Rogalzky auf dem Passeig Maritim eine freie Parkbucht gefunden und seinen alten Escort abgestellt hatte, fiel ihm der himbeerrote Rolls auf, um den sich spanische Touristinnen gruppiert hatten und Blitzlichtaufnahmen von sich und dem Auto machten. An der Mole bemerkte er Ali, der mit ein paar Fischern sprach. Er wartete, bis Ali zu seinem Rolls zurückkam.

Als Ali Pepe bemerkte, rieb er sich die Hände. »Die Jungs gehen heute Nacht nicht auf Fische, sondern auf Mini-U-Boote«, sagte er. »Sie werden rund um Porto Portals mit ihren Schleppnetzen ein wenig die Küstengewässer absuchen. Vielleicht geht einem von ihnen ja das Aquascope ins Schleppnetz.«

»Ali, du bist ein Genie!«, sagte Pepe Rogalzky. »Wo finde ich dich?«

»Wo findet man Ali auf Mallorca schon? In seinem Rolls auf dem Parkplatz von Porto Portals!«, sagte Ali würdevoll. Dann lief er auf die spanischen Touristinnen zu, die mittlerweile die Kotflügel des Rolls bevölkerten, und schrie: »Pro Person zwei Euro, oder ich rufe die Polizei! Ihr verkratzt mir mit euren mageren Hintern ja die Sonderlackierung!«

13. KAPITEL

Igor hatte in der Dämmerung eine ganze Stunde am offenen Fenster gesessen und im Garten die Katze beobachtet, die in der Nähe der Steineiche im Gras vor einem Mauseloch saß. Igor mochte die Stunde zwischen Tag und Nacht, wenn die Schatten ihre Härte verloren und mit der Nacht zu verschmelzen begannen. Damals in Moskau hatte er um diese Zeit mit den anderen Jungen auf der Mauer irgendeines Hinterhofs gehockt, und sie hatten davon geträumt, in dieser Nacht einen Betrunkenen auszurauben, der die Taschen voller Rubel hatte. Wenn er die Hand, die den Kristallaschenbecher umschloss, nur ein paar Zentimeter bewegte, warf die Katze einen wachsamen Blick zum Fenster hinauf. Er hörte Stan im Haus rumoren und sich für die Nacht vorbereiten.

Im letzten Zwielicht, bevor die Nacht Mallorca in die Arme nahm, zuckte die Katze zum Mauseloch vor, ihre Pfoten wirbelten durch die Luft, und ihre schneeweißen Reißzähne blinkten auf. Im gleichen Moment warf Igor den Kristallaschenbecher. Er brach der Katze das Genick. Sie machte einen kerzengeraden Satz in die Luft, überkugelte sich und fiel, bewegungslos wie ein Stein, zu Boden.

Igor nahm seine Jacke aus dem Schrank und ging zu Stan ins Erdgeschoss hinab. »Ich brauche für heute Nacht einen fahrbaren Untersatz!«, sagte er zu Stan, der sich vor dem Küchenspiegel seine lächerliche Fliege umband.

»Nimm den MG, er steht in der zweiten Garage unten an der Auffahrt.«

»Viel zu auffällig!«, sagte Igor. »Ich habe etwas vor.«

»Sonst habe ich nur noch das Rennrad«, sagte Stan. »Ich benutze es ab und zu, um in der Stadt ein paar Besorgungen zu machen.«

»Schon gut, ich nehme den MG«, meinte Igor.

»Aber er hat eine Macke«, sagte Stan. »Der Rückwärtsgang klemmt. Er lässt sich nur an hohen Feiertagen schalten. Also denk dran, die Karre stets so zu parken, dass du nach vorne wegfahren kannst.«

Stan ging in den Flur und kramte die Wagenschlüssel aus einer Schublade. »Und schau nach dem Öl, bevor du losfährst. Wenn er welches braucht, findest du den Kanister in dem Holzregal rechts in der Garage.«

Igor wartete in der Haustür, bis Stan in seinen Jaguar gestiegen und davongefahren war. Dann holte er aus der Vorratskammer neben der Küche eine Flasche Brennspiritus, ging in den Garten, übergoss die Katze und legte von ihrem Kadaver eine Spur bis zur Gartenbank. Dann setzte er sich, zündete sich eine Zigarette an, tat ein paar tiefe Züge und warf den glimmenden Rest auf die Spur. Eine kleine, zuckende Flamme raste auf den Kadaver der Katze zu. Igor wartete bewegungslos ab, bis der Kadaver zu einem Klumpen verschmort war. Igor fühlte sich gut. Er hatte den Totengöttern ein Brandopfer dargebracht.

In der Garage überprüfte er den Ölstand des MG und goss fast einen ganzen Liter nach. Dann machte er sich mit den Instrumenten vertraut und versuchte, den Rückwärtsgang einzulegen. Stan hatte recht. Er klemmte, und man hätte schon einen schweren Hammer gebraucht, um ihn in die vorgeschriebene Position zu bringen.

Auf den ersten Kilometern bockte der Oldtimer und spuckte manchmal dicke Rußwolken aus dem Auspuff, lief dann aber rund und kam immer besser auf Touren.

Er hatte diesen Pepe Rogalzky lange unterschätzt, kostbare Zeit, die Freiheit der Bulgaren und Wanjas Leben verschwendet. Ein Ex-Bulle, der mit einem Ex-Dealer, einem Kind und einer alten Frau zusammenarbeitete. Er hatte die alte Frau hinter der Wohnungstür schnaufen und leise fluchen gehört, und was er von ihr gehört hatte, erinnerte ihn an die Geräusche einer tollwütigen, alten Hündin. Und dieser Junge hatte den wachsamen Blick eines Jungtiers, dessen Mutter eines Tages von der Jagd nicht zurückgekommen war und das sich viel zu früh allein durchbeißen musste. Der Junge war nicht dumm. Er würde Pepe Rogalzky von seiner Begegnung mit ihm erzählen. Er blickte auf die Uhr. Wenn er Pepe Rogalzky wäre, würde er so gegen zehn oben im Haus Posten beziehen. Also musste er im Haus noch höher hinauf, um in Pepe Rogalzkys Rücken zu kommen.

Er parkte den MG in einer Seitenstraße des Passeig Mallorca so, dass er nach vorne hin wegfahren konnte, und tauchte wenige Minuten später in den engen Gassen der Altstadt unter. Igor war in der Welt der Hinterhöfe, in der einer so aussah wie der andere, aufgewachsen, und es bereitete ihm keine Schwierigkeiten, sich im Gewirr der Gassen zu orientieren. Die Menschen, die ihm begegneten, grüßten ihn nicht, sondern wichen ihm wortlos aus. An einem kleinen Platz, auf dem sich drei der Gassen kreuzten, blieb er stehen. War er nicht gerade wieder dabei, diesen Pepe Rogalzky zu unterschätzen? Wie würde er, Igor, reagieren, wenn er an Pepes Stelle wäre? Er würde genau den gleichen Gedankengang haben, nämlich hinter den Rücken seines Gegners zu kommen.

Nein, wenn er diesmal besser als dieser Pepe Rogalzky sein wollte, musste er völlig unvorhersehbar reagieren. Und womit würde Pepe am wenigsten rechnen? Dass er den gleichen Weg wie Wanja nehmen würde! Er könnte zuerst die tollwütige Hündin fertigmachen und sich dann in ihren Schaukelstuhl setzen und in aller Seelenruhe auf Pepe Rogalzkys Rückkehr warten.

Igor schaute in einen der Innenhöfe hinein, in dem Renovierungsarbeiten vorgenommen wurden. Aus einem Haufen

Bauschutt ragte ein Stück dünnen Drahtes. Er legte ihn auf Armlänge zusammen und steckte ihn unter das Hemd.

Am Ende der Gasse blickte er zu den Fenstern von Pepe Rogalzkys Wohnung hinauf. Sie waren alle erleuchtet. Er wartete, bis der Transvestit mit der schiefsitzenden Perücke und dem viel zu engen roten Minikleid aus einem glänzenden Seidenimitat auf hohen Stöckelschuhen an ihm vorbeistolziert war und legte die Strecke bis zu dem blassgrün getünchten Haus schnellen Schrittes und ohne sich umzublicken zurück. In dem Hauseingang des blassgrün getünchten Hauses holte er, wie Wanja es getan hatte, die Stahlstifte aus der Hosentasche und steckte sie so, dass sich das Sicherheitsschloss einige Sekunden später öffnen ließ. Bevor er den Hausflur betrat, warf er einen Blick zum Ende der Gasse. Dort hockte der Transvestit auf der Schwelle eines Hauseingangs und trommelte wütend mit einem Schuh auf das Pflaster. Der hohe Absatz war abgebrochen.

Igor machte im Treppenhaus kein Licht an und stieg hinauf bis zur Dachbodentür, die unverschlossen war. Er fand den Durchgang zum Dachboden des Nachbarhauses. Er hörte undeutliches Stimmengemurmel. Dann klingelte jemand, und eine Wohnungstür wurde geöffnet. Es vergingen zehn Minuten, dann ging die Wohnungstür ein zweites Mal. Die Haustür fiel ins Schloss. Dann war es in der Wohnung unter ihm still. Nach weiteren fünf Minuten hörte er schlurfende Schritte, eine Zimmertür quietschte, dann herrschte wieder Stille. Das musste die tollwütige Hündin gewesen sein, die ihren Posten im Flur wieder eingenommen hatte.

Igor wartete weitere zehn Minuten. Dann bewegte er sich unendlich langsam auf die Dachluke zu. Er ließ sich viel Zeit, um die Dachluke zu öffnen, und es waren weitere zehn Minuten vergangen, bis er sich auf das Dach hinaufgezogen hatte. Hier ließ er sich auf alle viere nieder und verteilte sein Gewicht gleichmäßig auf die Ziegel. Das Schlafzimmerfenster war gekippt, und er brauchte von oben nur in den offenen Spalt zu greifen, um es zu öffnen. Er ließ sich vorsichtig hinab und lauschte.

Aus dem Flur drang leises Knarren, das immer schwächer wurde und schließlich ganz aufhörte. Igor ging in die Hocke und bewegte sich langsam durch das Schlafzimmer. Er ließ sich wieder viel Zeit und tastete jeden Zentimeter des Bodens mit den Fingerspitzen ab, bevor er über ihn weg kroch. Im Wohnraum holte er den Draht aus dem Hemd und bog ihn auf Armlänge auseinander. Die Tür zum Flur war halb geöffnet. Er sah das graue Haar über dem Rand der Schaukelstuhllehne. Die tollwütige Hündin hatte eine Decke über sich gebreitet. Sie schlief. Igor hörte deutlich ein gleichmäßiges Atmen.

Einen halben Meter vor dem Schaukelstuhl schnellte er lautlos aus der Hocke hoch. Seine Hände, die den Draht gespannt hielten, zuckten vor. Gleichzeitig stemmte er sein ganzes Gewicht gegen den Schaukelstuhl. Er riss den Draht mit großer Kraft zurück. Er vernahm ein Knacken, und der Kopf vor ihm kippte im Schaukelstuhl zur Seite.

Igor sah in die himmelblauen Augen einer Schaufensterpuppe. Gleichzeitig wurde vor ihm die Tür zu einer Abstellkammer aufgestoßen, eine fette alte Frau wabbelte heraus. Sie hielt eine Schrotflinte in den Händen, deren abgesägter Doppellauf auf ihn gerichtet war.

Igor benötigte nur den Bruchteil einer Sekunde, um die gesamte Energie, die in seinem Körper gespeichert war, in eine gezielte Vorwärtsbewegung seiner Fingerspitzen umzusetzen. Sie hatten sich kaum mehr als zehn Zentimeter nach vorne bewegt, aber das genügte, um den Schaukelstuhl wie ein Geschoss auf die Tür zur Abstellkammer zufliegen zu lassen. Doch ehe das Geschoss die alte Roja erreichte, drückte sie ab. Die Ladung zerfetzte den Stuhl und die Schaufensterpuppe. Igor hatte sich schon nach hinten fallen lassen. Er fühlte, wie etwas Glühendes über seine Kopfhaut raspelte und seine linke Hand durchschlug.

Als die Deckenlampe im Flur zu Boden schepperte und klirrend zersprang, rannte Igor schon durch das Wohnzimmer. Er sah aus den Augenwinkeln den Schatten in der Wohnzimmertür, in der Hand eines lang ausgestreckten Arms eine Pistole mit Schalldämpferaufsatz. Im gleichen Moment hob er mit einem langgestrecken Satz tief über dem Boden ab. Er spürte den dumpfen Schlag in der Schulter und dann den Schmerz, der in einer gewaltigen Woge über ihm zusammenschlug.

Als Pepe Rogalzky sich im Schlafzimmer auf das Fensterbrett stellte und auf die Dächer sah, erkannte er Igor, der schon ein paar Häuser weiter über den Dachfirst rannte, als liefe er über eine breite Straße. Aus seiner Schulter spritzte Blut, das wie der Umhang eines Superhelden hinter ihm her wallte. Pepe Rogalzky legte an und zielte. Als er abdrückte, ließ sich Igor nach rechts über das Dach abkippen, rannte über die Dachpfannen und drückte sich von der Regenrinne mit beiden Beinen ab. Pepe sah, wie Igor in das Astwerk eines hohen Nussbaums hineintauchte.

An den Innenhof, in dem der alte Nussbaum stand, grenzten ein zweiter und ein dritter, die voneinander durch Mauern getrennt waren, die für einen guten Kletterer kein ernsthaftes Hindernis waren. Dann folgte eine Toreinfahrt, die auch des Nachts zumeist unverschlossen war. Die dahinterliegende Gasse mündete nach einigen Kurven in einer Seitenstraße des Passeig Mallorca. Pepe konnte es vor Igor bis in die Seitenstraße schaffen. Er schob mit beiden Händen die alte Roja zur Seite, die mit der abgesägten Schrotflinte in den Trümmern des Schaukelstuhls und denen der zerfetzten Schaufensterpuppe stocherte, die mit Blutspritzern übersät waren.

»Ich hab' den Hundesohn erwischt!«, schrie sie. »Ich hab' den Hundesohn erwischt!«

Als Pepe Rogalzky aus dem Haus und nach links die Gasse herunterlief, sprang Allan, der Transvestit aus Hammersmith, aus einem Hauseingang.

»Hast du ihn vorhin auf den Dächern erwischt?«, rief er.

»Er ist in den alten Nussbaum gesprungen und wird versuchen, durch die Innenhöfe in Richtung Passeig de Mallorca zu fliehen«, antwortete Pepe. »Hol meinen Escort. Er steht in einer Parkbucht vor der Anlegestelle der Ausflugsschiffe. Fahr ihn in die Carrer Sant Llorenc und warte dort auf mich.«

Pepe warf dem Transvestiten die Autoschlüssel zu und rannte weiter. Allan stopfte sich die blonde Perücke in den Ausschnitt seines Minikleids, schleuderte die Schuhe von den Füßen und spurtete los. Er überholte Pepe auf dem kurzen Stück bis zur nächsten Querstraße, als wolle er den Beweis antreten, dass er noch vor fünf Jahren der Polizeimeister des Großraums London über vierhundert Meter gewesen war.

Pepe bog in die Carrer Sant Llorenc und hörte vor sich die auf dem Pflaster klatschenden Schritte. Dann sah er Igor, der kaum mehr als zwanzig Meter vor ihm lief. Pepe Rogalzky hatte schon mehr als ein Dutzend Verwundete verfolgt, aber noch nie einen Menschen, der so zusammengeschossen war und noch so rennen konnte. Igors linke Schulter war ein blutiger Brei, aus seiner Hüfte quollen Blutblasen, blähten sich auf und zerplatzten. Sein rechter Arm hing kraftlos an der Seite hinunter und war blutverschmiert.

Instinktiv blickte sich Igor um. Er sah seinen Verfolger hinter sich und verdoppelte seine Schrittzahl. Schnell hatte er fast vierzig Meter zwischen sich und Pepe gelegt. Er bremste erst kurz vor dem offenen MG ab, sprang hinein und drehte den Zündschlüssel im Schloss. Dann bog der MG in die Seitenstraße hinter der Kirche Sant Llorenc ein.

Es dauerte dreißig Sekunden, bis der Escort um die Ecke kam und neben Pepe die Fahrt verlangsamte. Pepe sprang auf den

Beifahrersitz. Als sie auf den Passeig de Mallorca kamen, sah Pepe den MG in Richtung Passeig Maritim abbiegen.

»Es ist der offene MG!«, rief er Allan zu.

Allan reagierte sofort. Er wendete, nahm einem Jaguar die Vorfahrt und raste in Gegenrichtung in die nächste Einbahnstraße. Nach fünfzig Metern kam ihnen ein Seat entgegen, an dem die Scheinwerfer aufgeblendet wurden. Doch Allan trat das Gaspedal bis zum Bodenblech durch. Der Motor des alten Escort jaulte auf, der klapprige Wagen machte einen Satz nach vorn, schoss handbreit vor dem entgegenkommenden Fahrzeug, das fast die ganze Breite der Straße einnahm, in eine Toreinfahrt. Allan bremste, ließ den Escort in dem engen Innenhof auf den abgefahrenen Hinterreifen herumschleudern und lenkte ihn wieder aus der Toreinfahrt hinaus. Sie hatten Glück, bis zur Einmündung auf den Passeig Maritim kam ihnen kein weiteres Fahrzeug entgegen. Sie sahen den offenen MG in Gegenrichtung davonfahren.

Der Passeig war Allans Jagdrevier. Hier kannte er jeden Meter. Er lenkte den alten Escort auf den Parkstreifen, der die beiden Fahrbahnen des Passeig Maritim voneinander trennte, erspähte eine Lücke, ratterte über den Bordstein und bog in die Gegenrichtung ab. Sie sahen den MG zweihundert Meter vor sich und klemmten sich hinter ihn.

Kurz vor Llucmajor hatte Igor gecheckt, dass der schwarze Escort mit der losen vorderen Stoßstange ihn verfolgte. Er ließ ihn bis auf achtzig Meter an sich heran, lenkte mit dem Knie, drehte sich und feuerte drei Schüsse ab. Allan fuhr einen Zickzackkurs über die ganze Breite der Straße. Eine Kugel riss den rechten Außenspiegel aus der Verankerung. Trotzdem hielt Allan den Abstand.

Hinter Llucmajor blieb Igor auf der C-717 Richtung Campos. Der Verkehr nahm ab, und Allan schaltete auf gerader Strecke die Scheinwerfer aus, um Igor das Zielen zu erschweren. Vor Campos drangen blaue, fettige Rauchwolken aus dem

Auspuff des MG, aber er verlangsamte die Fahrt nur geringfügig. Igor feuerte noch zweimal auf den Escort. Der zweite Schuss riss die nur notdürftig befestigte vordere Stoßstange des alten Escort ab. Sie schepperte zur Seite und rutschte in den Straßengraben. Pepe Rogalzky merkte sich die Stelle, um die Stoßstange auf dem Rückweg aufzulesen. In den Olivenhainen links und rechts der Straße hing feiner, weißer Dunst. Das Wetter würde umschlagen. In den Kurven schaltete Allan die Scheinwerfer wieder ein. Hinter einer der Trockenmauern sahen sie eine Schafherde, die um einen uralten knorrigen Olivenbaum einen Ring aus Leibern gebildet hatte, die Köpfe nach außen gerichtet.

Allan kicherte. Er griff in den Ausschnitt seines roten Minikleids, zerrte die blonde Perücke hervor und schleuderte sie in Richtung der Schafe. Das blonde Plastikhaar fing das letzte Licht des Mondes, der sich in den Dunst eingewickelt hatte. Sie flog wie der Engel, der die frohe Botschaft verkündet, auf die dichtgedrängten Leiber zu, und die Tiere starrten aus schreckgeweiteten Augen auf den unbegreiflichen Himmelskörper, der den Weg zu ihnen herabgefunden hatte.

In Campos machte Igor den letzten Versuch, den alten Escort unter Beschuss zu nehmen. Er drehte sich halb um, aber aus seiner Hüfte spritzte eine hohe Blutfontäne, und er hatte Mühe, den nach links ausbrechenden MG wieder abzufangen. Allan verringerte den Abstand auf dreißig Meter. In Campos bog Igor auf die Landstraße nach Felanitx ab. Die blauen Auspuffwolken wurden immer dichter, und es roch stark nach verbranntem Öl.

»Die Zylinderkopfdichtung macht es nicht mehr lange«, meinte Allan.

Die Verfolgungsjagd war mittlerweile zu einer Art Spazierfahrt geworden. Der MG hielt sich zumeist auf der Straßenmitte und wich entgegenkommenden Fahrzeugen erst im letzten Moment aus. Allen schloss noch dichter auf. In Felanitx bog der MG nach rechts und hielt sich auf der Umgehungsstraße. An der Kreuzung Richtung Portopetro und Portocolom hielt er an. Igor überlegte einen Augenblick, ob er nach rechts in Richtung des Hauses abbiegen sollte, das in einigen hundert Metern Entfernung wie ein böses Tier auf dem Hügel hockte. Doch er wählte die Straße Richtung Portocolom. Nach circa drei Kilometern bog er scharf rechts ab und fuhr die steile, enge Serpentinenstraße des Klosterbergs zum Santuari de Sant Salvador herauf. In den engen Kehren, wenn Igor herunterschalten musste, knallten Fehlzündungen und der Wagen bockte.

In Höhe der kleinen Kapelle schien der MG seinen Geist aufzugeben. Er rollte nur noch im Schritttempo, und eine große fettige Rußwolke schoss explosionsartig aus dem Auspuff. Dann machte der MG einen Satz nach vorne und gewann wieder Geschwindigkeit.

Auf dem großen Parkplatz vor der Christusstatue fuhr der alte MG, der eine breite Ölspur hinter sich herzog, mehr als siebzig Stundenkilometer. Dann riss es den kleinen Sportwagen fast auseinander. Aus dem Kühler schoss eine meterhohe Fontäne aus kochendem Wasserdampf, mit Öl vermischt. Die Räder blockierten. Der MG rutschte auf das Gitter zu, das den Turm mit der Christusstatue darauf vom Parkplatz trennte, und knallte gegen die Treppenstufen. Igor wurde im hohen Bogen über das Gitter hinweggeschleudert und prallte gegen den Fuß des siebenunddreißig Meter hohen Turms.

Allan hatte den alten Escort zum Stehen gebracht. »Das war's dann wohl«, sagte er.

Im aufgeblendeten Licht der Scheinwerfer sahen sie, wie Igor nach einer Weile wieder auf die Beine kam. Er drehte sich wie ein Betrunkener, zog die Pistole aus dem Hosenbund und begann, die Treppenstufen in Richtung des Eisengitters hinabzutaumeln. Der Mond schaute für einen Moment zwischen den Dunstschleiern, die vom Meer zur Inselmitte zogen, hervor, und der Schatten der segnenden Christusstatue fiel auf den Berg. Dicht vor Igor sprang eine kleine Katze auf, die sich in den Schatten einer halbzerbröckelten Stufe geduckt hatte. Im gleichen Moment fuchtelte Igor wild mit seinem gesunden Arm in der Luft und irritierte die Katze so, dass sie einen Haken schlug und genau auf Igor zu rannte. Igor stolperte über das verschreckte Tier, kippte vornüber und schlug mit der Stirn auf die scharfe Kante einer Stufe. Seine Stirn platzte auf, er riss den gesunden Arm in die Höhe, die Pistole flog aus seiner Hand. Dann drehte er sich auf den Rücken und rutschte die letzten Stufen bis an den Fuß der Treppe hinab. Dort blieb er liegen, seine Beine zuckten. Dann starrte er aus gebrochenen Augen hinauf zu dem riesigen Christus, der auf dem Turm stand und das Land segnete.

Pepe Rogalzky und Allan waren ausgestiegen. Der Transvestit kreuzte beide Arme über der Brust, legte beide Hände auf die Schultern. und erschauerte.

»Die Katze«, sagte Pepe Rogalzky. »Jetzt weiß ich, was Gloria gemeint hat, als sie sagte, die Katze würde ihn erledigen.«

14. KAPITEL

Die Insel hatte sich in den Dunst vom Meer wie in einen wärmenden Mantel gehüllt, den der heraufdämmernde Morgen aufzuknöpfen begann. Pepe Rogalzky hatte in Genovas Bar einen starken Americano getrunken, hockte im roten Schnellboot und hörte der Dünung zu, die gegen die Boote im Hafen schwappte. Vor ihm saß Ali im Steuerstuhl des Schnellboots, eine Hand am Schalthebel, und schlief. Ab und zu fuhr ein Windstoß in die Takelage der Segelyachten und klapperte mit Rollen und Schlegeln. Pepe beobachtete, wie auf dem Parkplatz einmal der Glühpunkt einer Zigarette aufleuchtete. Dort saß der Chilene. Vielleicht dachte er an das Jahr, als die Haie sich an den Küsten Chiles hatten blicken lassen. In jenem Jahr war sein Vater nicht vom Fischfang zurückgekehrt.

Alis Freunde hatte das Aquascope gefunden. Es lag nördlich von Portals Nous an einer Boje, eine halbe Seemeile vom Ufer entfernt. Ein Fischerboot tuckerte in den Hafen, drehte an der Mole bei, und zwei alte Männer entluden ein paar Kisten, in denen ihr nächtlicher Fang verstaut war. Dann kam ein Lieferwagen, und die beiden alten Männer feilschten um den Preis ihrer Fische. Als sie sich mit dem Händler geeinigt hatten und der Lieferwagen mit ihrem Fang davongefahren war, kehrte Stille in den Hafen ein. Die letzten Gäste der Disco waren gegangen, der Wind hatte sich gelegt, und die Sonne schickte ihre ersten Strahlen durch die hauchdünnen Filter des Dunstes. Sie malten die Insel in den Rosatönen kitschigen Mädchenspielzeugs an.

Auf dem Motorschiff wurde es lebendig. Der Skipper trug eine große Sporttasche an Deck und ließ das rote Schlauchboot zu Wasser. Pepe Rogalzky rüttelte Ali an der Schulter, und er war sofort hellwach.

»Willst du nicht doch lieber eine Pistole mitnehmen?«, fragte Pepe Rogalzky.

Ali schüttelte den Kopf und klopfte mit der Hand auf die große Harpune, mit der man einen Wal hätte erlegen können. »Ich brauche dein Spielzeug nicht«, sagte er. Dann kramte er die Seekarte hervor, in der seine Freunde die genaue Position des Aquascopes eingetragen hatten.

Sie beobachteten, wie der unproportionierte Mann das Schlauchboot mit gleichmäßigen Ruderschlägen durch die Hafenausfahrt lenkte.

»Ich schätze, das Aquascope wird zuerst über Wasser fahren und erst kurz vor dem Revier des U-Boots abtauchen«, meinte Pepe.

Ali nickte. »Es wird nicht tiefer als drei bis vier Meter unter Wasser sein«, sagte er, »und ich kann seinen Kurs durch die aufsteigenden Luftblasen gut verfolgen.«

»Und ruf auf deinem Handy sicherheitshalber Jaume Vellerde an, sonst denken die Bullen noch, du hättest etwas mit dem Tanz zu tun, den sie auf dem U-Boot veranstalten wollen«, sagte Pepe und kletterte auf den Steg. Im Hafen wurde es langsam lebendig. Auf einer der Segelyachten machte man sich fertig zum Auslaufen und ließ den Außenborder an. Ein alter Mann und sein Hund machten ihren Morgenspaziergang. Ein Minibus kurvte vor die Disco, und ein Putzfrauengeschwader schwärmte hinein.

Pepe Rogalzky schlenderte zu dem silberfarbenen Mercedes. Der Chilene hatte schon auf den Rücksitzen Platz genommen. Als der Junge das Motorschiff verließ und, unternehmungslustig seine Sporttasche schwenkend, über die Mole Richtung Taxis spazierte, gab der Chilene Gloria ein Zeichen, der Mercedes scherte aus der Parkbucht und fuhr in Richtung Magaluf davon.

Als der Junge das U-Boot-Center betrat, hatten sich Pepe und der Chilene schon in die Schlange der Touristen eingereiht, die sich vor dem Schalter, an dem die Bordkarten ausgegeben wurden, gebildet hatte. Das freundliche Mädchen in dem weißen Overall bestand darauf, dass Pepe Rogalzky ihr seinen für spanische Ohren sehr fremden Namen auf einen Zettel aufschrieb, damit seine Tauchurkunde korrekt ausgefüllt werden konnte. Der Junge war am Eingang stehen geblieben und musterte aufmerksam die anwesenden Personen. Dann schlenderte er zu den Regalen mit den Videos, CDs, T-Shirts und Kappen und betrachtete die Merchandising-Waren mit großem Interesse. Zwei Minibusse hielten vor dem Center, und ein zweiter Schub Touristen strömte herein.

Pepe und der Chilene setzten sich zu der ersten Gruppe Touristen vor die Fernsehschirme, auf denen das Video über das U-Boot abgespielt wurde. Ein pensionierter Studienrat aus Hamburg nahm neben Pepe Platz und begann ein Gespräch über den U-Boot-Krieg und die taktischen Entscheidungen der deutschen Admiralität.

Der Junge hatte sich unter die zweite Touristengruppe gemischt und seine Boardingcard in Empfang genommen. Er schaute sich das Video nicht an, sondern ging zu den Regalen zurück, blätterte in einem der Bücher, wobei seine Blicke immer wieder durch das Center huschten. Dann entschied er sich für eine Kappe und bezahlte sie bei einer der freundlichen Damen in den weißen Overalls.

Kaum war das Video zu Ende, als ein Mann im weißen Overall in die Hände klatschte und zum Aufbruch rief. Auf dem Weg zum Strand hielt sich der Junge bei der zweiten Touristengruppe auf. Pepe beobachtete, wie er mit zwei spanischen Mädchen sprach, die ungefähr in seinem Alter waren. Die Mädchen lachten. Er wollte einem von ihnen die Kappe schenken, die er soeben gekauft hatte, aber das Mädchen nahm sie nicht an.

Auf dem Anlegesteg warteten sie ein paar Minuten auf das Transferschiff. Als es beigedreht hatte, bildeten die Touristen eine lange Reihe und mussten einzelnen über das schmale Fallreep. Zwei Fotografen in weißen Overalls machten Aufnahmen. Als der Junge das Fallreep betrat, hatte er die Kappe so tief in die Stirn gezogen, dass ein Fotograf in die Knie ging, um doch noch sein Gesicht auf den Film bannen zu können. Als er auf den Auslöser drückte, rutschte der Junge aus und wäre beinahe zwischen den Seilen hindurch ins Wasser gefallen. Die beiden spanischen Mädchen kreischten vor Vergnügen.

Der Chilene ließ sich von einem der Helfer über das schmale Fallreep auf das Transferschiff führen und stellte sich recht hilflos an. Auf dem Boot setzte er sich neben Pepe und fächelte sich mit seiner Boardingcard Kühlung zu. Pepe beobachtete, wie der Junge, der sich neben die beiden Mädchen gesetzt hatte, neugierig einen Blick auf die Boardingcard des Chilenen warf, wobei ein spöttisches Grinsen über sein Gesicht huschte. Während der Überfahrt zur Islote de Sec hatte der Junge es bei einem der Mädchen so weit gebracht, dass er mit einer seiner flinken Hände mehrmals ihren kleinen Busen berühren konnte, ohne dass es protestierte. Seine Sporttasche hatte er unter die Sitzbank geschoben.

Als sie in der Nähe der kleinen Tauchinsel angekommen waren, lief alles sehr schnell ab. Das weiße U-Boot tauchte, von perlendem Schaum wie eine Meeresgöttin umhüllt, aus der Tiefe. Die Luke wurde geöffnet, die Tauchfahrer entstiegen dem Schiff und wurden von einem zweiten Transferboot in Empfang genommen. Als das ablegte, durften die neuen Passagiere einchecken. Diesmal hatte der Junge Pech, denn ein Fotograf stand im Inneren des U-Boots und erwischte ihn voll beim Herunterklettern der kurzen Treppe. Eine dunkelhaarige Stewardess im weißen Overall führte den Jungen zum Notsitz.

Links vom Notsitz hatte Pepe Rogalzky vor einem Bullauge Platz genommen und nickte dem Jungen zu.

»Sollen wir tauschen?«, fragte er den Jungen. »Du hast doch bestimmt einen Camcorder in deiner Tasche und möchtest Aufnahmen machen.«

»Danke, das ist nett von Ihnen«, sagte der Junge. »Aber in meiner Tasche sind nur Schwimmsachen, und ich sehe von hier aus ganz gut.«

Der Junge beobachtete, wie der Chilene sich von der Stewardess und dem Fotografen als Letzter von der Treppe helfen ließ und dann unsicher zum Platz neben Pepe hinkte, wo er sich aufstöhnend niederließ und sich mit einem Taschentuch über die Stirn wischte.

Der Junge beugte sich zu dem Chilenen vor. »Ein Autounfall?«, fragte er.

»So was Ähnliches«, antwortete der Chilene.

»Jedenfalls hat Sie's ganz schön erwischt!«, stellte der Junge befriedigt fest. Er platzierte seine Sporttasche unter dem Notsitz und winkte den beiden Mädchen zu, die nebeneinander im hinteren Teil des U-Boots saßen.

Die Einstiegsluke wurde geschlossen und verriegelt. Die Stewardess sprach ein paar Begrüßungsworte und erklärte die Funktionen der beiden Displays, die neben jedem der Sitze angebracht waren.

»Sollen wir nicht doch lieber tauschen?«, fragte Pepe den Jungen, der sich vorgebeugt und neugierig auf die Displays neben dem Sitz des Chilenen geschaut hatte.

»Wirklich nicht nötig«, entgegnete der Junge.

Dann perlte das Wasser vor den Bullaugen auf, und die Tauchfahrt begann. Der Käpten überließ das Tauchmanöver seinem ersten Offizier, der die Schalter routiniert und schnell betätigte. Als sie die maximale Tauchtiefe erreicht hatten, begann die langsame Unterwasserfahrt, die einmal rund um die kleine Tauchinsel führte. Vor den Bullaugen tauchten Felsen und Seegrasbüschel auf. Ein paar Fische ließen sich blicken. Fotoapparate klickten, und Camcorder surrten.

Der Chilene freute sich wie ein Kind, als ein handlanger Fisch an sein Bullauge heranschwamm und das U-Boot eine Weile begleitete. Dann tauchte das Wrack auf, das man aus dem Mittelmeer extra hierher geschleppt und erneut versenkt hatte. Die Stewardess sprach erklärende Worte in ihr Mikro.

Der Käpten nahm Verbindung mit dem Begleitschiff auf und beorderte die Taucher herab. Wenig später erschienen zwei Taucher vor den Bullaugen. Sie streuten Fischfutter aus, das einen großen Fischschwarm vor die Bullaugen lockte. Jetzt konzentrierte sich die ganze Aufmerksamkeit der Passagiere auf den farbenprächtigen Tanz der Fische. Die Stewardess hatte sich in den hinteren Teil des U-Boots verzogen, wo sie von Bullauge zu Bullauge ging und mit den Passagieren sprach.

Pepe Rogalzky beobachtete aus den Augenwinkeln, wie der Junge mit einem Fuß seine Sporttasche unter dem Sitz hervorangelte, sich über sie beugte, den Reißverschluss ein Stück öffnete, etwas herausnahm und in seine Hosentasche gleiten ließ. Dann griff er ein zweites Mal in die Tasche hinein und steckte etwas in die andere Hosentasche. Der Chilene rückte ganz nahe an das Bullauge heran, so dass sein massiger Körper dem Jungen die Sicht versperrte und legte die Hand auf das Ende des Krückstocks.

Einer der Taucher schwamm zum Bullauge, hinter dem Pepe und der Chilene saßen, und zeigte einen Kraken, der seine Tentakel gegen das Glas pendeln ließ und sich mit einem seiner Saugnäpfe daran heftete. Die Stewardess kam zu ihren Sitzen und lächelte Pepe freundlich an. »Kann ich Ihnen irgendwelche Fragen beantworten?«, fragte sie freundlich.

Pepe nickte. »Wie schnell ist denn das U-Boot unter Wasser?«, fragte er.

»Nicht besonders schnell, so ungefähr vier Knoten Höchstgeschwindigkeit«, antwortete die Stewardess. »Aber die

Höchstgeschwindigkeit würde es auch nicht lange fahren können, weil die Energie für den Antrieb aus Batterien gespeist wird, deren Kapazität nicht für längere Fahrten ausreicht.«

»Und für wie lange reicht der Sauerstoff?«, fragte Pepe.

Der Junge hatte sich abgewandt und schien sich ganz auf den Taucher zu konzentrieren, der den Kraken zum nächsten Bullauge getragen hatte.

»Sie meinen, ohne aufzutauchen?«, vergewisserte sich die Stewardess. Pepe nickte. »Nun, mit den Reserven ist er für maximal zwölf Stunden ausgelegt«, sagte die Stewardess.

Pepe bedankte sich, und die Stewardess wandte sich dem Jungen auf dem Notsitz zu.

»Gefällt dir die Tauchfahrt?«, fragte sie ihn auf Spanisch. Der Junge nickte und winkte die Stewardess nahe zu sich heran. Die junge Frau in dem schneeweißen Overall beugte sich zu ihm hinab, und er flüsterte ihr etwas ins Ohr. Die Stewardess zuckte hoch, als hätte sie eine Schlange vor sich, doch der Junge hielt sie mit einer Hand an der Schulter fest. Pepe beobachtete, wie er mit der anderen Hand in die Hosentasche griff. Doch bevor der Junge die Hand aus der Tasche wieder hervorziehen konnte, traf ihn die silberne Krücke des Gehstocks, den der Chilene an seinem Ende gefasst hielt und in einer blitzschnellen Drehbewegung zur Seite gewirbelt hatte, mit einer solchen Wucht an der Stirn, dass der Junge vom Notsitz flog und mit dem Hinterkopf gegen die Verkleidung der Bootswand prallte.

Die Stewardess schrie auf. Die Stirn des Jungen war aufgeplatzt, und Blut lief über sein Gesicht. Pepe Rogalzky hechtete von seinem Sitz vor dem Bullauge auf den Jungen zu, doch der zog in einer Drehbewegung sein Bein an und traf ihn mit dem Fuß am Kinn. Pepe rollte zur Seite. Die Krücke sauste erneut auf den Jungen zu, der sie aus den Augenwinkeln hatte heranzischen sehen. Er brachte im allerletzten Moment den Arm hoch und konnte die größte Wucht des Hiebes abfangen.

Die Stewardess hatte beide Hände zu Fäusten geballt und gegen die Wangen gepresst. Sie hörte nicht auf zu schreien. Der Käpten und sein erster Offizier blickten aus der einen Meter unter dem Passagierraum tiefer liegenden Steuerkanzel mit der großen Panoramascheibe erstaunt zu ihr herüber. Auch einige Passagiere hatten sich zum Notsitz umgewandt. Pepe hatte sich herumgeworfen und wollte sich den Arm des Jungen schnappen. Doch der war schneller, zog die Hand aus der Hosentasche und ließ den Bügel der Eierhandgranate hochschnappen.

»Ganz ruhig, Junge«, sagte Pepe Rogalzky. »Überleg, bevor du jetzt einen Fehler machst.«

Die Stewardess hatte zu schreien aufgehört und machte ein paar Schritte auf die Instrumentenkanzel zu.

»Bleib stehen, du blöde Schlampe!«, rief der Junge, stützte sich mit dem Rücken an der Schiffsverkleidung ab und kam taumelnd auf die Füße. Jetz hielt er eine zweite Handgranate in der anderen Hand. »Du gehst jetzt nach vorne und sagst durch das Mikro, dass das U-Boot entführt ist. Wenn irgendeiner auf dumme Gedanken kommt, werfe ich meine Handgranaten, und dann sind wir alle nur noch Futter für die Fische. Das sagst du den Leuten auch, Schlampe.«

Die Stewardess nickte. Sie schien plötzlich ganz ruhig und gefasst. Sie ging in ihrem gewohnten, anmutigen Wiegeschritt nach vorne, beugte sich zu dem Käpten herab, flüsterte mit ihm und ließ sich das Mikro geben.

»Meine Damen und Herren!« sagte sie. »Es tut mir furchtbar leid, aber ich muss Ihnen leider mitteilen, dass unser U-Boot vor wenigen Augenblicken in die Hände eines Entführers geraten ist. Bewahren Sie bitte Ruhe und befolgen Sie seine Anweisungen. Er ist bewaffnet und hält zwei Handgranaten in den Händen.«

»Und du Scheißkerl verpisst dich wieder auf deinen Sitz!«, schrie der Junge und trat Pepe plötzlich den Absatz des Schuhs ins Gesicht. Pepe konnte den Kopf gerade noch so drehen, dass der Absatz seine Wange traf. Ein stechender Schmerz nahm ihm für ein paar Augenblicke die Sicht.

»Roll den Krückstock schön langsam in die Gangmitte!«, fauchte der Junge den Chilenen an, als Pepe wieder auf seinem Sitz vor dem Bullauge Platz genommen hatte.

Der Chilene rollte den Krückstock zur Gangmitte. Der Junge angelte ihn mit dem Fuß zu sich heran. Dann steckte er eine der Handgranaten in die Hosentasche und holte aus seiner Sporttasche eine Maschinenpistole Marke UZI hervor, klappte mit dem Knie das Schulterstück ab, legte mit dem Daumen den Sicherungshebel um, klemmte sich die Schulterstütze in die Hüfte und ließ die Mündung mit einer Kreisbewegung durch den Passagierraum wandern.

Mit ein paar schnellen Schritten war er bei der Instrumentenkanzel. »Weg von dieser blöden Insel!«, schrie er den Käpten an und warf ihm einen Zettel zu. »Hier steht der Kurs, den Sie nehmen sollen. Sagen Sie dem Begleitboot Bescheid, dass das U-Boot entführt ist. Es soll bei der Islote de Sec bleiben. Sie melden sich in einer Stunde erneut über Funk und geben die Forderung der Entführer bekannt.«

Der Käpten nickte und schaltete den Funk ein. »Mach keinen Unsinn, Junge!«, sagte er. »Sie werden deine Forderungen erfüllen.«

Der Junge zuckte gleichmütig mit den Achseln. Das Blut floss noch immer aus der Platzwunde, die der Krückstock auf seiner Stirn hinterlassen hatte.

»Ein Pflaster!«, schrie der Junge die Stewardess an. Sie ging zu einem Verbandskasten, der seitlich neben ihrem Sitz angebracht war, öffnete ein Verbandspäckchen, nahm ein großes Pflaster heraus und riss die weißen Plastikstreifen von der Klebefläche.

»Komm her, du Schlampe!«, schrie der Junge, »Aber bleib mir drei Schritte vom Leib weg. Dann beugst du dich vor und klebst mir das Pflaster auf die Stirn.«

Die Stewardess stieg die drei Stufen von der Instrumentenkanzel in den Passagierraum hinauf, blieb stehen und streckte die Hände nach der Stirn des Jungen aus. In der ersten Sitzreihe saß der pensionierte Studienrat, der Pepe die taktischen Fehler der deutsche Admiralität während der heißen Phase des U-Boot-Kriegs erklärt hatte. Als die Stewardess dem Jungen das Pflaster auf die Stirn klebte, zuckte sein vertrockneter, aber sehniger Studienratsarm vor, und seine verknöcherte Lehrerfaust traf den Jungen ins Kreuz. Der Junge kippte vornüber, zog den Abzugshebel der UZI durch, die auf Einzelfeuer gestellt war. Ein Schuss löste sich, und der Explosionsknall brach sich wie Donnergrollen an den glatten Wänden des Passagierraums. Frauen kreischten auf. Die Stewardess krampfte ihre Hände um den Bauch und sank wimmernd in die Knie. Dann fiel sie vornüber aufs Gesicht. Rund um sie herum färbte sich der Bodenbelag rot.

»Wenn ihr die Scheiße nicht aufhört, erschieße ich als Nächsten den da!« Der Junge zeigte mit der Mündung der UZI auf den ersten Offizier. »Und den da!« Er zeigte auf den pensionierten Studienrat. Dann beugte er sich vor und stieß die Mündung der UZI dem Käpten ins Gesicht. »Stell den Funkverkehr mit dem Begleitboot ein!«

»Ich bin Arzt!«, rief ein Mann von den vorderen Sitzreihen. »Lass mich die Frau untersuchen!«

»Wegen mir kannst du über die Schlampe herfallen!«, schrie der Junge und versetzte der Stewardess, die sich wimmernd zur Seite gewälzt hatte, einen Tritt in die Rippen.

Der pensionierte Studienrat stand von seinem Sitz auf. »Setz dich hin, du alter Scheißer!«, schrie ihn der Junge an. »Oder bist du etwa auch Arzt?«

»Welch eine Generation!«, sagte der pensionierte Lehrer. Seine Hand zuckte vor, und er versetzte dem verblüfften Jungen eine schallende Ohrfeige.

»Ich hab' gesagt, ihr sollt diese Scheiße sein lassen!«, schrie der Junge und gab einen Schuss auf den ersten Offizier ab. Die

Kugel bohrte sich in die dicke Polsterung seines Sitzes. Dann drehte sich der Junge um und feuerte auf den pensionierten Studienrat. Die Kugel durchschlug die Schulter und drang zwei Handbreit neben dem ersten Bullauge in die Seitenverkleidung. Der pensionierte Lehrer wurde aschfahl im Gesicht. Sein Kreislauf sackte durch, und der Mann setzte sich auf seinen Hosenboden. Der Käpten griff das Bordmikro und schrie: »Keiner unternimmt mehr etwas gegen den Jungen, kapiert? Ich bin hier der Käpten an Bord, und ich befehle es Ihnen! Wenn noch jemand an Bord ist, der eine medizinische Ausbildung hat, der soll sich jetzt melden.«

Ein junger Mann hob den Arm. »Ich bin ausgebildeter Sanitäter und kann dem Doktor helfen!«, rief er.

Der Arzt öffnete den Overall der jungen Frau und schaute sich die stark blutende Wunde an. Der Sanitäter brachte den Inhalt des Sanitätskastens. Sie fanden Tetanusspritzen und ein Kreislaufmittel. Der Arzt setzte die Spritzen, während der Sanitäter mit Mullkompressen und Verbänden den Blutfluss zum Stillstand brachte.

Der Junge beugte sich zu dem Käpten vor. »Halten Sie den Kurs?«, fragte er.

»Ja!«, sagte der Käpten.

»Beweisen Sie's!« forderte der Junge. »Lassen Sie mich auf den Kreiselkompass schauen!« Der Käpten rückte ein wenig zur Seite und gab die Sicht auf das Instrumentenbord frei.

An der Funkanlage begann ein rotes Birnchen zu blinken. »Man funkt uns vom U-Boot-Center an«, sagte der Käpten. »Soll ich auf Empfang gehen?«

»Nein!«, antwortete der Junge.

Der Sanitäter verband mit dem Rest Verbandsstoff die Schulter des pensionierten Studienrats. Der Arzt gab ihm auch eine Kreislaufspritze. Die Stewardess wimmerte immer noch leise. Der Arzt wandte sich an den Jungen. »Wir müssen auftauchen und dem Begleitboot Bescheid geben, dass es die Stewardess an Bord nehmen soll!«, sagte er. »Sie muss operiert werden.«

»Sie muss operiert werden!«, äffte der Junge den vorwurfsvollen Ton des Arztes nach. »Wir tauchen nicht auf, Onkel Doktor!« Dann wandte er sich an den Käpten des U-Boots. »Sie halten den Kurs! Und wenn mir einer von diesen Wichsern noch mal auf die Nerven fällt, werfe ich die erste Handgranate einfach dort hinten hin, wo die beiden Mädchen sitzen! Sagen Sie das den Leuten! Los, Mann, sagen Sie's!«

Der Käpten löste das Bordmikro aus der Halterung und machte die Durchsage. Die beiden Mädchen kreischten auf. Eine ältere Frau, die hinter ihnen saß, redete leise auf sie ein, bis sie sich beruhigt hatten. Dann herrschte gespenstische Stille.

Der Käpten betätigte einige Schalter und flüsterte mit dem ersten Offizier. Die Lichter gingen bis auf die Notbeleuchtung aus.

»Warum haben Sie das Licht ausgeschaltet?«, schrie der Junge erbost.

»Um Strom zu sparen!«, antwortete der Käpten. »Der Antrieb verbraucht im offenen Meer viel mehr Strom als auf der langsamen Tauchfahrt um die Insel herum.«

»Das ist mir egal!«, schrie der Junge. »Schalten Sie sofort das Licht wieder ein!«

Der erste Offizier drückte den Kippschalter wieder nach oben, und das Licht flammte auf. Die kurze Zeit, in der das Innere des U-Boots in tiefer Dämmerung lag, hatte Pepe Rogalzky genügt, um sich sechs Sitzreihen nach vorne zu arbeiten. Er ducke sich zwischen der großen Frau mit dem Pferdegesicht und dem Mann mit der Videokamera, die er auf den Knien hielt und die er auszustellen vergessen hatte. Die Frau mit dem Pferdegesicht blickte auf Pepe hinab und schnitt verzweifelte Grimassen. Der Junge war noch drei Meter von ihm entfernt. Pepe tastete nach der Videokamera auf den Knien des Mannes und stellte sie aus. Dann zog er sie unendlich langsam zu sich herab.

Der Junge nagte nervös an seiner Unterlippe und hielt die UZI mit einer Hand gegen die Hüfte gedrückt, in der anderen hielt er die Handgranate, den Zeigefinger am Abzugsbügel.

»Wir haben die Position erreicht«, sagte der Käpten nach einigen Minuten. Die Stewardess hatte das Bewusstsein verloren. Der Arzt flüsterte mit dem Sanitäter. Dann setzte er der Stewardess noch eine Kreislaufspritze. Der Sanitäter massierte die Herzgegend der jungen Frau.

»Gut!«, sagte der Junge. »Tauchen Sie bis auf fünf Meter hoch!«

Der Käpten aktivierte den Auftauchvorgang, und der Junge drehte sich für einen kurzen Moment zu einem der Bullaugen und beobachtete den Wirbel aus vielen tausend kleinen Luftblasen, die um den Schiffsrumpf perlten. Pepe zog die Videokamera am Griff in seine Armbeuge und wollte zum Wurf ausholen, als der Junge sich umdrehte und genau in seine Richtung blickte.

»Geben Sie meine Forderung an das U-Boot-Center durch!«, sagte der Junge zum Käpten. »Ein Helikopter soll zwanzig Millionen Dollar, in einen wasserdichten Beutel verpackt und an ein rote Boje gebunden, über unserer Position abwerfen. Und zwar in genau einer Stunde. Wenn das bis dahin nicht über die Bühne gegangen ist, wird das U-Boot gesprengt. Sie können wegen mir die beiden Verletzten erwähnen, Käpten. Ich will mit niemandem verhandeln, sagen Sie das Ihren Leuten!«

Der Käpten nickte und schaltete die Verbindung zum U-Boot-Center. Der Junge ließ die Mündung der UZI langsam von Sitz zu Sitz wandern, während der Käpten leise in das Mikro sprach. Dann wandte er sich an den Jungen. »Meine Leute fragen an, ob nicht ein Boot das Geld herbringen kann, weil der einzige Helikopter gerade mit Touristen zu einem Inselrundflug unterwegs ist.«

»Ich lass mich nicht verscheißern!«, schrie der Junge. »Sie sollen den verdammten Helikopter per Funk zurückbeordern.«

»Sie sagen außerdem, dass sie mehr Zeit brauchen, um so viel Geld zu organisieren«, fuhr der Käpten fort.

»Das ist ihr Problem!« sagte der Junge. »Wenn das Geld nicht in einer Stunde über uns im Meer schwimmt, wird gesprengt!«

Der Käpten sprach nun lauter in das Mikro. Seine Stimme klang erregt.

»Ein Jaume Vellerde will dich sprechen!«, sagte er dann und hielt das Mikro in Richtung des Jungen.

»Ich bin für niemanden zu sprechen, und wenn es der König selber wäre!« meinte der Junge. »Sagen Sie ihnen, dass wir uns in fünfzig Minuten wieder melden, und dann hängen Sie ein!«

Der Käpten flüsterte noch ein paar Worte und kappte dann die Sprechfunkverbindung.

Der Junge nagte wieder nervös an seiner Unterlippe. Er ging ein paar Schritte auf und ab, wobei er die Sitze mit den Passagieren und die Instrumentenkanzel abwechselnd im Blick behielt. Dann sah er auf seine Armbanduhr, machte kehrt und rannte plötzlich zum Notsitz. Dort bückte er sich und zog eines der Funksprechgeräte aus seiner Sporttasche. Er setzte sich, legte die UZI auf die Knie, behielt aber die Handgranate in der Hand und schaltete das Gerät ein.

Der Chilene hatte sich dem Jungen so zugedreht, dass seine massige Gestalt den leeren Sitz hinter ihm verdeckte.

Der Junge flüsterte in das Sprechfunkgerät, aber das Rauschen aus dem Lautsprecher war so stark, dass er lauter sprechen musste. »Alles läuft nach Plan!«, hörte der Chilene den Jungen sagen. »Gut, ich habe verstanden. Du peilst zuerst die Lage über Wasser, dann machst du die Haftminen am U-Boot fest und meldest dich.« Der Junge schaltete das Funksprechgerät wieder ab. »Was starrst du mich so an, Krüppel?«, schrie er den Chilenen plötzlich an.

Der Chilene grinste und spuckte dem Jungen ins Gesicht.

Pepe war zwischen den Sitzen aufgesprungen und hatte nach drei Schritten die richtige Wurfgeschwindigkeit erreicht. Der Junge heulte auf, ließ das Sprechgerät fallen, wischte sich mit einem Arm durch das Gesicht und griff nach der UZI. Da traf ihn die Videokamera mit voller Wucht am Hinterkopf. Er kippte vornüber. Die Handgranate flog durch die Luft. Der Chilene hechtete von seinem Sitz und schnappte sie im Flug mit seinen beiden großen Händen. Der Sicherheitsbügel hatte sich nicht gelöst.

Pepe Rogalzky warf sich über den Jungen, bekam seine beiden Arme zu packen und bog sie auf den Rücken. Der Junge lag schlaff auf dem Boden. Er war offensichtlich ohnmächtig. Pepe holte die zweite Handgranate aus der Hosentasche des Jungen und reichte sie dem Chilenen.

»Nicht auftauchen!«, schrie der Chilene dem Käpten zu. »Tauchen Sie auf vierzig Meter ab und halten Sie Kurs auf die Küste! In fünf Meter Tiefe lauert irgendwo ein Mini-U-Boot!«

Ali war der Spur des Aquascope in dem roten Schnellboot gefolgt. Die Spur war leicht auszumachen. Das Mini-U-Boot zog Luftblasenwirbel wie eine lange Perlenkette hinter sich her. Er fuhr mit stark gedrosseltem Motor der Spur im Abstand von zweihundert Metern hinterher. Sie passierten die Tauchinsel Islote de Sec in südöstlicher Richtung. Nach weiteren vier Seemeilen löste sich die Perlenschnur auf. Durch sein Fernrohr beobachtete Ali, dass die Luftblasen in kleinen Kreisen immer an der gleichen Stelle aufstiegen.

Eine Segelyacht kreuzte in einiger Entfernung. Ali holte seine Angel aus dem Futteral, bestückte den Haken mit Köder und warf ihn aus. Die Segelyacht kam auf Rufweite heran.

»Alles in Ordnung?«, rief der Skipper.

Ali winkte freundlich, ruckte an der Rute und ließ den Schwimmer auf dem Wasser tanzen. Die Segelyacht nahm Gegenkurs auf und kreuzte zurück in die Bucht von Magaluf.

Eine halbe Stunde später beobachtete Ali eine zweite Luftblasenspur, die sich aus Richtung Islote de Sec näherte. Auch sie endete circa zehn Meter von der Stelle entfernt, an der das Aquascope seine Kreise drehte. Ein paar Minuten später schäumte das Wasser. Ali holte die Angel ein, startete die Motoren des Schnellboots und fuhr bis auf fünfzig Meter an die Stelle heran. Das Schäumen und Blubbern wurde nicht stärker und veränderte seine Position nicht. Ali konnte in fünf Metern Tiefe den Schatten des großen U-Bootes ausmachen. Das Aquascope drehte im Abstand von fünfzig Metern weite Kreise um es.

Es vergingen mehr als zehn Minuten. Dann wallte das Wasser über dem großen U-Boot plötzlich auf, und es entstand ein Strudel, in dessen Mitte der weiße Schaum sich rasend schnell drehte und unter Wasser gepflügt wurde. Das große U-Boot tauchte ab. Gleichzeitig beobachtete Ali, wie das kleine Aquascope an die Wasseroberfläche stieg.

Er ließ die beiden Motoren aufheulen und schaltete den Jetstream zu. Dann jagte er los. Das rote Schnellboot schoss auf die Kuppel zu, die einen Meter aus dem Wasser ragte. Ein weißer Schaumteppich perlte von ihr ab. Dann wurde die Kuppel geöffnet. Der Mann mit der breiten Stirn richtete sich in dem Aquascope auf und drehte sich nach dem roten Schnellboot um, das keine zehn Meter mehr entfernt war. Der Bug des roten Schnellboots hatte sich aus dem Wasser erhoben und wies genau auf die Brust des Mannes.

Die Kuppel des Aquascopes zersplitterte in tausend Stücke. Der riesige Mann wurde von dem Rumpf des roten Schnellboots erfasst und mehr als zwanzig Meter weit durch die Luft geschleudert. Dann klatschte er aufs Wasser und versank in der Tiefe. Ein roter Farbklecks markierte die Stelle, an der er verschwunden war. Nach weniger als einer Minute hatte die leichte Dünung den Blutfleck spurlos weggewischt.

Pepe Rogalzky und der Chilene hatten viele Stunden auf der Polizeipräfektur von Palma verbracht. Man hatte Spezialisten aus Barcelona eingeflogen. Die Nachricht traf ein, dass man die Stewardess operiert hatte und ihr Zustand stabil war. Sie würde es überleben. Der Junge hatte eine unkomplizierte Schädelfraktur, und schon am frühen Nachmittag ließ man einige Vernehmungsbeamte auf sein Krankenzimmer. Der Junge schwieg hartnäckig. Als sie das trostlose Gebäude in der Nähe des Passeig de Mallorca endlich verlassen durften, gingen gerade die Straßenlaternen an.

Der Chilene hinkte auf ein Taxi zu, das in einer der Parkbuchten neben der Präfektur wartete. Der Krückstock mit dem silbernen Knauf klopfte einen schnelleren Rhythmus auf den Asphalt des Bürgersteigs als die Schrittfolge des Chilenen, die einen langsameren Grundrhythmus vorgab.

Als er in der Taxe saß, lehnte sich der Chilene aus dem hinteren Fenster. »Damit du's weißt, ich habe den Smarties den Tip mit dem Dachboden des Nachbarhauses gegeben«, rief er Pepe zu. »Weil du wie die Pest bist, Pepe Rogalzky, und allein du es bist, der mich davon abhält, mich meinen Geschäften zu widmen!«

Pepe Rogalzky wandte sich ab, überquerte an der Ampel den Passeig de Mallorca und fädelte sich dann in das Gewirr der Altstadtgassen ein.

Dies war die Stunde vor dem Vergnügungssturm. Die Kellner standen an den Tresen und hielten ein letztes Schwätzchen unter Kollegen. Allan, der Transvestit aus Hammersmith, bürstete seine blonde Ersatzperücke und brachte sie in Form. Der kleine Carlos band sich eine Schürze um und hackte in der engen Küche eines Restaurants Kräuter.

Pepe Rogalzky pfiff »Lady in Red«, als er die knarrende Holztreppe zu seiner Wohnung hinaufstieg.

»Bist du es, Pepe Rogalzky?«, hörte er die heisere Stimme der alten Mörderin im Flur. »Gib dich zu erkennen, oder ich mach' aus deiner Wohnungstür ein Sieb!«

»Nun schieß schon!«, schrie Pepe Rogalzky. »Drück ab und ballere los, du verrücktes Huhn!«

Dann lachte er, dass es im Treppenhaus nur so widerhallte. Und hinter der Wohnungstür stimmte die alte Roja mit ihrem heiseren Bellen in das Lachen ein, das anschwoll zum großen mallorquiner Gelächter und den Vergnügungssturm einläutete, der jeden Abend über die Insel hereinbrach.

– ENDE –